021
REKI KAWAHARA abec bee-pee
SWORD ART ONLINE
unital ring
카와하라 레키 | 지음
abec | 일러스트
박용국 | 옮김
SAO SWORD ART ONLINE

"……저녁노을이 아니에요……!"
앨리스 § ≪언더 월드≫의 정합기사이자 세계 최초의
진성 범용 인공지능. ≪ALO≫ 내에서는
≪드라군≫이 되기 위해 캐트시의 모습을 하고 있다.

“키리토 군, 저, 저거……!”
아스나 § 키리토의 연인.
ALO 내에서는 운디네
마법사이자 세검 검사.
“설마, 그 일이 되풀이
되려 하고 있는 것인가──.”
키리토 § ≪SAO≫의 클리어를 이끌고,
≪언더 월드≫에 평화를 가져다준 소년.
≪ALO≫ 내에서는 스프리건 마법검사.

"설마
이벤트 전투일까?"
§리즈벳
≪SAO≫, ≪ALO≫ 두 세계에서
키리토의 검을 만들어 온 소녀.
≪ALO≫ 내에서는 레프라콘으로
무기상을 운영한다.
"——HP가 3, 아니,
2할만 줄어들면 그 즉시 항복하자."
§시리카
≪SAO≫에서 키리토의 도움을 받은 소녀.
≪ALO≫ 내에서는 테이밍에 능한
캐트시의 모습을 하고 있다.
"열심히 하세요!"
§유이
원래는 ≪SAO≫의
정신건강 상담 프로그램.
세계 최고의 톱다운형 AI.

이제르마 § 플레이어와 다른 언어를 사용하는 NPC 여전사.
≪바신족≫ 야영지의 리더.

"고마워, 유이. 뒷일은 내게 맡겨."

“≪소닉 리프≫──!”

≪유니탈 링≫ 세계 외곽 맵
(일부)

※이 지도에는 이야기의 내용과 직접 연관된 정보가 포함되어 있습니다.
본문 제4절까지 읽으신 후에 열람하실 것을 권합니다.

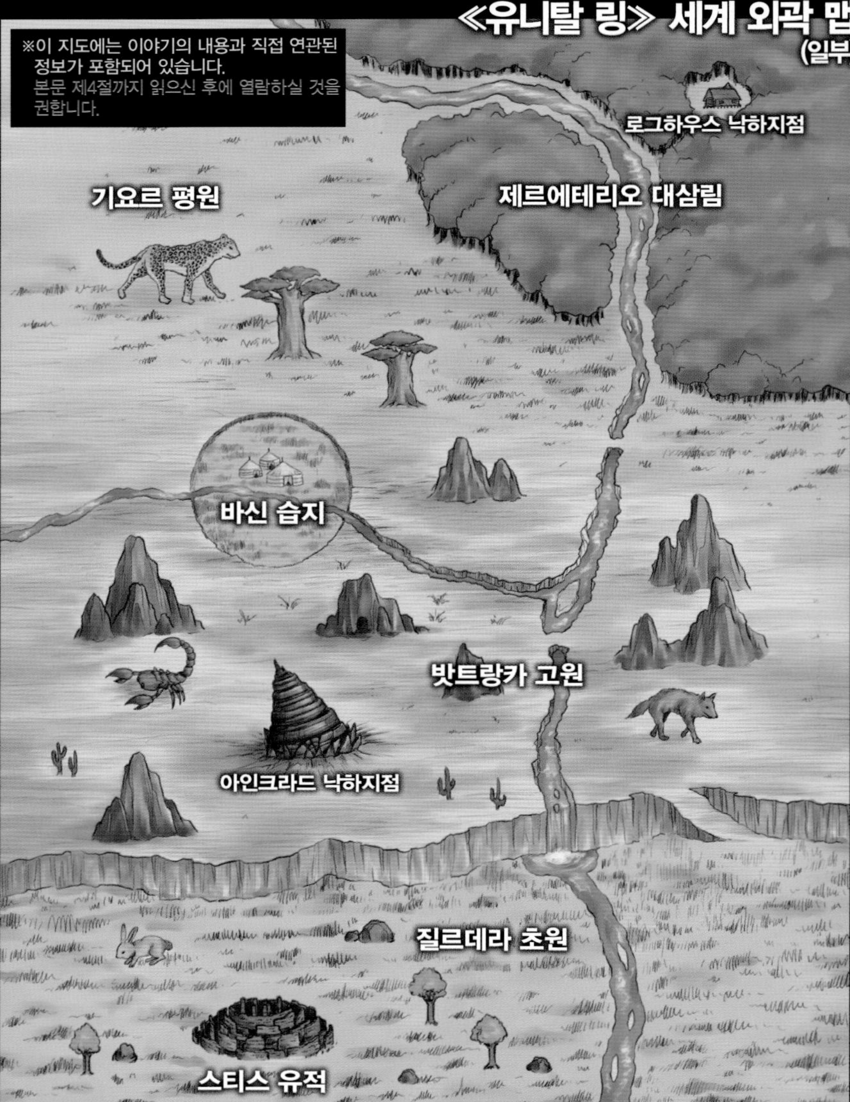

수수께끼에 싸인 오픈월드 서바이벌 게임 ≪유니탈 링≫. 융합 전의 게임에서 승계된 것은 사용시간이 가장 긴 장비 두 개, 숙련도가 가장 높은 스킬 하나, 장비 중인 방어구뿐. 그 이외――스테이터스며 소지품은 모조리 리셋된 상태다. 시스템 면에서는 ≪ALO≫에 존재하지 않았던 ≪레벨≫, 갈증을 나타내는 TP, 공복도를 나타내는 SP 등의 새로운 요소가 추가. TP, SP가 0이 되면 HP가 감소하는, 험난한 생존조건이 주어져 있다.

일러스트 / 카와하라 레키

SWORD ART ONLINE

「이것은 게임이지만 놀이가 아니다.」

——「소드 아트 온라인」 프로그래머 카야바 아키히코

SWORD ART ONLINE
unital ring

REKI KAWAHARA

abec

bee-pee

021

log#7 2026-9-15 21:44-21:45

〉몇 번을 경험해도 적응이 안 되네. 나보다 훨씬 나이가 많아진 너와 이렇게 얘기하는 건.

〉지금 당신한테 시간이란 개념은 의미가 없잖아? 하드웨어 리소스가 허용하는 한, 얼마든지 사색의 밀도를 높일 수 있을 테니까.

〉이론적으로는 그렇지만 실제로는 그렇게 간단한 일이 아냐. 이제 국내에 있는 슈퍼컴퓨터들은 거의 다 ≪그녀≫의 감시하에 놓여 있으니까.

〉그렇군. 아이러니한 일이야. 당신 자신이 충동적으로 만들고 유기한 프로그램 때문에 위험에 빠지게 되다니.

〉아니, 내 입장에서는 커다란 기쁨이야. 작은 씨앗이 네트워크 한 구석에서 싹을 틔우고 가지를 뻗어나간다는 것……. 그 앞날을 상상하면, 물리신체와 함께 상실했던 감정이 되살아나는 기분까지 들어.

〉인간이 아니게 된 뒤로도 로멘티스트인 점은 그대로군. 그럼……, 당신이 나, 아니, ≪그≫에게 맡긴 또 하나의 씨

앗, 거기서 싹튼 수없이 많은 세계들은 어쩔 셈이지? 그냥 관찰만 하는 걸로 만족할 수 있겠어?

〉≪넥서스(연결체)≫의 미래는 세계 그 자체의 뜻과 그곳에 살고 있는 자들의 선택에 맡겼어. 무질서하게 무작정 확장하다가 언젠가 말라 죽을 것인지, 아니면 다음 단계인 ≪유니피케이션(통일)≫으로 나아갈 것인지. 그건 나도 알 수 없어.

〉유니피케이션이라. 아마 그것도……. 아니, 여기부터는 로그에 남기고 싶지 않군. 나도 당신처럼, 당분간은 동향을 지켜보도록 하지.

1

나——키리가야 카즈토가 태어난 것은 2008년 10월 7일……이라고 한다.

올해로 벌써 열여덟 번째 생일을 맞이하는데도 아직 어쩐지 남의 일처럼 느껴지는 것은, 어린 시절에 사별한 친부모의 기억이 전혀 없기 때문인지도 모른다.

친부의 이름은 나루사카 유키토. 친모의 이름은 나루사카 아오이. 다시 말해 그 둘의 목숨을 앗아가고 나에게도 중상을 입혔다는 자동차 사고가 일어나지 않았더라면, 나는 나루사카 카즈토라는 이름으로 살았을 거라는 얘기다. 그랬다면 캐릭터 네임을 ≪키리토≫가 아닌 ≪나루토≫로 했을지 어떨지는, 나 스스로도 확신할 수 없다.

애초에 내가 컴퓨터에 관심을 갖게 된 건 양어머니인 미도리 씨의 영향이었고, 젊은 나이에 중증 온라인게이머가 된 것도 자신이 양자라는 사실에 따른 정체성 혼란의 영향이 어느 정도 있는 것 같으니, 내가 나루사키 카즈토였다면 게임에 눈길도 주지 않은 채 자라서, 결과적으로 SAO 사건에 말려들 일도 없었을지도 모른다. 이제 와서는 아무런 의미도 없는 상상이지만.

하여튼 그런 사정 때문에, 주민등록 사이트를 들여다본 열 살 무렵 이후로, 나는 자신의 생일을 낯설게 여기게 되었다. 성격이 최고로 뒤틀렸던 중학교 2학년 때는 집에서 생일 파티를 하는 것마저 완강하게 거부해서, 동생인 스구하를 울리기도 했다.

물론 지금은 그런 스스로의 어리석음을 뼈저리게 반성했고, 작년 생일에는 아인크라드에 갇혀 있던 2년 동안의 축하까지 몰아서 받긴 했지만, 여전히 자신이 10월 7일에 태어났다는 사실에 대해 확고한 리얼리티를 느끼지는 못하고 있다. 친부모에 대해 알 수 있는 모든 사실을 알 때까지, 이 감각은 아마 사라지지 않을 것이다.

올해도 열흘 후면 생일이 찾아온다. 열여덟 살이 되면 운전면허도 딸 수 있고, 선거권도 얻게 되는 연령이다. 스구하는 이미 이런저런 파티 준비를 하고 있는 모양이고, 그날은 수업이 끝나면 당장 귀가하라는 엄명을 받은 상태이며, 나 역시 크게 기대하고 있긴 하지만, 지금은 자신의 생일에 대해 생각할 여유가 없다.

왜냐하면 그 1주일 전이자 오늘부터 헤아려서 사흘 후에 해당하는 9월 30일이 아스나의 생일이기 때문이다.

"아빠, 엄마한테 줄 선물은 정했어요?"

머그컵 테두리에 사뿐히 앉아 있는 작은 요정의 그런 질문에, 나는 의자의 메시 등받이에 몸을 맡긴 채 대답했다.

"으—음, 아직 고민 중이야……."

그러자 나를 아빠라고 부르는 요정은 어린아이라기보다는 누나 같은 말투로 대꾸했다.

"가게에 가서 사든, 통신판매로 구입하든, 지금 결정하지 않으면 너무 늦어요! 작년처럼 당일 점심시간에 물건을 찾으러 가는 외줄타기 스케줄은 추천하지 않아요!"

"나도 그런 조마조마한 일은 두 번 다시 하기 싫지만, 그게 쉽지가 않단 말야! 아스나는 갖고 싶은 물건 같은 건 절대 얘기 안 하니까……. 유이, 아스나한테 뭘 받고 싶은지 은근슬쩍 물어봐주면 안 돼?"

SAO에서 만난 인공지능이자 나와 아스나의 사랑하는 딸이기도 한 유이는, 그런 내 부탁을 매몰차게 거절했다.

"그건 안 돼요! 아빠가 스스로 고른 거라면, 엄마는 뭐든지 다 기뻐할 거예요!"

"뭐, 그건 그럴 것 같긴 하지만 말이지~~……."

수긍하면서도, 말꼬리를 질질 끌지 않을 수 없었다.

작년 생일에는, 바로 전날까지 이것저것 고민한 끝에, 빨간 목도리를 선물했었다. 아스나는 편도로만 90분이 걸리는 장거리 통학을 하고 있으니 한겨울에는 추울 거라는 생각으로 한 선택이었고, 실제로도 11월부터 2월까지 계속 두르고 다니긴 했지만, 아마 아스나는 목도리라면 엮어서 단체 줄넘기를 할 수도 있을 만큼 갖고 있을 테고, 그중에는 내가 선물로 준 것보다 훨씬 뛰어난 방한 성능을 가진 것도 있을 것이다……. 그 점을 깨달은 것은, 대한(大寒) 절기가 지났을 때쯤이었다.

그래서 올해는 실용품이 아닌 다른 걸 주기로 마음먹었는데, VRMMO 폐인인 나에게는 그럴 만한 지식이 없었다. 검색해 보면 ≪연령별 추천 액세서리 브랜드≫ 같은 페이지가 잔뜩 나왔지만, 그런 걸 보고 결정하는 건 뭔가 좀 아닌 것 같은 느낌이 들었다.

"하으으~~음……."

늘어지게 기지개를 켜고, 나는 유이가 앉아 있는 머그컵으로 손을 뻗었다. 사뿐히 내려선 작은 요정이 요즘엔 별로 쓰지 않는 평판 디스플레이 테두리에 걸터앉는 모습을 지켜보면서, 미지근하게 식은 카푸치노를 들이켰다.

예전에는 내가 학교에서 만든 ≪AVIC(시청각쌍방향통신)프로브≫ 없이는 현실세계에서 유이와 커뮤니케이션을 취할 수 없었지만, 올해 4월에 발매된 웨어러블 멀티디바이스 ≪어그마≫가 그 벽을 가볍게 없애주었다. 지금 유이는, 내 시각정보를 통해 탁상의 컵이나 모니터 등의 위치, 형태를 실시간으로 3D매핑해서, 그것들을 뚫고 지나가거나 지워지거나 하는 일 없이 자유자재로 이동할 수 있다. 유이 자체는 자기가 원하는 대로 카메라를 조작할 수 있는 AVIC프로브가 더 좋다고 했지만, 그것 하나만 쓰면 나는 유이의 목소리밖에 들을 수 없다. 사랑하는 딸의 모습을 이렇게 현실세계에서 볼 수 있게 된 것만으로도, 이 어그마라는 저주 받은 기계에게 감사해야 할 것이다.

그런 생각을 하면서 오른손을 내밀자, 유이가 다시 날개를 펼쳐서 내 손끝으로 옮겨 왔다. 무게까지는 느껴지지 않았지만, 연분홍색 드레스의 부드러운 촉감이나 어렴풋하게 느껴지는 온기는 가상세계 뺨치는 재현도였다. 눈앞으로 이동해 온 유이의 머리를 왼손으로 쓰다듬으면서, 나는 방 반대편에 놓여 있는 침대로 시선을 옮겼다.

낮에 널어서 말린 이불 위에는 헤드기어 타입 VR머신 어뮤스피어가 놓여 있었다. 사용기간이 1년 반을 넘어서 외장이 조금씩 떨어져 나가기 시작했고, 처음 봤을 때는 스마트하게 보였던 디자인도 어그마에 비하면 촌스럽게 느껴졌지만, 그래도 나는 AR(증강현실)이나 MR(복합현실)보다 풀타입이 더 좋았다.

"있잖아, 유이. 아스나한테 줄 선물은 내가 고를게. 내가 고르긴 하겠지만……."

나는 시선을 오른손에 앉은 요정에게로 되돌리고 말했다.

"……그 전에, 살짝 조사 좀 해봐도 될까? 이번에는 통신판매가 아니라 내가 직접 사러 갈 생각이니까, 시간 여유는 아직 좀 있을 거야."

그런 내 말과 어뮤스피어를 보는 내 동작을 통해서 행간에 담긴 의도를 알아챈──AI로서는 참으로 놀라운 능력이다──것이리라. 유이는 가볍게 어깨를 으쓱하고 대답했다.

"나 참, 하는 수 없네요. 그럼 저쪽에서 기다릴게요!"

유이가 손가락에서 날아올라서 춤추듯 빙글 한 바퀴를 돌자 조그마한 몸이 빛 입자에 휩싸여 사라졌다. 나도 메시 의자에서 일어서서 왼쪽 귀에 장착하고 있던 어그마를 떼어냈다. 가상 데스크톱이 순간적으로 소멸하고, 나는 넓어진 시야를 서쪽 창문으로 돌렸다.

오늘은 9월 27일, 일요일. 추분을 지난 지 나흘밖에 안 되었건만 일몰이 제법 빨라진 것처럼 느껴졌다. 이제 겨우 오후 4시를 조금 넘은 시간인데도 비늘구름이 아름다운 금색으로 물들고, 둥지로 돌아가는 새들이 그 구름 아래를 느긋하게 가로지르고 있었다.

불현듯, 저녁노을로 물든 하늘을 꿰뚫고 우뚝 선 순백색 탑이 보인 것 같아서 나는 연신 눈을 깜박였다. 오른손으로 가슴을 부여잡아서 쏟아져 나오려 하는 수많은 감정들을 억누른 다음, 침대에 걸터앉았다. 개어져 있는 이불을 쿠션 삼아 드러누워서 어뮤스피어를 집어 들고 머리에 썼다.

눈을 감고, 마법의 주문을 뇌까렸다.

"……링크, 스타트."

무지갯빛 빛이 내 의식을 휘감고, 아득히 머나먼 요정의 땅으로 나를 데려갔다.

2

내가 스프리건(그림자 요정족)의 마법검사 키리토의 몸으로 내려선 곳은 알브헤임 하늘을 주유하는 부유성──≪신생 아인크라드≫ 22층 숲속에 호젓하게 서 있는 로그하우스의 거실이었다. ALO의 하루는 열여섯 시간인데, 이쪽도 마침 오후의 늦은 시간인 듯 창문으로 금색 햇빛이 비쳐 들고 있었다.

이제 이 집은 완전히 동료들의 아지트 구실을 하고 있었지만, 지금 실내는 정적에 잠겨 있고 인기척은 찾아볼 수 없었다. 아스나는 저녁때까지 가족들과 외출하고 올 거라고 했고, 스구하는 검도부 연습에서 아직 돌아오지 않았지만, 적어도 유이는 여기서 나를 기다리고 있어야 하는 것 아닌가……. 그런 생각을 하며 어둠침침한 거실을 둘러보니, 시야 오른쪽에서 메시지 도착 아이콘이 점멸했다. 발신인은 레프라콘(대장장이 요정족) 메이스술사, 리즈벳.

아이콘을 탭한 순간, 이모티콘 가득한 컬러풀한 윈도가 열렸다.

【45층에서 시리카랑 같이 스킬업 중이야─, 숙제 끝나거든 와서 좀 도와줘! 그리고 유이 좀 빌릴게─】

"…………그렇게 된 거구나."

일단 딸이 이 방에 없는 이유는 밝혀졌다. 유이는 ALO 내에서는 ≪내비게이션 픽시≫라는 존재로 분류되는 만큼 고도의 가이드 기능을 보유하고 있어서 몬스터의 출현 위치나 타이밍을 정확하게 알려주기에, 고정 사냥 때는 그 누구보다 든든한 존재였다. 게다가 예전에는 시스템적 소유자인 내가 로그인해서 이름을 부르지 않으면 출현하지 못했지만, 요즘 들어서는 내 친구들 중 한 명이라도 온라인 상태라면 스스로의 의지로 실체화할 수 있게 된 모양이었다. 이유는 무서워서 물어보지 않았다.

그나저나 한편으로는, 유이의 능력을 활용하면 두 군데……, 아니, 열 군데나 백 군데에 동시에 출현하는 것쯤은 식은 죽 먹기일 것 같은데, 그녀는 완강하게 그것을 거부했다. 자신의 유일성에 강하게 의존하는 그 성격은 카야바 아키히코가 설계한 AI들의 공통된 성질로, 반년 전의 오디널 스케일 사건 때 얽혔던 AR 아이돌 ≪유나≫도, 소속사에 의해 복제 운용된 것 때문에 본체가 붕괴의 위기에 빠졌을 정도였다.

"자, 이제 어쩐다……."

리즈벳이 보낸 메시지창을 닫고, 다시 중얼거렸다.

이번에 내가 ALO에 다이브한 것은 아스나가 뭘 좋아할지 그녀나 시리카에게 은근슬쩍 물어보기 위해서였는데, 사냥 중이라면 방해할 수는 없는 노릇이었다. 나도 그쪽으로 가서 사냥에 참가——하고 싶은 마음은 굴뚝같았지만, 메시지 중에 있던 '숙제 끝나거든'이라는 한 문장이 심리적인 브레이크를 걸었다. 제출 기한이 내일까지로 되어 있는 정보공학실험 리포트 하나가 아직 완성되지 못한 것이다.

물론 숙제를 무시한다는 선택은 있을 수 없지만, 요즘에는 스킬업 작업도 약간 소홀해진 감이 있었다. 얼마 후면 대규모 플로어보스 공략전이 계획되어 있다는 얘기도 있으니, 그때까지 전투 감각을 회복시켜 두고 싶기도 했다.

ALO에 신생 아인크라드가 등장한 것은 작년 5월. 그 시점에서 개방된 것은 1층에서 10층까지였다. 9월의 업데이트 때는 20층까지, 올해 1월에는 30층까지 개방되었고, 그 뒤로도 정기적인 업데이트가 이루어져서 이번 달 초순에는 50층까지 도달할 수 있게 되었다. 하지만 운영기업인 유미르도 정성들여 디자인한 보스몬스터들에게 정이 든 모양인지, 업데이트가 이루어질 때마다 플로어보스의 흉악도가 점점 더 올라가서, 9월 27일 현재의 최전선은 아직 46층에 머물러 있었다.

리즈벳은 48층의 주요 도시인 린더스가 ≪개방≫되면 SAO 시대 때와 같은 물레방아 달린 점포를 얻을 수 있을 거라며 흥분해 있었고, 에길도 50층의 도시 알게이드에서 다시 잡화점을 열겠다고 선언했지만, 현재의 공략 페이스대로 가면 48층 도달은 다음달, 50층은 연말 정도가 될 것 같았다. 언더월드에서 나를 도와준 두 사람에게 보답하기 위해서라도, 좀 더 분발해야 해……!

——그런 뜨거운 결의를 가슴에 품고 문을 향해 오른발을 내딛으려 했으나, 이내 의지력이 다해 다시 돌아왔다. 앞으로 열흘 뒤면 열여덟 살이 되는 인간이, 리포트를 내팽개쳐 둔 채 게임이나 하는 건 아무리 생각해도 해서는 안 될 짓이었다. 실험 데이터 정리는 다 끝난 상태니까 한 시간 정도면 마무리할 수 있을 거라는 희망적 관측을 품은 채, 식탁 앞 의

자에 걸터앉았다. 내 집의 PC에 접속해서, 숙제 폴더에 들어 있던 미완성 리포트와 대량의 데이터를 불러왔다. 아스나가 어떤 퀘스트를 통해 입수해 온, 탭만 하면 99종류 맛의 차가 랜덤으로 끓여지는 마법의 머그컵을 빌려다가 민트초코 같은 풍미의 액체를 한 모금 마시고,

"좋아! 목표는 45분!"

이렇게 마음을 다잡고 키보드를 두드리기 시작했다.

나는 지금까지 인생을 살아오면서 종종 온라인게임 폐인 생활을 했던 시기에도 숙제를 밀리거나 잊어버리거나 하는 일은 기본적으로 없었다. 가장 힘들었던 건 올해 여름방학 숙제였는데, 왜냐하면 나는 꼬박 한 달 동안을 외부에서 보면 혼수상태에 가까운 상태로 지냈기 때문이었다.

아인크라드에서 암약하던 살인 길드 ≪래핑 코핀≫의 멤버이자 사총 사건의 범인 집단 중 한 명인 조니 블랙에게 습격받고, 극약 석시닐콜린을 주입 당해서 심폐정지 상태에 빠졌던 것이 아직 여름방학이 시작되기도 전이었던 6월 말. 가까스로 목숨은 건졌지만, 눈을 뜬 건 8월에 들어선 뒤였고, 그 이후로 오랜 재활기간을 거쳐서 8월 16일이 되어서야 집으로 돌아올 수 있었다.

즉 나는 약 40일간의 여름방학 중 65퍼센트를 뜻대로 활용할 수 없는 상태였던 셈이니, 숙제를 밀리는 건 불가피한 일, 아니, 아예 반 년 정도는 면제해줘도 되는 것 아닌가 하는 생각까지 들 정도였지만, 숙제를 면제받으려면 내가 혼수상태에 빠지게 된 이유를 학교에 설명해야만 했다.

무차별 살인범의 습격을 받아 입원했다——여기까지는 그렇다 쳐도, 그 병원에서 가짜 구급차로 납치당하고, 헬리콥터로 머나먼 남쪽 바다에 떠 있는 해양연구모선으로 실려 가고, 인간의 영혼에 접속하는 정체불명의 기계에 연결되고, 언더월드라는 이세계에서 엄청 큰 삼나무를 베고, 검술 학교에 다니고, 세계의 지배자와 싸우고, 그 세계에서도 혼수상태에 빠지기까지 했다……. 이런 얘기를 믿어줄 사람이 어디 있겠는가.

결국은 친구들의 손을 빌려가며 열심히 숙제를 해치우는 수밖에 없었다. 칠전팔기 아비규환의 여름방학 마지막 주를 떠올린 순간, 리포트를 쓰는 와중에도 원한 섞인 혼잣말이 흘러나왔다.

"빌어먹을, 사라지기 전에 숙제 면제 정도는 얻어내줬어야 할 거 아냐……."

물론 대답하는 사람은 없었다. ≪숲의 집≫에 있는 건 나뿐이고, 애초에 내 불만의 당사자는 벌써 한참 동안이나 알브헤임에 나타나지 않고 있는 것이다.

운디네(물요정족) 마술사 크리스하이트의 ≪실제 인물≫인 총무성 가상과의 키쿠오카 세이지로가 가상세계와 현실세계 양쪽 모두에서 자취를 감춘 것도, 이미 한 달이나 지난 일이다.

키쿠오카가 설립한 위장기업 ≪라스≫의 지휘는 코지로 린코가 맡게 되었고, 또한 개발 현장에서는 히가 타케루 주임기사가 예전보다도 더한 에너제틱함을 선보여서, 언더월드의 미래에도 조금씩 희망이 생기고는 있지만——그래도 그 남자가 사라진 것에 대해서는 기묘한 상실감이 느껴졌다.

그자 때문에 귀찮은 일이며 위험한 일에 여러 번 휘말렸던 나도 이럴 정도이니, 라스의 스태프들도 내심 의기소침해져 있을 게 틀림없었다. 끝까지 소란스러운 남자다……. 그렇게 생각했다가, 그렇다고 그자가 죽은 건 아니라는 점을 상기하고 마음을 고쳐먹었다.

총무성의 별 볼 일 없는 공무원으로 위장하고 있었지만 실제로는 육상자위대의 이등육좌었던 키쿠오카는, 오션 터틀을 습격한 미국 군사기업과 결탁했던 방위성 간부 여럿과 동귀어진하는 형태로 자위대를 떠나서 자취를 감추었다. 아마 이미 일본을 떠난 상태이리라.

앞으로 그 남자와 다시 마주할 기회가 올지 어떨지, 나로서는 알 길이 없다. 다만 이렇게 언더월드에서 한참 떨어진 또 하나의 내 집에서 학교 숙제 따위를 하다 보니, 넌덜머리가 나던 키쿠오카의 비위 상하는 음식 이야기마저 그립게 느껴지는 것이었다.

그렇게 나답지 않은 상념에 잠겨 있었던 탓일까——.

나는 실내에서 울려 퍼졌을 로그인음을 미처 듣지 못했다. 또각또각 경쾌한 발소리가 바로 뒤에서 들려왔을 때에야 간신히 알아채고, 간신히 끝이 보이기 시작한 리포트의 홀로그램 창을 테이블 중앙으로 밀면서 고개를 돌렸다.

"잠든 거 아니었어, 아……."

스나, 라고 말하려다가, 나는 가까스로 입을 다물었다.

내 등 뒤에 서 있던 여성 플레이어는 하늘색 머리칼의 운디네가 아니라, 머리에 뾰족한 삼각형 귀가 돋아나 있는 캐트시(고양이 요정족). 하지만 캐트시 특유의 애교는 티끌만큼도 느껴지지 않았다.

등 뒤로 길게 늘어뜨리고 있는 머리칼은 눈부시도록 아름다운 금색. 살갗은 투명하게까지 느껴지는 흰색. 눈동자는 사파이어와도 같은 파란색. 맑디맑은 미모는 현실세계의……, 아니, 언더월드의 그녀 자신과 쏙 빼닮아 있었다.

"……바, 반가워, 앨리스. 안녕."

내가 오른손을 살짝 들어 인사하자, 앨리스 신서시스 서티는 "흥" 하고 토라진 듯, 약간 기울어진 고양이 귀를 홱 돌리며 말했다.

"아스나가 아니라 아쉬운가 보네요, 키리토."

"아, 아니아니아니, 하나도 안 아쉬워, 응, 그렇고 말고."

황급히 고개를 저어 부정하는 나에게, 기사는 한층 더 싸늘한 시선을 쏟아부었다.

나도 모르게 시선을 숙였다가, 나는 그녀가 시간에 걸맞지 않게 파란 드레스 위에 황금 아머, 허리에는 금제 장검까지 차고 있는 풀 무장 상태라는 것을 깨달았다.

"어라……, 사냥 나가려는 거야?"

내가 묻자, 앨리스는 언짢아 보이던 뉘앙스를 약간 바꾸었다.

"네, 리즈벳 일행과 약속했으니까요. 그나저나……, 그 ≪사냥≫이라는 단어, 아무래도 적응이 안 되네요."

옆에 있던 의자를 끌어당겨서 철커덕 하는 소리와 함께 걸터앉았다. 나는 반사적으로 자리에서 일어서서, "아, 차 끓여

올게"라는 말을 남긴 채 주방으로 질주. 마법의 머그컵 하나와 공동 스토리지에서 꺼낸 정체불명의 케이크를 쟁반에 담아 거실로 돌아왔다.

그랬더니 앨리스는 테이블 위에 꺼내 두고 있던 리포트 창을 뚫어지게 쳐다보고 있었다. 내가 돌아온 것을 알아채고는, 고개를 들고 내게 물었다.

"이게 당신이 다니는 학교의 과제인가요?"

"어……, 응, 그래."

"흐음……. ――저도 커시드럴에서 수업 받던 시절에는 신성술 과제를 잔뜩 해야만 했죠."

그렇게 중얼거리는 얼굴에는 감회에 젖은 듯한, 한편으로는 서글픈 듯한 미소가 아련히 깃들어 있었다.

앨리스는 내가 아는 사람들 중에 그 누구보다도 기구한 삶을 살아온 사람이었다.

언더월드의 인계 북쪽 변경에 있는 작은 마을 루리드에서 태어나서 열한 살 때까지 거기서 살았지만, ≪암흑계에 침입해서는 안 된다≫는 금기목록의 위반 조항을 위반, 정합기사에 의해 공리교회의 센트럴 커시드럴로 연행되고 말았다.

최고사제 어드미니스트레이터의 손에 의해 ≪신서사이즈의 비의≫를 실행당해서 과거의 기억을 모두 잃은 앨리스는 그녀를 탈환하기 위해 커세드럴에 쳐들어간 나와 유지오 앞을 최강의 정합기사가 되어 막아섰다. 하지만 전투 과정에서 공리교회의 기만과 최고사제의 잔혹한 처사를 알게 된 그녀는, 사고 제어를 위한 봉인을 깨부수고 우리와 한 편이 되어 어드미니스트레이터를 때려눕혔다.

그 뒤로는 교회를 떠나 루리드 마을 근처 숲으로 이주, 심신상실 상태에 빠진 나를 반 년 동안이나 돌봐주다가, 암흑계와의 최종전쟁이 시작되었다는 소식을 듣고 참전. ≪동쪽 대문≫ 전투에서 마귀와도 같은 활약을 선보였으나, 오션 터틀 습격 팀의 리더였던 남자에게 납치당하고 말았다. 하지만 기사장 베르쿨리의 목숨을 건 분투 덕분에 풀려나서, 아스나의 인도를 받아 시스템 콘솔을 통해 로그아웃, 지금은 현실세계에서 히가 타케루가 개발한 머신 보디를 육체로 삼아 살아가고 있다.

본인의 의도와는 무관하게 세계 최초의 진정한 범용 인공지능이라는 존재가 된 앨리스는, 코지로 박사가 제창한 AI에 대한 인권 부여 주장에 협조하기 위해 바쁜 나날을 보내고 있지만, 기분전환 삼아 상당한 빈도로 ALO에 로그인하고 있다는 모양이었다. 언더월드와 비슷한 환경을 가진 알브헤임에 있는 편이 현실세계에 있는 것보다 훨씬 마음이 편하다는 것도 하나의 이유일 것이다.

"신성술 과제는 나도 수검학원에서 진저리나도록 해봤어. 주문은 지금도 다 기억하고 있어."

숙제 윈도를 축소해서 테이블 한쪽에 밀어두고, 머그컵과 케이크 접시를 늘어놓으며 그렇게 말하자, 앨리스가 고양이 귀를 쫑긋쫑긋 움직였다.

"호오. 그럼 강소(鋼素)로 안이 빈 작은 공을 만들고, 그 안에 수소(水素)로 만든 물을 채우고, 열소(熱素)로 만들어낸 불꽃으로 그 외부를 감쌀 때 사용하는 술식은?"

"끄으응……. 으, 으음, 엘레멘트(소인, 素因)는 안정된 것부터 생성하는 게 원칙이니까, 우선 제네레이트 메탈릭……, 강철 구체로 물을 감싸려면 수소를 먼저 생성해야 하나……?"

그 직후, 앨리스가 대놓고 하아—하고 한숨을 지었기에, 나는 어린애처럼 대꾸했다.

"사, 상관없어. 나 정도 수준이면 술식은 더 이상 필요 없으니까. 그런 것쯤은 심의만으로도 눈 깜짝할 사이에……."

"그런 문제가 아니에요!"

그렇게 교사처럼 나를 꾸짖은 앨리스는, 능숙한 손놀림으로 머그컵 테두리를 두드리고 머그컵에 차오른 연분홍색 차를 한 모금 홀짝였다.

"……이번에는 제법 괜찮은 게 나왔네요."

그렇게 중얼거리는 걸 보면, 아마 전에도 이 집에서 아스나 등과 함께 다과회 같은 걸 한 적이 있는 것이리라.

나도 모르게 머릿속으로 나무아비타불나무아비타불 하고 중얼거리면서, 나도 의자에 앉아 검지로 내 컵을 탭했다. 졸졸 하는 소리와 함께 솟아난 차는 진한 자주색이었고, 불길한 예감에 휩싸인 채 맛을 보니, 매실 장아찌를 믹서기로 갈아서 짠 것 같은 강렬한 신맛이 혀를 찔렀다. 허겁지겁 케이크를 집어 먹으니, 다행히도 이쪽은 지극히 평범한 과일 파이였다. 앨리스도 마음에 들었는지, 말없이 한 입 두 입——물론 포크로 찍어서——먹고 있었다.

달아진 입 안을 진한 매실 장아찌 차로 다잡은 다음, 나는 다시 물었다.

“그런데……, 사냥이라는 단어가 적응이 안 된다고 그랬지?”

“네……, 그랬죠.”

고개를 끄덕인 다음, 앨리스는 파란 눈동자를 어슴푸레한 창밖으로 돌렸다.

“……저에게 있어서, 아니, 아마 인계의 모든 백성들에게 있어서, 사냥이란 테라리아 신의 은혜에 감사하면서, 잡아먹기 위해 짐승을 잡는 거예요. 하지만 이 세계 백성들, 아니, 플레이어들은, 자신의 권한치 상승을 위해 막대한 수의 짐승이며 마물들을 죽이죠. 그게 나쁜 일이라는 건 아니에요. 대문에서 벌어진 전투 때는 저도 수백, 수천 명에 이르는 다크테리토리의 아인들을 죽였으니까……. 단지, 그 행위를 ≪사냥≫으로 부르고 싶지는 않다고 생각하는 것뿐이에요.”

“……그렇구나…….”

이번에는 내가 가만히 고개를 끄덕였다.

앨리스는 이 알브헤임이 현실세계 내부에 만들어진 세계라는 사실을 이미 이해하고 있었다. 하지만 VRMMORPG……, 즉 ≪게임≫이라는 개념은 좀처럼 받아들이기 힘든 모양이었다.

그건 어쩌면 당연한 일이었다. 왜냐하면, 가상세계라는 의미에서는 그녀의 고향인 언더월드도 완전히 똑같기 때문이다. 앨리스에게 있어 알브헤임은 언더월드와 같은 ≪세계 가운데 하나≫이기에, 나를 비롯한 모든 VRMMO 플레이어들이 가진 ≪임시 세계≫라는 감각을 공유하는 건 쉽지 않은 것이다.

그렇다 보니, 처음으로 앨리스와 같이 신생 아인크라드에서 알브헤임에 내려왔다가 실프령 인근의 ≪오래된 숲≫에서 샐러맨더의 PK 집단과 마주쳤을 때는 난리가 났었다. 동행하고 있던 시리카가 기습에 대미지를 입자, 격노한 앨리스가 마치 샐러맨더들이 악귀라도 되는 양 욕을 퍼부었고, 그 기세에 움츠러든 그들이 시리카에게 사과하고 위자료를 내놓은 채 떠나가는 전대미문의 전개가 펼쳐진 것이다.

ALO의 고양이 기사 ≪앨리스≫가 지난달에 대대적으로 기자회견을 열었던 인공지능 ≪ALICE≫라는 사실을 알고 있던 플레이어들 사이에서 이 사건은 "PK를 설교로 울려버린 앨리스 님 전설"로서 회자되고 있다는 모양이지만, 그래도 내 입장에서는 언젠가 앨리스도 ALO를 게임으로 즐길 수 있기를 바라는 심정이었다.

그런 생각을 하면서 케이크를 다 먹고 차를 가까스로 3할쯤 마신 나는, 긍지 높은 이세계의 기사로서 입을 열었다.

"……네 말대로 VRMMO에서 사용되는 ≪사냥≫이라는 단어는 내 생각에도 본래 의미에서 상당히 동떨어진 것 같긴 해. 하지만 현대 일본에서 살고 있는 대부분의 사람들은 진짜 사냥 같은 건 경험한 적 없어……, 나도 그렇고 말야. 지역이나 시대가 다르면 말의 의미도 다르기 마련이야. 그런 변화는 언더월드에도 있었을 것 같은데……."

"…………."

침묵한 채로 과일 파이의 마지막 한 조각을 깔끔하게 먹은 앨리스는, 남은 차를 말끔히 비우고 말했다.

"……하긴, 지금의 언더월드는 제가 살던 시대로부터 200년이나 지나 있을 테니, 말뿐만 아니라 문화도 많이 달라져 있겠죠. 그게 어떤 변화든 저는 그걸 받아들여야겠죠……. 그 변화가 바로, 당신이 언더월드를 지켜내준 증표일 테니까……."

나를 똑바로 응시하는 앨리스의 미소에 저도 모르게 가슴이 뛰는 것을 느끼며, 나는 반사적으로 고개를 가로저었다.

"아니……, 나 혼자만의 힘은 아니었어. 앨리스나, 스구나, 시논……, 그리고 이 ALO에서도 수천 명이나 되는 플레이어들이 언더월드를 지키러 갔으니까."

"그랬었죠……. 그 일을 생각하면 단어 하나의 용법 따위는 사소한 일이겠죠."

고개를 끄덕이고, 앨리스는 다시 창밖을 쳐다보았다. 하지만 그 눈동자는 침엽수의 숲이 아닌, 그 너머에 있는 이세계를 향하고 있었다.

언더월드의 ≪용기≫인 라이트큐브 클러스터와 메인 비주얼라이저는 자위대에 의해 해양 봉쇄된 오션 터틀 안에서 아직 가동하고 있지만, 상황은 지극히 유동적이다.

방위성 내의 수구파=반 라스 세력은 키쿠오카의 몸을 던진 분투 덕분에 일시적으로 힘을 잃었기에, 언더월드를 즉시 폐기하려는 움직임은 아직까지는 없었다. 하지만 권력투쟁의 행방에 따른 앞으로의 전개까지는 장담하기 힘들었다.

나와 아스나, 그리고 앨리스는 8월 18일 이른 아침에 롯폰기의 라스 지부에서 언더월드에 다이브했다. 지상이 아닌 우주공간에 출현하는 바람에 당황하긴 했지만, 거기서 만난 정합기사, 아니, 정합기사(機士) 소녀 둘이 조종하는 ≪기룡≫을 얻어 타고, 가까스로 옛 인계에 도착할 수 있었다.

하지만 다짜고짜 센트럴 커시드럴로 들어가는 건 아무래도 꺼림칙했다. 왜냐하면, 200년 사이에 무슨 일이 있었던 건지는 몰라도 나와 아스나는 언더월드의 ≪성왕≫과 ≪성왕비≫가 되어 있었고, 그것도 30년 전에 죽은 존재가 되어 있었기 때문이다. 그런 사람이 "반갑습다"라면서 나타나면 커시드럴이, 아니, 전 세계가 혼란에 빠지리라는 것쯤은 쉽게 예상할 수 있었다.

그래서 우리 세 사람은 일단 센트리아 시내의 로랑네이라는 소녀 기사의 집으로 가게 되었다. 지은 지 400년이 넘었다는 어쩐지 그립게 느껴지는 그 집에서, 우리는 두 기사로부터 언더월드의 현황에 대한 설명을 듣고 덤으로 식사까지 대접받았다.

다이브 전에 린코 박사가 "다섯 시간이 지나면 강제적으로 각성시키겠다"고 못을 박아두었기에, 우리 셋은 그 직전에(다행히 200년 후의 언더월드에는 시계가 있었다) 두 기사에게 재회를 약속하고 일단 로그아웃했다.

솔직히 당장이라도 재방문하고 싶은 마음은 굴뚝같지만, 우리가 가져온 정보를 상세하게 검토해서 현재의 언더월드에 대한 영향에 대한 평가를 마칠 때까지 다이브 금지! 라고 린코 박사와 히가 씨가 못을 박은 것이다.

어른들이 신중하게 접근하는 것도 충분히 이해가 가긴 했다. 앨리스에게 언더월드에게 접속할 수 있는 IP주소를 알려준 인물이 누구인지——어렴풋이 짐작은 하고 있지만——아직 명확하게 밝혀지지 않은 데다, 이후 언더월드의 향방이 라이트큐브 클러스터 보전계획과 AI 인권 문제의 행방에 크게 영향을 미칠 게 틀림없으니까.

다행히, 현재의 언더월드는 현실과 1:1의 속도, 즉 등속으로 가동되고 있다. 그렇기에 예전처럼 한 번 로그아웃하면 내부에서는 몇 배의 시간이 흐르거나 하는 상황은 벌어지지 않을 테지만, 그래도 이미 한 달이 흐른 것이다. 로랑네이와 스티카는 아마 안달복달하고 있을 테고, 나 역시 그 둘을 다시 만나서 이번에는 그녀들의 이야기를 듣고 싶었다. 왜냐하면, 아마도 그 둘은——…….

"……리토. 키리토. 제 얘기 듣고 있어요?"

고양이 귀 기사가 팔꿈치 부근을 쿡쿡 찌르는 바람에, 나는 어리둥절해서 눈을 깜박거렸다.

"아, 아아, 미안. 언더월드에 대해 생각하느라……."

내가 사과하자, 꾸중 모드였던 앨리스의 얼굴이 누그러졌다.

"그랬군요. 저도 하루에도 몇 번씩 생각하고 있어요."

"그래……. 빨리 돌아갈 수 있게 되면 좋을 텐데."

"네."

앨리스는 고개를 끄덕이고, 서글픈 듯 한숨을 지었다.

앨리스가 느끼고 있는 향수는 나와는 비교도 할 수 없을 만큼 깊을 것이다. 게다가 그녀에게는 구체적인 목표가 두 가지나 있다.

하나는, 가브리엘 밀러와의 최종결전 전에 내가 알로 되돌린 애룡 ≪아마요리≫와, 그 오빠 ≪타키구리≫를 부화시켜서 키우는 것.

그리고 또 하나는, 센트럴 커시드럴의 80층에 딥 프리즈 상태로 잠들어 있는 여동생 세르카 투베르크를 깨우는 것——.

두 가지 모두, 특히 후자는 더더욱 쉽지 않을 것이다. 자신이 200년 전에 사라진 전설의 정합기사 앨리스 신서시스 서티라는 것을 현재의 인계 정부에게 납득시켜야만 하기 때문이다.

그래도 앨리스라면 분명 그 두 가지를 모두 해낼 것이고, 물론 나도 협력을 아끼지 않을 것이다. 세르카와의 재회는 나 역시 고대하고 있으니 말이다.

다시 그 세계로 돌아가려 하던 나의 생각을, 앨리스의 목소리가 다시 되돌렸다.

"그러고 보니 키리토, 코지로 박사의 전언이 있어요."

"어……, 전언? 그냥 메일로 보내면 될 텐데."

"네트워크에 정보를 남기기 싫다는 모양이에요."

그 말을 듣고, 나는 표정을 다잡았다.

라스가 사용하는 회선은 고도의 보안이 확보되어 있을 것이다. 그럼에도 메일은커녕 음성통화조차 쓰지 않고 로그가 남지 않는 ALO 내부 대화로 전하려 하는 걸 보면, 엄청나게 중요한 메시지일 게 틀림없었다.

무의식적으로 긴장하는 나를 향해, 앨리스는 명랑한 목소리로 말했다.

"29일, 15시. 비싼 케이크 가게."

"…………뭐?"

"그게 전부예요."

"…………."

29일이란 내일 모레를 가리키는 말일 것이다. 15시는 오후 3시. 거기까지는 의심의 여지가 없었다.

그런데 비싼 케이크 가게는 뭐란 말인가. 그런 가게는 도쿄 시내에 수두룩하게 널려 있고, 잘 찾아보면 내가 사는 사이타마현 카와고에시에도 한두 군데는 있을 것이다.

순간적으로 메일을 보내서 코지로 박사에게 확인해보려고 오른손을 들려 했지만, 이내 그 손을 다시 내렸다. 이 상황에서 내가 메일을 보내면 박사의 노력이 수포로 돌아가기 때문이다.

좌우로 번갈아 고개를 갸우뚱거리고 있으려니, 앨리스가 어쩐지 부러워하는 표정으로 말했다.

"현실세계에는 셀 수 없이 많은 종류의 케이크가 존재하는 모양이네요. 센트리아에서는 먹어본 적 없는 것들이 워낙 많아서, 그림만 봐도 배가 고플 정도예요."

"그……, 그래. 그렇지……. 하지만 나는 센트럴에서 파는 과자도 좋아했어. 벌꿀 파이 같은 건, 10시아 동화 세 닢이면 한 보따리 가득 살 수 있었으니까……."

"여기 케이크는 비싼가요?"

"응. 대충 1시아가 10엔 정도니까, 제대로 된 과자점에서 파는 케이크는, 어디 보자……, 한 개에 30시아 정도는 될 거야."

"그, 그건 비싸긴 하네요……."

눈이 휘둥그레진 앨리스를 향해 나는 히죽 웃으며 말했다.

"하지만 그 정도는 양호한 거야. 예전에 긴자에서 먹은 케이크는 하나에 180시아……."

거기까지 말했을 때에야, 나는 깨달았다.

코지로 박사가 그렇게 남을 놀리는 듯한 암호를 쓸 리가 없다. 즉, '비싼 케이크 가게'라는 메시지는 박사 입장에서도 전언인 것이다. 그리고 내가 아는 라스 관계자들 중에 그런 메시지를 고안해 낼 법한 사람은, 딱 한 명밖에 없었다.

어깨를 축 늘어뜨리고 땅이 꺼질 듯 한숨짓는 나를 보며, 앨리스가 살짝 고개를 갸웃거렸다.

"왜 그러세요, 키리토?"

"아니……, 난 괜찮아. 아까 그 전언의 뜻을 이해했어. 전해줘서 고마워, 앨리스."

"별것도 아닌걸요……, 라고 말씀드리고 싶지만……."

황금의 기사는 뭔가 아이디어라도 떠오른 듯 고양이 귀를 쫑긋거리고는, 약간 짓궂어 보이는 미소를 지으며 말했다.

"그럼, 제 수련을 좀 도와주시겠어요?"

"응? 아, 숙련도 향상 말이지……."

긍지 높은 기사인 앨리스가 고양이 귀에 고양이 꼬리가 달린 캐트시를 선택한 이유는 단 하나. 비룡을 다룰 수 있는 ≪드라군(용기사)≫이 되기에 가장 용이한 종족이기 때문이었다.

하지만 용이하다고 해도 그렇게 쉽게 될 수 있는 건 아니었다. 용을 타려면 검 혹은 창 스킬과 테이밍 스킬, 양쪽 모두 상당히 높은 수준까지 끌어올려야 하기 때문이다. 그 둘을 동시에 단련하려면 주구장창 전투를 반복해서 PI(숙련도 상승) 트리거로 무기 스킬을 끌어올리는 동시에, 벌어들인 SP(스킬 포인트)를 테이밍 스킬에 쏟아부어야만 한다.

잠시 생각에 잠겼다가, 나는 테이블 한쪽 구석에 밀어두었던 숙제 창을 원래 크기로 되돌렸다.

“그럼, 30분만 더 기다려줘. 이게 끝나면 리즈 일행과 합류해서, 같이 SP 벌이를…….”

하지만 그런 나의 말은, 슈왕, 하는 경쾌한 효과음에 의해 차단되었다.

플레이어의 로그인음. 그리고 나를 제외하고 이 로그하우스에 직접 출현할 수 있는 건, 오직 한 사람뿐——.

내가 초고속으로 의자를 돌려 돌아앉았고, 이어서 앨리스가 매끄럽게 몸을 돌렸다. 그리고 그와 동시에, 문 앞에 호리호리한 아바타가 실체화되었다.

옅은 하늘색 생머리와 흰색을 바탕으로 한 배틀 드레스, 허리에는 은제 레이피어. 운디네(물 요정족) 힐러(회복술사)이자 펜서(세검) 검사인 아스나는, 나와 앨리스의 모습을 발견하고는 표정 하나 변하지 않은 채 천천히 두 눈을 깜박였다.

“어……, 어서 와, 아스나.”

내가 자리에서 일어서며 인사하자, 아스나는 그제야 빙긋 미소 지으며 오른손을 들었다.

“안녕, 키리토 군. 어서 와, 앨리스 씨.”

“신세 좀 지고 있어요, 아스나.”

앨리스도 미소를 지으며 그렇게 대답했지만, 두 사람의 온화한 표정과는 딴판으로 거실의 기압이 약간 상승한 것처럼 느껴지는 건 나의 착각일까, 그게 아니면――.

하지만 상황이 어찌 됐건, 나는 숙제를 마무리해야만 한다. 가볍게 헛기침을 하고 나서, 다시 입을 열었다.

"저기, 나는 리포트를 마무리해야 하니까, 괜찮으면 둘이서 먼저 리즈 일행 쪽으로……."

거기까지 말했을 때였다.

발밑에서 솟구쳐 오르는 듯한 무시무시한 충격이 로그하우스를 격렬하게 뒤흔들고, 이어서 벼락과도 같은 중저음이 청각을 뒤덮었다.

"꺄악!"

그런 두 사람의 비명을 들은 순간, 나는 본능적으로 바닥을 박차고, 오른손으로 앨리스, 왼손으로 아스나의 아바타를 안았다. 그렇게 두 사람을 주저앉힌 직후, 또 한 번의 격렬한 진동이 몰아쳤다. 로그하우스 천장을 가로지르는 굵직한 들보가 요란하게 삐걱거리고, 테이블에서 머그컵이 굴러떨어졌다.

가상세계에 지진이 일어날 리 없고, 설령 알브헤임의 대지가 흔들렸다 해도 아인크라드까지 그 진동이 전해질 리가 없으며, 만에 하나 아인크라드가 흔들렸다 해도 로그하우스가 무너질 리가 없었다. 이성으로는 그렇게 생각하면서도, 나는 다시 본능에 따라 소리쳤다.

"둘 다, 밖으로 나가!"

세검 검사와 고양이 귀 기사의 몸을 질질 끌다시피 해서, 꿈

틀거리는 바닥을 가로질러 가까스로 현관에 다다랐다. 문을 열어젖히고 외부 현관으로 뛰쳐나온 순간, 세 번째의, 그리고 최대의 충격이 발밑에 몰아쳐서, 셋이 동시에 짤막한 계단을 나뒹굴었다.

다행히 앞뜰에는 잔디가 깔려 있어서 HP가 줄어드는 일은 없었다. 곧바로 공중으로 떠오르면 적어도 진동으로부터는 벗어날 수 있을 거라는 생각에, 요정의 날개를 펼치려 한 나의 왼손을.

아스나가 혼신의 힘을 다해 붙잡으며, 쉰 목소리로 외쳤다.

"키리토 군, 저, 저거……!"

바들바들 떨리는 아스나의 왼손이 가리킨 것은, 바로 근처에 있는 경계부의 열린 틈으로 내다보이는 파란 하늘이었다. 1초 후, 나도 그것을 깨달았다.

현실과 동기화되지 않는 알브헤임의 시간은 아직 저녁이 되기 전이라 일몰까지는 아직 한참 시간이 남아 있을 터이련만, 지평선이 새빨갛게 물들어 있었다. 피와도 같은 빨간색은 무시무시한 속도로 이쪽으로 다가왔고, 이내 아인크라드 상공을 가득 채웠다.

"……저녁노을이 아니에요……!"

그렇게 소리친 것은, 내 오른팔을 붙잡고 있는 앨리스였다. 그 말의 내용은 내 의식까지 거의 와 닿지 않았지만, 내 머릿속에서도 똑같은 절규가 울려 퍼지고 있었다.

빨간 것은 하늘이 아니라, 맹렬한 기세로 하늘을 뒤덮어가는 헥사고널 패턴(무수한 육각형)이었다. 그 육각형들의 표면에는 【Warning】, 그리고 【System Announcement】라는 문자열이 번갈아 늘어서 있었다.

"키리토 군……."

아스나가 다시 가녀린 목소리로 내 이름을 불렀다.

가냘픈 손을 힘주어 붙잡아주는 내 뇌리에는, 이것과 똑같은 하늘을 보았던 ≪그날≫의 기억이 선명하게 떠올랐다.

그날……, 벌써 4년 가까이나 지난 일이다. 2022년 11월 6일.

세계 최초의 VRMMO—RPG ≪소드 아트 온라인≫ 정식 서비스 개시 첫날 오후 5시 30분, 만 명의 플레이어들은 도시의 광장으로 강제 전이되고, 그 직후, 새빨간 육각형들이 하늘을 가득 뒤덮었다.

그 하늘에서 물방울처럼 떨어져 실체화된 거대한 게임마스터 아바타는 엄숙한 목소리로 우리에게 말했다. 플레이어 제군, 나의 세계에 온 것을 환영한다, 라고. 그 순간부터, 나와 아스나를 포함한 만 명은 로그아웃 불가능한 데스게임 속에 갇혔고, 우리는 2년이라는 세월이 지난 뒤에야 탈출할 수 있었다.

설마, 그 일이 되풀이되려 하고 있는 것인가.

아니, 그럴 리는 없다. 지금 나와 아스나가 장착하고 있는 건 너브기어가 아닌, 수많은 보안 장치로 보호되고 있는 어뮤스피어이고, 앨리스는 아예 인터페이스 머신 없이도 ALO에 다이브할 수 있다. 만에 하나 메뉴에서 로그아웃 버튼이 사라진다고 해도, 현실세계의 누군가가 우리 머리의 어뮤스피어를 빼주면 그만이다.

하지만, 그렇다면 이 빨간 하늘은 대체 뭐란 말인가.

서프라이즈 이벤트의 연출? 그럴 가능성도 희박했다. 4천 명이나 되는 사망자가 발생한 SAO 사건의 도입부를 똑같이 따라하는 것은, 기업윤리 면에서도 있을 수 없는 일이리라——아무리 ALO의 운영 주체인 유미르가 아주 작은 규모의 벤처기업이라 해도.

서버 외부로부터 해킹을 당한 건가? 절대적으로 불가능한 일은 아니지만, 하늘의 텍스처를 덮어 쓰는 정도는 그렇다 쳐도, 아인크라드 전체를 그렇게 격렬하게 뒤흔드는 건 어마어마하게 어려운 일일 것이다. 그런 현상을 일으킬 수 있는 마법도, 아이템도, 이 세계에는 존재하지 않으니까.

내가 그런 생각을 한 것과 거의 동시에, 네 번째 충격이 덮쳐들었다.

22층의 땅이 액체와도 같이 물결치고, 녹색 잔디밭에 균열이 번져 나갔다. 등 뒤의 로그하우스가 단말마와도 같이 요란하게 삐걱거렸고, 아스나가 외부 현관 난간을 양손으로 꽉 붙잡았다.

"아스나……!"

이름을 부른 뒤에야 깨달았다. 하늘색 머리칼의 운디네는, 자신의 몸을 지탱하기 위해서가 아니라, 집의 붕괴를 막기 위해 애쓰고 있는 것이다. 나도 재빨리 뛰쳐나가서, 집의 벽을 양손으로 떠받쳤다. 앨리스도 외부 현관 바닥을 위에서 꽉 눌렀다.

하지만 말할 것도 없이, 고작 세 명의 힘만 가지고는 파멸적인 진동을 막아낼 도리가 없었다. 아니, 플레이어 100명이 달려들었다 해도 결과는 달라지지 않았을 것이다. 부유성의 직경 10킬로미터에 가까운 플로어 그 자체가 우르릉거리며 뒤흔들리고 있는 것이다.

"앗……!"

아스나의 가녀린 비명을, 메마른 파쇄음이 뒤덮어버렸다. 로그하우스 문 앞 외부 현관을 덮고 있는 삼각 지붕이 중앙에서 두 동강으로 쪼개져버렸다. 이대로 진동이 계속되면, 수십 초 뒤에는 집 본체에도 심각한 대미지가 가해질 것이다.

아스나보다는 못할 테지만, 나도 이 집에 대해 상당한 애정을 갖고 있다. 구 아인크라드에서 우리가 2주 동안의 짧은 신혼생활을 했던 로그하우스는 데스게임의 종료와 함께 소멸되었지만, 그 반 년 후에 ALO에 적용된 신생 아인크라드는 SAO 서버에서 복제된 ≪진짜≫다. 다시 말해 이 로그하우스는 마루의 나뭇결이며 기둥의 주름에 이르기까지, 오리지널과 완전히 동일한 존재인 것이다.

실제로는 구 SAO 서버의 아인크라드도 카야바 아키히코의 은사였던 시게무라 테츠히로 교수의 손에 의해 남몰래 복구되었지만……, 지금 그 서버는 교수의 죽은 외동딸이자, 올해 4월에 발생한 ≪오디널 스케일 사건≫ 때 수많은 사람들의 생명을 구한 유나/유우나의 묘비와도 같은 존재였다. 봉쇄된 아거스 본사 지하 5층에 존재하기에 쉽사리 접속할 수도 없고, 접속할 마음도 들지 않았다. 지금의 나와 아스나에게 있어서는, 역시 이 집이야말로 추억 가득한 우리 집인 것이다.

새삼 그렇게 자각하면서, 나는 로그하우스의 통나무를 손가락으로 꽉 움켜쥐고, 있는 힘을 다해서 진동을 막으려 했다.

직후, 거짓말처럼 진동이 사라졌다.

드디어 지진이 잦아들었구나, 하고 안도의 한숨을 내쉬려다가, 나는 깨달았다. 격렬한 진동은 사라졌지만, 그 대신 땅 그 자체가 천천히 앞으로……, 부유성의 가장자리 쪽으로 기울어가고 있었다.

"뭐야……?!"

더할 나위 없이 불길한 예감에 휩싸인 채, 나는 고개를 돌렸다.

그리고, 완전히 말문이 막혔다.

로그하우스 부지 주위를 둘러싼 울타리에서 불과 2, 3미터 불과한 곳에서, 지면이 끊겨 있었기 때문이었다.

지진에 의해 땅이 갈라지면서, 아인크라드 그 자체가 쪼개져 버린 것이다. 즉, 지금 우리가 서 있는 땅은 공중에 떠 있다는――아니, 낙하하기 시작했다는 얘기였다. 진동이 멈춘 건 그 때문이었다.

나보다 조금 늦게 그 사실을 깨달은 아스나와 앨리스가 동시에 소리쳤다.

"키리토 군……, 땅이!"

"키리토, 집이 떨어지고 있어요!"

그 점은 나 역시 인식하고 있지만, 대책은 단 하나도 떠오르지 않았다. 넋이 나가 버린 두 눈 앞에서, 22층 밑바닥의 단면이 멀어져갔다. 낙하의 속도가 의외로 느리게 느껴지는 것은, 우리 로그하우스가 서 있는 플로어 조각의 지름이 100미터 이상이라 엄청난 공기저항이 발생하고 있기 때문일까. 완전한 자유낙하라면 몸이 떠올라야 정상이겠지만, 중력이 줄어들었을지언정, 두 발은 아직 땅에서 떨어지지 않았다.

이 정도 속도라면, 떨어지더라도 집이 완파되는 정도는 아닐지도 모른다……, 라는 희망적 관측을 즉시 지워버렸다. 아인크라드는 알브헤임 상공 만 미터라는 어마어마한 높이에 떠 있다. 아무리 가상의 공기가 브레이크를 걸어준다고 해도, 그 높이에서 떨어지면 우리가 타고 있는 작은 섬은 산산조각이 나버리고, 그 자리에는 크레이터만이 남게 될 것이다. 물론 여기는 VR 월드이니, 파괴 불가 속성을 지닌 땅 그 자체는 무사할지도 모르지만, 우리 셋의 HP와 로그하우스의 내구치가 순식간에 날아가버릴 것은 의심의 여지가 없는 사실.

———아니.

나와 아스나, 앨리스가 살아남을 수단은 있다. 우리의 등에는 요정의 날개가 돋아 있으니까, 그걸 펼쳐서 날아오르면 이 대참사에서 벗어날 수 있다. 하지만 아스나가 그 수단을 택할 가능성은 없다. 낙하가 시작되었다는 걸 인식한 뒤에도, 외부 현관 난간을 부여잡은 양손을 뗄 생각을 하지 않고 있으니까.

나도 오른손을 로그하우스 벽에 댄 채로, 멀어져가는 부유성을 응시했다.

분리된 작은 섬뿐만이 아니라, 성 그 자체도 낙하하고 있는 것 같았다. 신생 아인크라드에 무슨 일이 일어난 건지는 알 수 없었지만, 이 현상이 절대적인 대변동이 되리라는 건 의심의 여지도 없었다. 빨갛게 물든 하늘 아래서, 거대한 원추형 실루엣이 남쪽으로 기울며 침강하고 있었다. 하층부 가장자리에서는 우리가 올라타 있는 작은 섬과 같은 규격의 바윗덩어리들이 잇따라 떨어져 내렸다.

아인크라드 45층에서는 리즈벳과 시리카, 그리고 유이가 레벨업을 하고 있었을 터였다. 그녀들도 걱정되긴 했지만, 지금은 어떻게든 로그하우스를 살려낼 방법을 찾아내야만 한다. 양 팔과 양 다리를 펼쳐서 공기저항을 최대한으로 하면, 만 미터 고도에서 낙하한 인간이 땅에 부딪치기까지는 약 3분 걸린다……, 라는 얘기를 어디선가 읽은 적이 있다. 그렇다면 이 작은 섬이 알브헤임의 대지에 격돌하기까지도 그 정도의 시간이 남아 있는 걸까. 아니면 가상세계이기에 더 빠르거나, 혹은 더 느린 걸까.

바람을 가르는 우웅우웅 하는 굉음에 지지 않도록, 나는 최대 볼륨으로 소리쳤다.

"제기랄, 여기가 언더월드였다면, 이 정도 바윗덩이쯤은 심의 파워로 손쉽게 들어 올릴 수 있었을 텐데!"

그 직후, 외부 현관을 양손으로 붙들고 있는 고양이 귀 기사님에게서 통렬한 태클이 날아들었다.

"사사건건 다 심의로 처리하려고 들면 못써요!"

"사, 상황이 이러니까 어쩔 수 없잖아!"

"기사의 각오는 위급할 때 더더욱 드러나는 법이에요!"

우리의 실랑이를 들은 아스나가 약간 이성을 되찾은 듯한 표정과 말투로 끼어들었다.

"심의력은 쓸 수 없지만, 우리가 할 수 있는 일이 더 있을지도 몰라……!"

하지만 아스나도 이 세계에서는 스테이시아 신의 지형조작력을 사용할 수 없는 것 아닌가 하는 생각이 순간적으로 뇌리를 스쳤지만, 뒤이은 아스나의 말은 당연히 그것과는 무관한 발상이었다.

"날개로 이 바위를 미는 거야!"

"으음……? 아무리 그래도 이 정도 크기의 돌을 들어 올리는 건 좀……."

거기까지 말한 나를 향해, 아스나가 재빨리 고개를 가로저으며 말했다.

"아니, 들어 올리는 게 아니라 궤도를 바꾸는 거야. 떨어지는 위치를 바꾸면, 어쩌면……."

"아……, 그, 그렇구나!"

그제야 내 오랜 파트너의 의도를 알아챈 나도 소리쳤다.

"물 위, 그게 안 되면 습지나 사막 같은 곳에 떨어뜨리면, 어느 정도 충격을 완화할 수 있을지도 몰라……!"

"그렇군요."

앨리스도 고개를 끄덕이고 등에 달린 날개를 펼쳤다. 나와 아스나도 로그하우스에서 손을 떼고, 땅을 박찼다. 애초에 낙하 중인 상황이었기에, 아주 조금만 비행력을 발생시켜도 아바타가 급상승했다.

로그하우스 지붕 약 100미터 상공에서 날개의 진동을 멈추고, 다시 낙하하면서 거리를 유지했다. 상대적 호버링 상태로 시선을 이리저리 돌려 보니, 아래쪽에 낙하하고 있는 작은 섬은 최대 폭 100미터, 길이 200미터 가량의 쇼트케이크 모양을 하고 있었다. 로그하우스가 서 있는 곳은 뾰족한 쪽이니까, 폭이 넓은 반대쪽부터 물에 떨어지면 우리 집이 살아남을 가능성도 있다……, 라고 믿고 싶었다.

이어서 나는 시선을 바깥쪽으로 옮겼다. 아득히 멀리 떨어져 있는 대지에 펼쳐져 있는 것은 짙은 녹색의 숲. 알브헤임에서 이렇게 드넓은 삼림이 펼쳐져 있는 것은 실프령과 운디네령뿐인데, 곳곳에 햇빛을 반사하는 수면이 보이는 걸 보면 운디네령 상공인 것 같았다.

이건 운이 좋다고 할 수 있었다. 우리 셋이 발생시킬 수 있는 추진력은 미미한 수준이지만, 저렇게 많은 수의 호수가 있으면, 낙하 궤도를 수정해서 그중 한 호수에 떨어뜨리는 것도 불가능하지는 않다——라고 생각하고 싶었다.

두 눈을 번쩍 뜨고, 비스듬하게 기울어져 낙하하는 작은 섬의 행방을 쏘아보았다. 호수는 여러 개를 찾아냈지만, 적절한 크기와 형태의 호수는 좀처럼 찾기 힘들었다. 비행장의 활주로처럼 기다란 형태가 이상적일 테지만, 그렇게 딱 맞는 게 기다렸다는 듯 나타날 리는——.

"앗……! 저거다!"

"저기야!"

나와 아스나가 동시에 외쳤다. 아득한 저편에서 반짝 빛나고 있는 수면은 아마 호수가 아닌 강일 테지만, 이 작은 섬을 연착륙, 아니, 착수시키기에 충분한 만큼의 폭이었다. 물줄기의 방향도 낙하 궤도와 거의 일치해서, 오른쪽으로 200미터쯤 움직이면 닿을 것 같아 보였다.

"서둘러요!"

앨리스가 다시 날개를 펼쳤다. 우리 셋은 동시에 고개를 끄덕이고, 작은 섬 왼편으로 급강하했다. 섬 상공에서 벗어나자마자 무시무시한 공기의 흐름에 몸이 위로 밀려날 뻔했지만, 필사적으로 바람을 가르며 다이브해서 바윗덩어리 측면에 매달렸다.

대지와의 거리는 앞으로 4천 미터쯤 되어 보였다. 그 말인즉슨, 20미터 낙하하는 동안 1미터씩 궤도를 틀면, 목표점인 강에 도달할 수 있다는 계산이 나오는 것이다. 이 작은 섬이 지상에 정지해 있다면 셋이 힘을 합친다 한들 1밀리미터도 움직일 수 없겠지만, 낙하 중인 지금이라면 가능할 것이다.

시커먼 바위 단면에 양손을 짚고, 등에 달린 날개를 풀파워로 진동시켰다.

"으랏……, 차아아아아아아!!"

오른쪽의 아스나와 왼쪽의 앨리스도 나와 같이 외쳤다.

"으으————————윽!!"

"영차————————!!"

정합기사님이자 한창때의 젊은 여자가 영차라고 하는 건 좀…… 이라는 생각도 들었지만, 그런 소리를 할 여유 따위는 없었다.

렉토 프로그레스가 운영하던 시절의 ALO에서 이런 짓을 했다면 순식간에 비행 게이지가 다 떨어져서 추락했겠지만, 새로운 운영회사인 유미르가 인심 좋게 비행 제한을 철폐해준 덕분에, 아무리 힘을 쥐어짜도 에너지가 고갈될 염려는 없었다. 길이가 100미터에 달하는 바윗덩어리는, 처음에는 그야말로 바윗덩어리처럼 우리의 노력을 쳐냈지만, 포기하지 않고 계속 밀다 보니 이윽고 조금씩 궤도가 틀어지기 시작했다.

"너무 많이 밀면 다시는 수정 못해요!"

앨리스의 지적은 지극히 적절했지만, 지금은 직감에 따르는 수밖에 없었다.

"아마, 계속 힘껏 밀어도 닿을까 말까 할 정도일 거야……! 움츠러들지 말고 있는 힘껏 미는 거야!"

"키리토 군의 현실세계 운을 믿어볼게!"

그렇게 외친 것은 아스나. 솔직히 현실세계의 운에는 조금도 자신이 없었지만, 오늘 이 순간을 위해 운을 비축해둔 거라고 스스로를 타일렀다.

우웅우웅 몰아치는 바람에 맞서 작은 섬을 밀기를 십여 초.

어느새 땅이 상당히 가까워져 있었다. 고도 1,000미터……, 900……, 800. 바위 밑을 내려다보니, 목표 지점인 강은 아직 보이지 않았다. 무의식중에 다리를 버둥거려서 미력한 추진력까지 더해가면서, 있는 힘을 다해 밀고 밀고 또 밀었다.

시야 저편에 하얀 빛이 반짝였다. 수면——.

"강이야! 5초만 더 밀고 이탈해!"

내가 지시하자, 그 즉시 아스나가 카운트를 세기 시작했다.

"4! 3! 2! 1! 지금이야!"

셋이서 동시에 날개를 한껏 펼쳐서 급브레이크. 순간적으로 몸이 위로 밀려나서 빙글빙글 도는 상태에 빠질 뻔했지만, 서로의 팔을 얽어서 가까스로 자세를 유지할 수 있었다.

거대한 쇼트케이크 형태의 바위는, 넓은 쪽을 아래로 해서 무시무시한 기세로 수면을 향해 돌진해 나갔다. 뾰족한 부분에 있는 로그하우스에서 지붕의 널빤지 따위가 잇따라 뜯겨 나갔지만, 집 자체는 붕괴를 거부하고 있었다.

이제 착수 시의 충격을 견뎌내기만 하면——.

가상세계에는 존재하지 않을 게 분명한 신에게 기도하면서, 나는 그 순간을 기다렸다.

3초 후.

바윗덩어리의 바닥 부분이 수면과 접촉했다.

위로 흐르는 폭포수처럼 물기둥이 드높이 솟구쳤다. 가상세계에서는 흐르는 물의 표현이 간략화되는 경향이 있는데, 이번에는 ALO의 묘사 능력이 이 정도로 발전한 건가 하는 놀라움이 들 만큼 리얼한 물기둥을 일으키며, 작은 섬이 두세 번 바운드했다. 그때마다 로그하우스가 비명이라도 지르는 듯 격렬하게 삐걱거렸다.

어떻게든 버텨줘——!

그런 나의 염원을 비웃기라도 하듯, 바윗덩어리 중앙에 또 다른 균열이 생겨났다. 수면에 브레이크가 걸려 거의 꼿꼿하게 선 작은 섬이, 운동에너지를 감당하지 못하고 한가운데부터 부러져갔다.

"아앗……!"

비통한 신음을 흘리는 아스나의 왼손을, 나는 힘주어 꽉 붙잡았다.

작은 섬 뒤쪽에서 분리된 뾰족한 부분이, 로그하우스를 실은 채 공중으로 날아올랐다. 강은 바로 앞에서 크게 커브를 그리고 있어서, 쿠션 노릇을 해줄 물은 더 이상 존재하지 않았다. 강 건너편은 깊은 숲. 거기에 들이받은 바윗덩어리가 거대한 침엽수들을 잇달아 거꾸러뜨렸다. 뭉게뭉게 흙먼지가 일어나서, 우리의 시야를 가로막았다.

이윽고 쿠쿠—웅……, 하는 묵직한 소리가 울려 퍼지고, 거짓말처럼 정적이 찾아왔다.

로그하우스가 어떻게 됐는지 확인하고 싶다는 심정과, 무참하게 파괴되었을 우리 집을 보고 싶지 않다는 심정 사이에서 오도 가도 못하는 신세가 되어, 움쭉달싹 할 수 없었다. 아스나도 앨리스도 아무런 말이 없었다. 셋이서 나란히 활공하며, 일렁이는 흙먼지만 바라볼 뿐이었다.

——그러고 보니, 우리 집이 있는 바윗덩어리처럼 낙하했을 아인클라드 본체는 어떻게 된 걸까. 부유성의 말로를 확인하려고 천천히 고개를 돌리려 한 바로 그 순간.

두 가지 일이 연속으로 일어났다.

우선, 하늘을 가득 뒤덮고 있던 새빨간 헥사고널 패턴이, 나타났을 때처럼 어마어마한 속도로 지평선 너머로 사라져 버렸고.

직후, 내 몸을 공중에 띄워주고 있던 힘이 사라졌다.

"우왁?!"

비명을 지르며 필사적으로 등의 날개를 흔들어 보았지만, 추진력은 1피코뉴튼도 발생하지 않았다. 나와 마찬가지로 비명을 지르고 있는 아스나와 앨리스도 100미터쯤 밑에 있는 강의 수면을 향해 머리부터 낙하하기 시작했다.

자유 비행에 무슨 문제라도 생겼나 싶어서, 왼손으로 보조 컨트롤러를 소환하려 시도했다. 하지만 아무리 손가락을 움직여봐도 손에 잡히는 건 오직 공기뿐. 물론 낙하도 멈추지 않았다. 낙하지점이 물이라고는 해도, 이 지점에서 떨어지면 대미지 없이 넘어가는 건 불가능하다.

생각해보면, 나와 아스나, 그리고 앨리스는 사망 시의 리스폰(소생) 포인트를 로그하우스로 설정해두었다. 그 로그하우스가 파괴, 소멸되어 버린다면 어디서 소생하게 되는 걸까? 가장 가까운 마을? 아니면 예전의 리스폰 포인트였던 이그드라실 시티?

만약에 로그하우스가 소멸된다고 해도, 거기에는 홈 스토리지에 보관해둔 대량의 아이템이 남아 있었을 테니, 추억이 담긴 물건들이 다수 포함된 그 아이템들은 회수해야만 한다. 하지만 아득히 먼 곳에서 소생한다면, 아이템들이 썩기 전에 여기로 돌아올 수 있을까? 역시 여기서 죽을 수는 없다.

"모두 몸을 웅크려!"

ALO에서는——SAO에서도 그랬지만——높은 곳에서 떨어질 때의 대미지는 격돌 순간의 자세에 따라 달라지게 되어 있다. 바닥이 땅이었다면 발부터 착지하는 것도 시도해보겠지만, 깊이를 알 수 없는 수면의 경우에는 완전 방어 자세가 가장 안전하다고 할 수 있을 것이다. 두 다리를 가슴까지 끌어올려 웅크리고, 양손을 머리에 둘러 보호하고, 호흡을 멈춘다.

다행히도, 강물 속에서 포식자가 튀어나오는 사태는 발생하지 않았다. 물에 흠뻑 젖은 채 뭍으로 올라간 우리는, 나란히 기나긴 한숨을 지었다. 아스나의 한숨에서는 피로 이외의 다른 울림도 느껴졌기에, 나는 그녀의 등에 살포시 오른손을 얹었다.

강 오른쪽에 보이는 숲의 나무들은 마치 요툰헤임의 거대 짐승이 돌진하기라도 한 것처럼 거꾸러져 있었다. 흙먼지 이펙트는 잦아들었지만, 로그하우스가 있는 작은 섬은 여기선 보이지 않았다. 지형의 돌기에 가려져 있는 걸까——아니면 섬 자체가 통째로 분쇄되어버린 걸까.

"……괜찮아."

아스나는 그렇게 중얼거리고, 다부지게 허리를 꼿꼿이 폈다.

"집이 어떻게 됐는지 확인해봐야지."

"분명 괜찮을 거예요."

그렇게 말하면서 다가온 앨리스가, 상체를 부르르 떨었다. 오른손으로 자신의 세모난 귀를 만져 보고는, 고개를 갸우뚱했다.

"……좀처럼 안 마르네요……."

듣고 보니, 내가 장착하고 있는 검은 코트도 아직 소매며 옷자락에서 물이 뚝뚝 떨어지고 있었다. 쾌적한 플레이를 강점으로 내세우고 있는 현행 ALO에서는, 불쾌하기 짝이 없는 ≪젖음 효과≫를 오래 지속시키지 않아서, 옷을 입고 수영하는 상황이 되더라도 물 밖으로 나오면 수십 초 만에 머리며 옷의 물기가 말끔히 건조되어야 정상이다.

어쩌면 아인크라드 낙하는 이상현상 그 자체가 아니라, 더 거대하고 심각한 이변의 일부분에 불과한 것 아닐까. 나는 또다시 오한을 느끼면서, 만약의 사태에 대비해 무기를 장착하려고 오른손으로 메뉴창을 불러내려 했다.

그러나, 메뉴는 나타나지 않았다.

"아니, 왜 이러는 거야……."

쉰 목소리로 뇌까리면서, 두 손가락으로 정신없이 공중을 클릭했다. 하지만 아무리 클릭해봐도 귀에 익은 효과음은 들려오지 않았다. 오른손으로도 시도해보았지만 결과는 같았다.

설마 정말로 그 일이 또 한 번 되풀이되는 건가……, 하고 전율한 바로 그 때.

띠링 하는 작은 사운드가 울리고, 들고 있던 오른손 밑에 작은 창이 표시되었다. 허둥지둥 살펴보니, 삭막한 고딕 폰트가 나열되어 있었다. 그 내용인 즉, 【Tips : 메뉴창을 불러내려면 오른손 검지와 중지로 시계방향의 원을 그리십시오】.

"……원?"

고개를 갸웃거리면서도, 지시에 따라 두 손가락으로 공중에 직경 10센티미터 정도의 원을 그렸다.

그러자 한층 더 이상한 울림의 효과음과 함께, 보라색으로 엷게 빛나는 메뉴 화면이 출현했다. 그제야 안도의 한숨을 내쉬고――싶은 상황이지만, 나도, 좌우에서 나를 바라보고 있던 아스나와 앨리스도, 동시에 경악에 찬 목소리를 토해냈다.

왜냐하면 내 오른손에 나타난 메뉴 화면이, SAO나 ALO에서 자주 보아왔던 사각형 모양이 아니라 심플한 아이콘이 원형으로 늘어선 소위 링 메뉴였기 때문이다. 형태 자체는 그리 희귀한 건 아니었지만. ALO의 UI가 쇄신된다는 소식은 들은 바가 없었다.

아연실색해서 손가락을 움직여보니, 그 손가락이 향한 방향의 아이콘이 쑤욱 확대되고 오버레이로 알파벳이 표시되었다. 열두 시 방향부터 시계방향으로 확인해보니, 스테이터스, 스킬, 이큅먼트(장비), 스토리지(소지품), 퀘스트, 맵, 커뮤니케이션, 그리고 시스템, 이렇게 여덟 종류. MMORPG의 메뉴로서는 지극히 정석적인 구성이었지만, 지금은 그 평범함조차도 어쩐지 오싹하게 느껴졌다.

긴장된 손끝으로, 좌측 상단의 시스템 아이콘을 플립. 동그란 아이콘이 회전하면서 증식해서, 몇 개의 서브메뉴를 표시했다. 그래픽이며 사운드, UI 설정 아이콘에 이어서, 문 모양을 한――로그아웃 아이콘.

"""후우…………."""

나와 아스나가 동시에 안도의 한숨을 내쉬자, 앨리스는 잠시 어리둥절한 얼굴로 그런 우리를 쳐다보았다가, 이내 이해한 듯 고개를 끄덕였다.

"아아, ≪소드 아트 온라인≫ 때 일이 떠오르신 거군요."

"응……."

아스나는 고개를 끄덕였다가, 씁쓸한 미소를 머금은 채 말을 이었다.

"어뮤스피어는 안전한 기계니까, 똑같은 일이 벌어질 리는 없지만 말야……. 가상세계에서 평소와 다른 일이 일어나면, 아무래도 긴장하게 돼."

"당연한 반응이에요."

앨리스는 그녀답지 않게――이렇게 말하면 기사님께 실례일지도 모르지만――위로하듯 말했지만, 이내 평소의 말투로 돌아와서 고개를 가로저었다.

"그나저나, 저는 카야바라는 인간을 도무지 이해할 수 없네요. 리얼 월드에서는 매일 10만 명 이상의 인간이 죽고 있는데, 굳이 원래는 안전해야 할 버추얼 월드에 젊은이들을 가둬 놓고, 마물들과, 혹은 인간들끼리 죽고 죽이는 싸움을 하게 만들다니……. 대체 무슨 이득을 얻으려고 그런 짓을 한 걸까요."

더할 나위 없이 순수한 그 질문에는, 나도 아스나도 대답할 수 없었다. 카야바 아키히코가 무엇을 원했는지――아니, 원하고 있는지, 4년 가까이 고민해왔건만, 아직도 그 해답에는 다가서지 못하고 있는 것이다.

"……그걸 알려면, 그 녀석 본인에게 물어보는 수밖에 없을 거야. 순순히 대답해줄 것 같지는 않지만 말야."

그렇게 말하고, 나는 시스템 아이콘을 원래 크기로 되돌렸다. 만전을 기하자면 일단 로그아웃해보는 게 맞겠지만, 지금은 그보다 로그하우스의 상태 확인이 더 시급하게 느껴졌다.

아니, 그 전에 확인해둬야 할 것이 하나 더 있었다. 로그하우스보다 약간 늦게 대지에 낙하했을 아인크라드 본체는 어떻게 된 걸까. 그렇게 거대한 구조물이 흔적도 없이 파괴돼버렸을 리는 없겠지만, 안에 있던 플레이어들은 고도 낙하 대미지를 적용받았을 가능성도 있다.

45층에서 시리카와 함께 스킬업을 하고 있었을 리즈벳에게 메시지를 보내기 위해 커뮤니케이션 아이콘을 누르려 하다가 손을 멈추었다. 깨작깨작 홀로 키보드를 누르는 것보다 훨씬 쉬운 방법이 있지 않은가.

"유이, 있어?"

공중을 향해 외쳐 부르고, 반응을 기다렸다. 아스나와 앨리스도 공중으로 시선을 돌렸다.

SAO에서 태어난 인공지능인 유이는, 이 ALO에서는 나의 ≪내비게이션 픽시≫로 시스템에 등록되어 있다. 다른 픽시와는 달리 그녀 혼자서도 자유로이 행동할 수 있지만, 내가 이름을 부르면 월드맵 어디에 있건 순식간에 돌아올 수 있다.

분명히, 그래야 할 텐데.

"………………."

몇 초를 기다려도, 아무 일도 일어나지 않았다. 지금까지는 항상 부르자마자 공중에서 퐁 하고 튀어나왔는데.

"……키리토 군, 유이는……?"

불안한 표정으로 중얼거리듯 묻는 아스나에게, 나도 초조함을 애써 참으며 대답했다.

"……45층에서 리즈 일행과 같이 사냥하고 있었을 텐데……."

"그럼, ALO에 접속하고 있었다는 얘기잖아?"
그런 아스나의 말에, 나는 한 박자 늦게 고개를 끄덕이려 했지만, 그보다 앞서서.
"애초에……."
앨리스가 한 발짝 앞으로 나서서, 다시 푸르름을 되찾은 하늘을 올려다보며 말했다.
"여기는 정말 알브헤임일까요?"
"어……, 무, 무슨 뜻이야?"
어안이 벙벙해진 내 앞에서, 앨리스는 우리 셋 뒤로 펼쳐진 숲 쪽으로 눈길을 돌렸다.
"――키리토는 몰랐겠지만, 알브헤임에 존재하는 식물의 종류는, 리얼 월드는 물론 언더월드와 비교해도 지극히 한정적이에요. 나무는 활엽수와 침엽수를 다 합쳐도 30종류 정도밖에 안 되겠죠……. 그런데 저 숲에는, 알브헤임에서는 본 적 없는 나무들이 수도 없이 많아요."
"아……, 듣고 보니……."
그렇게 중얼거리는 아스나와 함께 푸르른 숲을 주시해보았다. 오브젝트의 정밀도가 엄청나게 높네……, 하는 생각은 들었지만, 나무의 종류까지는 분간이 가지 않았다. 하지만 레어한 나무나 그 나무로 만든 가구를 좋아하는 아스나는 납득이 간 듯 고개를 끄덕이고, 이쪽을 돌아보았다.
"앨리스 말이 맞아. 알브헤임에서는 본 적이 없었던 나무들이 잔뜩 있어. 그리고……, 나도 좀 이상하다고 생각했어."
"이상하다니, 뭐가?"

"알브헤임의 운디네령에는 호수가 많이 있긴 하지만, 기본적으로 그 호수들은 지하수도로 연결돼 있어서, 지상에 이렇게 큰 강은 없었으니까."

그런 지적을 들으니 정말로 그런 것 같은 느낌도 들었지만, 내가 30분 전에 다이브한 건 틀림없이 ALO였고, ALO에 알브헤임 이외의 지상 맵은 존재하지 않는다. 다른 북유럽 신화의 세계――예를 들어 아스 신족의 나라 ≪아스가르드≫나, 반 신족의 나라 ≪바나헤임≫ 같은 게 예고 없이 도입된 건지도 모르지만, 서프라이즈 이벤트 치고는 도입 방식이 지나치게 과격했다.

"……하지만, 적어도 여기는 ALO 안이고, 그렇다면 유이는 내 호출에 응답하는 게 정상일 텐데……."

나는 반쯤 나 자신을 타이르듯 뇌까리면서, 표시되어 있는 링 메뉴로 다시 손을 가져가서, 열두 시 방향에 있는 스테이터스 아이콘을 전개시켰다. 슈슛 하는 소리와 함께 원형의 아이콘이 4분할되어 펼쳐져서, 네모난 창을 만들어냈다.

"이거 봐, 캐릭터 데이터도 분명히…………."

나의 목소리는, 거기서 연기처럼 소멸했다.

창 최상단에는 【Kirito】라는 캐릭터 네임이 또렷하게 표시되어 있었다.

하지만 기억 속에 있는 내 스테이터스와 공통된 점은 그게 전부였다.

이름 오른쪽에는 또렷하게 빛나는 【Lv.1】이라는 숫자. 그 아래쪽에는 네 개의 컬러 바. 위에서부터 각각 HP, MP, TP,

SP라고 표시되어 있었다. HP바 위에는 【98/200】, MP와 TP, SP바 위에는 【100/100】이라는 숫자가 하얗게 빛나고 있었다.

HP와 MP는 알겠지만——TP와 SP는 대체 뭐지?

아니, 더 큰 문제는.

"…………레벨 1…………."

아스나와 앨리스는 쉬어버린 목소리로 신음하는 내 얼굴을 2초 정도 말없이 응시하다가, 동시에 오른손을 공중에서 빙글 돌려 링 메뉴를 표시했다. 각자의 스테이터스 화면을 응시하고는, 이구동성으로 절규했다.

"나도 레벨 1이 돼 있어!"

"저도 레벨 1이에요!"

"이게 대체 어떻게 된 거야?!"

"이게 대체 어떻게 된 거죠?!"

둘이서 그렇게 따지고드는 바람에, 나는 붕붕 고개를 가로저었다.

"나, 나한테 따져서 어쩌자는 거야……. 나도 엄청 충격 받은 상태인데……. 아니, 그보다 애초에 ALO에는……."

레벨 개념은 없었을 텐데, 라는 말을 되삼켰다. 1년 전에 나에게 이 게임을 가르쳐주던 에길의 목소리가 뇌리에 떠올랐다.

——완전 스킬제. 소위 ≪레벨≫이라는 건 존재하지 않는다더군. 반복 사용을 통해서 각종 스킬들이 향상될 뿐, 육성해도 체력은 별반 늘어나지 않는다는 모양이야.

목소리와 함께, 어째선지 이쪽을 향해 엄지를 착 추켜드는 스킨헤드 점장의 미소까지 떠올랐지만, 나는 즉시 그 모습을 뇌리에서 삭제하고 고찰을 이어갔다.

UI뿐만이 아니라, 게임 시스템의 근간인 레벨/스킬제까지 변화한 거라면, 이건 업데이트의 범주를 넘어선 수준의 변화였다. 이제 이 세계는 더 이상 내가 알던 알브헤임 온라인이 아니라고 생각하는 게 좋을 것이다.

레벨1짜리 캐릭터 스테이터스에서 시선을 돌려, 시야 좌측 상단에 표시되어 있는 바 그래프를 응시했다. 강에 떨어질 때 반감된 채로 아직 거의 회복되지 않은 HP바 밑에는 녹색의 MP바가 있고, 그 밑에는 전에 없던 가느다란 바가 두 개 생겨나 있었다. 아마 파란색이 TP, 노란색이 SP이리라. 낙하하면서 HP를 봤을 때 “어라?” 하고 느꼈던 것은, 그때부터 이미 두 줄의 바가 추가되어 있었기 때문이었을 것이다.

“……아마, 등에 있던 날개가 사라져서 떨어졌을 때……. 그때쯤 시스템이 바뀐 거겠지……. 귀도 그때…….”

내가 중얼거리자, 아스나가 짧아진 귀를 어루만지면서 덧붙였다.

“캐릭터 데이터를 완전히 리셋시키다니, 이건 일반적인 업데이트는 아닌 게 분명해. 사고나 버그라고 치기에는 이 UI의 완성도가 너무 높고…….”

“그러게 말야…….”

고개를 끄덕이면서, 링 메뉴 위에서 손을 돌렸다. 아이콘 확대와 축소의 매끄러운 움직임으로 보아, 상당한 시간을 들여

정성스레 만든 것임을 짐작할 수 있었다.

착신 아이콘은 나타나지 않았지만, 어쩌면 운영사인 유미르의 메시지가 와 있을지도 모른다는 생각에, 커뮤니케이션 아이콘을 눌렀다. 파티, 친구, 메시지, 이 세 개의 서브 아이콘 중에 세 번째 아이콘을 선택했다.

그렇게 나타난 창에 새로운 메시지는 한 통도 없었다——아니, 그 이전에, 메시지함에 있던 메시지들이 모조리 삭제되어 있었다. 덧붙이자면, 친구 목록도 텅 비어 있었다. 이러면 리즈나 시리카에게 메시지를 보낼 수도 없다.

"스테이터스와 친구 목록, 모두 말끔하게 다 초기화돼 버렸다는 거네."

한숨 섞인 목소리로 그렇게 말하자, 앨리스가 금발을 양 옆으로 흔들었다.

"모든 게 다 사라진 건 아냐. 적어도 이건 남아 있으니까."

왼손을 들고, 오른손 손가락으로 금색 건틀릿을 툭툭 쳤다. 그 말대로 나와 아스나 역시 방어구는 여전히 착용하고 있었다. 우리 셋의 장비는 모두 고생 끝에 모은 레어 재료로 리즈벳에게 의뢰해서 제작하거나 신생 아인크라드의 고난도 던전에서 구한 것들이었기에, 이것들이 남아 있으니 다행이라 생각해야 하리라. 흠뻑 머금었던 물도 이제 슬슬 말라가고 있었다.

방어구가 남아 있는 걸 보면 장착을 해제해두었던 무기도 무사하겠지, 제발 그래야 해……, 라고 염원하면서 스토리지를 열었다.

보유 아이템 목록도 예전의 심플한 텍스트 표시와는 외양부터 달라져 있었다. 정방형의 격자에 아이템의 외관을 축소해 놓은 그래피컬한 아이콘이 늘어서 있는 타입으로 나름대로 편리해 보이기는 했지만, 문제는 드넓은 격자에 있는 아이콘이 단 두 개뿐이라는 점이었다.

둘 다 한손용 직검――한 자루는 리즈벳이 직접 만든 ≪블랙벨트≫, 또 한 자루는 요툰헤임에서 손에 넣은 ≪성검 엑스캘리버≫. 그 이외의, 스토리지를 가득 채우고 있던 각양각색의 아이템들은 흔적도 없이 사라져 있었다.

"……검밖에 없잖아……."

신음하면서 시선을 움직여 보니, 아스나와 앨리스도 자신들의 스토리지 화면을 쳐다보던 고개를 들고 말했다.

"나도 레이피어와 스태프밖에 안 남아 있어."

"저도 검과 방패뿐이에요."

"으―으음……. 분명히 무기는 이것 말고도 더 있었을 텐데, 왜 애용품만 남아 있는 건지……."

내가 의문을 제기하자, 앨리스가 가만히 어깨를 으쓱했다.

"애용품이라서 그런 것 아닐까요? 사용시간이 가장 긴 장비 두 개만 남고, 나머지는 전부 사라지는 식으로……."

"그렇구나. 그렇다면……. 이건 역시 인위적인 현상이라는 결론이 나오네. 버그나 사고였다면, 선심이라도 쓴 것처럼 애용품만 남았을 리가 없으니까."

그렇게 말하고, 나는 일단 검을 실체화하기 위해, 평소에 사용하는 ≪블렉밸트≫를 탭하고, 서브메뉴에서 ≪장착≫을 선

택했다. 스토리지에서 검 아이콘이 소멸하고, 내 등에는 묵직하고 듬직한 무게감이——.

"으억……?!"

듬직한 수준이 아니었다. 마치 거대한 건설용 철골을 짊어진 것 같은 어마어마한 중량이 등을 짓눌러서 풀썩 무릎이 꺾였다. 볼썽사납게 엉덩방아를 찧는 상황을 회피하기 위해 양손을 휘젓다가, 손가락에 걸린 것을 반사적으로 붙잡았다. 그 순간,

"꺄아아아악!"

"잠깐, 무슨 짓을……!"

두 종류의 비명이 동시에 울려 퍼졌기에 위를 올려다보니, 내 오른손이 붙잡고 있는 것은 아스나의, 왼손이 붙잡고 있는 것은 앨리스의 허리춤에 달린 검 홀더였다. 누가 봐도 신사적이라고는 하기 힘든 행위였지만, 그렇다고 손을 놓으면 강가 모래밭에 엉덩이부터 낙하하고 말 것이다.

"미, 미안, 조금만 더 버텨줘!"

비명을 지르는 두 사람을 붙잡은 채, 나는 가까스로 자세를 바로잡아서, 엉덩이가 아닌 왼쪽 무릎부터 바닥에 닿았다. 숙녀들의 검 홀더에서 뗀 양손도 바닥에 대서 상체를 떠받쳤다.

자빠지는 사태는 아슬아슬하게 회피해냈지만, 애검의 비정상적인 무게는 그대로여서 도저히 일어설 수가 없었다. 시선을 들어보니, HP바 오른쪽 공간에 분동 모양의 아이콘이 깜박이고 있었다. 처음 보는 아이콘이지만 의미는 이해할 수 있었다——중량 오버다. 그런데, 대체 왜?

그 의문에 대답한 건 얼굴이 빨개진 채 검 홀더를 끌어올리고 있던 아스나였다.

"아아, 그랬구나……. 스테이터스가 리셋되는 바람에, 장착할 수 있는 중량도 줄어든 거야. 그 검, 리즈가 최근에 만들어준 거잖아? 초기 스테이터스로는 못 드는 게 당연하지."

"에엑, 그럴 수가……. 그럼 남아 있어 봤자 쓰지도 못하잖아……."

투덜거리면서, 눈앞에 표시되어 있는 스테이터스 화면을 재확인. 중량에 관계되어 보이는 파라미터는 두 개 있었는데, 위에는 ≪이큅 웨이트≫, 밑에는 ≪캐리 웨이트≫라는 문자가 표시되어 있었다. 직역하자면 장비중량과 운반중량. 스토리지에 넣고 운반할 수 있는 중량을 뜻하는 것으로 보이는 캐리 웨이트 파라미터는 3할 정도밖에 차지 않았지만, 이큅 웨이트 파라미터는 오른쪽 끝까지 빨갛게 칠해져 있었다. 아니, 캐리 웨이트 쪽도, 칼 한 자루만으로도――비록 그게 전설급 무기인 엑스캘리버라고 해도――3할이나 차버리니 영 불안하지 않을 수 없었다.

"큰일인데……. 쓸 수 있는 무기가 없다는 건, 지금 몬스터가 덮쳐들면 한 방에 끝장이라는 거잖아."

나의 지적에, 아스나도 심각한 표정으로 고개를 끄덕였다.

"그러고 보니 그러네. 아마 마법 스킬도 리셋돼 있을……테고…………."

그 말이 부자연스럽게 중간에 끊긴 걸 보고, 스테이터스 화면을 보고 있던 시선을 움직였다.

아스나는 마치 혼이 빠져나가기라도 한 것처럼 허공을 응시하고 있었으나, 그 직후, 어마어마한 속도로 링 메뉴를 조작했다. 손가락이 움직인 방향으로 보아 스킬창을 열고, 잡아먹을 듯 응시하는 것 같았다.

"가, 갑자기 왜 그래, 아스나?"

하지만 운디네는 내 질문에 대답하지 않은 채 떨리는 손가락으로 창의 한 점을 탭하더니, 몇 초 후, 더할 나위 없이 안도에 찬 표정으로 후우—하고 기나긴 한숨을 내쉬었다.

"……왜 그러는데?"

땅바닥에 무릎을 꿇은 채 다시 한 번 묻자, 아스나는 나를 보며 옅은 미소를 지었다.

"무기 스킬도……, 익혔던 소드 스킬도 전부 사라졌을 줄 알았어. 그런데……, 마법이나 조합 같은 건 사라졌지만, 레이피어 스킬만은 남아 있어. 숙련도도 소드 스킬도, 그대로 있어."

그 말을 듣고, 나는 그제야 깨달았다. 아스나에게는, 어쩌면 로그하우스보다도 더 소중할 수도 있는 게 이 세계에 있는 것이다. 반 년 전에 기나긴 잠에 든 최강 검사 ≪절검≫ 유우키가 남긴 오리지널 소드 스킬——≪마더즈 로자리오≫. 하지만 불행 중 다행으로, 그 스킬을 비롯한 습득 완료 검술들은 사라지지 않은 모양이었다.

"흐음……. 저도 한손검 스킬은 남아 있어요. 무기와 마찬가지로, 가장 숙련도가 높은 스킬 하나만 남은 모양이네요."

앨리스의 분석은 정답일 것이다. 그렇다면 나도 한손검 스킬만은 무사할 것이다. 거기까지 생각이 미쳤을 때, 문득 떠오른 의문을 아스나에게 물어보았다.

"어라……, 그렇다면 아스나, 넌 물마법 스킬보다 레이피어 스킬의 숙련도가 더 높았다는 얘기야……?"

"왜, 그러면 안 돼?"

싸늘한 눈초리에, 허둥지둥 고개를 가로저었다.

"아, 아뇨아뇨, 그럴 리가요. 역시 버서크 힐러 님은 뭐가 달라도 다르다 싶어서……."

"마법 스킬도 없어졌으니까, 그 별명은 반납할게."

아스나는 쌀쌀맞게 고개를 홱 돌렸다가, 이내 다시 이쪽을 보며 말했다.

"그보다 키리토 군, 언제까지 그러고 있을 거야? 장착도 못하는 검을 짊어지고 있어 봤자 소용없잖아. 빨리 스토리지에 집어넣어."

"아, 알았다니까……."

대답은 그렇게 하면서도, 마지막 발버둥으로, 블랙벨트를 짊어진 채 일어서려 했다. 하지만 양 무릎이 부들부들 떨리기만 할 뿐, 도무지 몸을 일으킬 수 없었다. 끙끙거리며 신음하는 나를 굽어보던 아스나와 앨리스가 동시에 한숨을 지었다.

하지만, 내 노력도 완전히 헛수고는 아니었다.

치링, 하는 효과음과 함께 눈앞에 작은 창이 출현한 것이다.

【강건 스킬을 획득했습니다. 숙련도가 1로 상승했습니다】

——이런 메시지를 읽은 나는, 한동안 멍하니 눈을 껌벅거리고만 있었다.

보아하니 스킬 등의 시스템은 ALO와 공통인 모양이었다. 행동에 의해 PI(숙련도 상승) 트리거의 발동조건을 충족시키면, 스킬 획득/숙련도 상승의 기회가 주어진다. 강건 스킬이라는 건 처음 봤지만, 아마 SAO에 있었던 ≪소지용량확장≫과 마찬가지로, 숙련도가 오르면 더 많은 무게를 들 수 있게 되는 것이리라.

다시 말해, 계속 애검의 무시무시한 무게를 견디고 있으면 강건 스킬의 숙련도도 계속 상승해서, 언젠가 빨간 중량 오버 아이콘이 사라질 것이다――라고 짐작할 수는 있었지만, 과연 몇 시간, 혹은 며칠이 걸릴지는 짐작조차 가지 않았다. 지금은 얌전히 아스나의 지시를 따르기로 하고, 장비 화면으로 이동, 오른손 부분에 표시되어 있는 블랙 벨트 아이콘을 스토리지 아이콘으로 드래그&드롭했다.

그 순간 등을 짓누르던 무게가 거짓말처럼 사라져서, 나는 힘차게 일어섰다. 크게 기지개를 켜서, 굳어졌던 몸――물론 착각이긴 하지만――을 풀면서, 로그하우스가 낙하한 방향을 쳐다보았다. 아스나와 앨리스도 말없이 상류 쪽으로 시선을 돌렸다.

"……가자."

내가 중얼거리자, 두 사람은 꾸벅 고개를 끄덕였다. 무기도 장착할 수 없는 상태로 숲에 들어가는 건 불안했지만, 이대로 계속 강가에만 머물러 있을 수는 없는 노릇이었다.

우리는 크고 작은 돌들이 수없이 나뒹구는 강가를 걷기 시작했다. 문득 한 가지 생각이 떠오른 나는, 링메뉴에서 커뮤니케이션, 파티 메뉴를 차례대로 선택, 아스나와 앨리스에게 초대 아이콘을 던졌다. 두 사람이 수락하자, 시야 좌측 상단에 새로운 게이지가 출현. 이런 기본적인 화면 구성이 ALO나 GGO, 그리고 SAO와도 공통되는 것으로 보아, 적어도 이 세계가 더 시드 규격의 VRMMO 월드임을 짐작할 수 있었다.

"HP와 MP는 알겠지만, 이 TP랑 SP라는 바는 뭐지……?"

아스나가 걸으면서 중얼거렸지만, 둘 다 아직 가득 차 있는 상태에서 변화가 없었기에 현재로서는 추측할 길이 없었다.

"뭐, 줄어들면 알 수 있겠죠."

나와 같은 생각을 하고 있었던 듯한 앨리스의 대답에, 아스나가 "하긴 그렇겠네"라며 웃었다.

이 둘, 실은 제법 죽이 잘 맞는 거 아닐까……, 하는 생각이 들었지만 굳이 말하지는 않고, 넘어지지 않도록 조심하면서 발걸음을 옮겼다. 그러다 보니 이윽고 깊은 숲에 새겨진 낙하 흔적의 입구에 다다랐다. 아름드리나무가 밑동부터 꺾여 있는 광경은 무참하다는 말밖에 나오지 않았지만, 몬스터의 기습을 어느 정도 막을 수 있다는 점에서는 반갑기도 했다.

낙하 흔적으로 들어서기 전에 일단 맵 아이콘을 눌러 보았지만, 예상대로 현재 위치 주변의 지도밖에 나오지 않았다. 여기가 알브헤임의 운디네령이건 아니건, 맵 데이터도 리셋되었다는 점은 분명해 보였다. 하지만 적어도 우리가 북동쪽으로 향하고 있다는 건 알 수 있었다——지도 위쪽이 북쪽이라면 말이지만.

무질서하게 쓰러진 채 쌓여서 미로를 이루고 있는 통나무들

사이를 신중하게 걸어갔다. 쓰러진 나무를 타 넘고, 밑을 통과하고, 비좁은 틈새를 빠져나가는 식으로 50미터 정도를 나아갔지만, 결국 아바타 키의 두 배쯤 되어 보이는 통나무 벽에 길이 막혀버리고 말았다. 날개를 쓸 수 있다면 단번에 넘어갈 수 있었겠지만, 지금은 우직하게 기어 올라가는 수밖에 없었다.

“영차…….”

어린 시절, 여동생 스구하와 함께 카와고에시에 있는 이사누마 공원의 장애물 코스 놀이시설에서 놀던 기억을 떠올리며 벽의 중간 정도까지 올라갔을 때.

“아……, 혹시…….”

아스나가 그렇게 중얼거리며 오른손을 뻗어서 내가 오른손으로 붙잡고 있던 통나무를 탭했다. 슈웅 하는 회전 효과와 함께 창이 열렸다.

“역시 내 짐작이 맞았어! 이 통나무, 소재 아이템 취급이야. 스토리지에 수납할 수 있는 것 같아.”

“아니, 내려갈 때까지 기다…….”

그렇게 말하던 내 발밑에서 거대한 통나무가 파란 빛을 내며 사라졌다.

“우와악!!”

오른발이 휙 하고 허공을 갈랐다. 몸을 지탱할 게 사라지는 바람에 결국 땅바닥에 엉덩방아를 찧고 떨어진 내 머리 위로, 사라진 통나무 위에 얹혀 있던 통나무 몇 개가 우르르 굴러 떨어졌다.

"와앗, 미안!"

"죄송합니다, 키리토."

아스나와 앨리스가 뒤에서 내 옷깃을 잡아당겨서 탈출시켜 주었지만, 1초만 늦었더라면 말린 오징어 신세가 됐을 것이다.

자칫하면 죽을 뻔했지만, 아스나 덕분에 장애물을 손쉽게 제거할 수 있는 방법을 찾아낸 셈이니 플러스 마이너스 제로인 셈 치기로 하자. 셋이서 통나무를 탭해서 스토리지에 집어넣으니 벽은 몇 초 만에 사라졌지만 충분한 여유가 있었던 캐리 웨이트가 9할 이상까지 차버렸으니, 앞으로는 차근차근 몸으로 때우는 수밖에 없었다.

다행히 기어올라야 할 만큼의 벽은 더 이상 나타나지 않아서, 그냥 타고 넘거나 몸을 숙여 들어가는 식으로 나아가기를 몇 분.

드디어 전방의 시야가 탁 트였다.

"아…………."

아스나가 작은 한숨을 흘렸다. 그것이 안도의 한숨인지 아니면 비탄의 목소리인지, 한 번에는 판단이 서질 않았다.

추억이 가득 담긴 로그하우스는, 숲속의 작은 공터에 상처 입은 몸을 뉘이고 있었다. 완전한 붕괴까지는 가까스로 면했지만, 무사하다고 하기는 힘들었다. 낙하의 충격을 지속적으로 받아낸 것으로 보이는 좌측 벽은 무참하게 부서져 있고, 지붕도 중앙 부분이 크게 파여 있었다. 유리창은 한 장도 빠짐없이 깨져 나갔고, 외부 현관 지붕과 계단은 요툰헤임의 악신에게 짓밟힌 것 같은 몰골이었다.

그래도 만 미터 높이에서 낙하한 것에 비하면, 집이 가까스로 원형을 보존하고 있다는 것만으로도 기적이라 해야 할지도 몰랐다. 가장 큰 충격이었던 첫 번째 충격을 강이 흡수해 준 데다, 숲의 나무들이 희생해서 브레이크를 걸어 준 덕분일 것이다.

아스나가 갑자기 내달렸다. 나와 앨리스도 그 뒤를 따랐다.

무너진 외부 현관 앞에서 멈춰 서서 말없이 로그하우스를 올려다보는 아스나에게, 앨리스가 뭔가 말을 걸려고 했다. 하지만 이내 그 말을 되삼키고, 대신 내 쪽을 쳐다보았다.

"키리토……. 이 집을 복구할 수는 없을까요?"

"복구라……. 애초에 플레이어 홈은 파괴 불가 오브젝트라서 말이지……. 원래 내구력이라는 개념 자체가 존재하지 않을 텐데……."

그렇게 대답하면서, 나는 아스나 옆으로 가서 비스듬하게 기울어진 외부 현관 난간을 탭했다. 눈앞에 나타난 창을 슬쩍 훑어본 순간, "오옷!" 하는 목소리가 절로 터져 나왔다.

ALO에서는, 플레이어 홈의 속성창에 플레이어 홈이라는 표시밖에 나오지 않았다. 하지만 이번에 나온 대형 창에는 최상단에 【사이프러스 통나무집】이라는 표시가 나와 있고, 그 밑에 소유자——아스나와 나——의 이름, 그리고 그 밑에는 내구력을 표시하는 것으로 보이는 컬러바가 있었다. 오버레이로 표시되어 있는 숫자는 【4713/12500】. 이게 로그하우스의 HP일 게 분명해 보였다.

4천 7백이라는 숫자는 100 밑으로 떨어진 내 HP에 비하면 엄청난 수치로 보였지만, 최대치에 비하면 3분의 1 수준이었다. 게다가 지켜보는 사이에 현재 수치가 4,712로 줄어들었다. 아무래도 구조 그 자체에 대미지를 입으면 내구치가 조금씩이나마 계속 줄어드는 구조인 모양이었다. 감소 속도는 10초에 1씩. 즉 0이 될 때까지 걸리는 시간은 대략 47,100초가량——60으로 나누면 785분, 다시 한 번 나누면 열세 시간 남짓이 된다.

우측 하단의 시각 표시는 9월 37일 17시 32분. 다시 말해 이대로 아무것도 하지 않고 방치할 경우, 내일 아침 6시 반쯤이면 이 로그하우스는 내구치가 완전히 0이 되어 정말로 소멸하고 만다는 얘기가 된다.

왼쪽에서 속성창을 들여다보고 있던 아스나도 같은 결론에 다다른 모양인지, 쉰 목소리로 "내일 아침까지……"라고 중얼거리고 있었다. 하지만 이번에도 앨리스의 차분한 목소리가 나의 조바심을 식혀주었다.

"그 창 아래쪽에 복구라는 버튼이 있는 것 아닌가요?"

"엉?"

지적에 따라 시선을 아래쪽으로 내려보니, 앨리스의 말대로 창 하단에 【정보】【거래】【복구】, 그리고 【분해】라는 네 개의 버튼이 표시되어 있었다.

"오오……."

안도에 찬 목소리를 흘리면서, 혹시라도 잘못해서 분해 버튼을 누르지 않도록 조심해가며, 그 옆에 있는 복구 버튼을 눌렀다.

반파된 집이 빛에 휘감기고, 순식간에 새로운 집으로 돌아왔다——라는 식의 기적은, 애석하게도 일어나지 않았다. 그 대신,

【이 건축물을 복구하기 위해서는 초급 목공 스킬이 필요합니다】

【이 건축물을 복구하기 위해서는 소지하고 있는 자재가 부족합니다. 완전한 복구를 위해서는 ≪제재된 통나무≫×162, ≪제재된 널빤지≫×75, ≪얇은 철판≫×216, ≪쇠못≫×463, ≪아마인유≫×30, ≪유리판≫×4가 필요합니다】

그런 무자비한 메시지가 2연속으로 표시되었고, 나는 넋이 나가서 입을 쩍 벌렸다.

"토……, 통나무 162개라니……."

"그 이전에, 목공 스킬이란 건 뭐야……? 직접 집을 지을 수 있다는 거야?"

나와 마찬가지로 넋이 나가 있는 아스나와 서로를 마주보면서, 뻣뻣하게 고개를 끄덕였다.

"아마……, 그렇겠지. 하우징을 주력 콘텐츠로 미는 게임에서는 흔히 있는 거지만, ALO나 SAO나, 그런 시스템은 없었어. 한 마디로……."

"이 세계는 이제 완전히 다른 게임이라고 생각해야겠죠."

앨리스가 단호하게 말하고 짝 하는 소리를 내며 손뼉을 쳤다.

"어찌 됐거나, 해야 할 일이 뭔지는 알게 된 셈이에요. 거기 나와 있는 자재를 모으고 목공 스킬이라는 걸 습득하면, 이 집을 되살릴 수 있다는 거죠. 그렇다면 이렇게 우물쭈물하고

있을 때가 아닐 것 같은데요?"

"응……, 맞아."

정신적 충격은 나보다 클 테지만 중요한 상황에서의 결단과 행동이 빠른 아스나는, 깊숙이 고개를 끄덕이고는 다시 메시지창을 응시했다. 그것만으로도 필요한 자재 아이템의 종류와 수량을 암기한 듯, 청산유수처럼 거침없이 말했다.

"우선 통나무가 612개 필요한데, 이건 금방 모을 수 있을 거야. 이 근처에 산더미처럼 쌓여 있으니까."

아스나가 가리킨 방향에는, 바윗덩어리에 깔려서 쓰러진 침엽수들이 수도 없이 쌓여 있었다. 아스나의 말대로 그걸 이용하지 않을 이유가 없었지만, 아마 그 전에 해결해야 하는 문제점이 한두 개쯤은 분명 있을 것이다. 하지만 일단 그 문제는 제쳐두고, 아스나를 향해 말했다.

"그럼 최대한 빨리 회수하는 게 좋겠어. 저 상태의 통나무가 몇 시간 동안 썩지 않고 남아 있을 것 같지 않아."

"그건 그래."

내달리려 하는 아스나의 왼손을 꽉 붙들어 세우고, 추가 조언을 건넸다.

"그 전에, 아까 스토리지에 넣어 두었던 통나무를 꺼내서 캐리 웨이트를 줄이자."

아스나는 이번에는 말이 아니라 재빨리 창을 열어서 조작을 시작하는 것으로 대답을 대신했다. 원래는 잘 손질된 잔디밭이 펼쳐져 있던, 하지만 지금은 풀숲과 잡초로 뒤덮여 있는 로그하우스 앞뜰 부분에 묵직한 소리와 함께 세 개의 통나무가 실체화되었다. 스토리지에 넣었을 때와는 달리 부러진 단면이며 잡다한 잔가지는 정리되어 있었지만, 거친 나무껍질은 그대로였다.

나와 앨리스도 같은 곳에 통나무를 방출하고, 이어서 무기도 실체화시켜서 통나무 더미에 기대어 세워두었다. 애검을 야외에 방치하는 건 불안했지만, 검을 훔치는 플레이어가 이 근방에 있지는 않을 것이다.

스토리지가 완전히 비자, 나무들이 쓰러져 있는 쪽을 향해 내달려서 돌아갔다. 무질서하게 쓰러져 있는 통나무들을 모조리 탭해서 스토리지에 수납했다. 고작 대여섯 개만 넣어도 캐리 웨이트가 거의 꽉 찼기에, 그 때마다 다시 앞뜰로 뛰어와서 실체화시켜야 했다.

그런 식으로 다섯 번 왕복하고 나니, 로그하우스 앞 공간이 통나무로 가득 차고 말았다. 하는 수 없이, 쓰러진 나무를 치우고 그 빈 공간에 새로운 통나무를 쌓아 나갔다. 현실세계라면 전용 중장비 없이는 절대로 불가능한 작업이었지만, 가상세계의 아바타는 이동만 가지고는 지치지 않는다. 셋이서 묵묵히 부지런하게 움직인 끝에, 20분 후, 모든 나무들이 질서정연하게 쌓인 통나무로 변했다.

후우 하고 한숨을 내쉰 아스나가, 통나무 더미를 손가락으로 가리켜가며 세었다.

"으음, 통나무 더미 하나가 열다섯 개고, 그게 열 개 있으니까 150개……. 어, 이렇게 많이 쌓았는데도 부족한 거야?!"

"열두 개가 모자라네요……."

앨리스가 어깨를 으쓱하고는 시선을 주위의 숲으로 돌렸다.
"하지만 나무들은 여기저기 더 많이 있어요. 그것들을 베면 금방 모일 거예요."
……아니아니, 그거 쉬운 일이 아닐걸…….
그렇게 생각했지만, 우선 다른 걱정부터 입에 담았다.
"그보다……, 아스나, 통나무의 아이템명이 뭐라고 돼 있어?"
"응……?"
아스나가 고개를 갸웃거리면서 근처의 통나무를 탭. 속성창을 들여다보고 그 내용을 소리 내어 읽었다.
"……≪오래된 휘감이소나무 원목≫이래. 이 나무 이름이 휘감이소나무였구나……."
"그거, 현실세계에도 있는 품종이야?"
"있을 리가 없지!"
당연한 걸 뭐 하러 묻느냐는 듯 딱 잘라 대답하고 나서, 아스나는 울퉁불퉁한 나무껍질을 손바닥으로 어루만졌다.
"그나저나, 제법 고급스러운 나무인 것 같아. 제재하면 좋은 목제가 될 거야."
"호오……. 루리드의 숲에도 비슷한 나무가 있었어요."
앨리스의 입에서 나온 그리운 지명에 향수와도 닮은 감각이 샘솟았지만, 애써 그 감정을 되삼키고 설명을 재개했다.
"으음, 통나무 아이템의 이름이 원목이라고 나와 있잖아? 아마 그냥 이대로는 로그하우스 복구에 필요한 아이템으로 인정되지 않을 거야. 어떻게든 원목을 제재해야 한다는 얘기야."
"제, 제재라니……. 이 세계에는 전기톱이나 로그밀도 없잖아."

로그밀이라는 도구는 난생 처음 들어보는데, 그런 이름이 자연스럽게 튀어나올 만큼 목재를 좋아하는 겁니까 아스나 씨, 라는 경악도 있었지만 그런 건 일단 구석에 밀어두고, 재빨리 고개를 가로저었다.

"아니……. 애초에 거창한 기계 같은 건 이 세계에 존재하지도 않을 것 같아. 필요한 도구만 있으면 원목을 ≪제재된 통나무≫로 만들 수 있을 거야. 그런 작업 과정들은 SAO의 대장장이나 목공세공과 똑같지 않을까 싶어."

아스나는 이해가 간 듯, 통나무 더미를 쳐다보았다.

"제재할 수 있는 도구로 통나무를 몇 번 비벼보면 된다는 거지? 문제는 그 도구가 무엇인가, 그리고 어떻게 손에 넣을 수 있는가……, 그런 것들이겠지."

"그래……. 으—음, 이럴 때 유이가 있었으면 좋았을 텐데!"

평소에는 그녀의 특권적 내비게이션 능력에 의지하는 건 가능한 한 자제하고 있지만, 이런 긴급사태에서는 굳이 그런 걸 따질 필요도 없을 것이다. 나의 절규를 들은 아스나가, 순간 쓴웃음을 지었다가, 걱정 어린 표정으로 말했다.

"아직도 유이와 연락이 안 돼?"

"응……. 아마 ALO의 내비게이션 픽시 시스템 그 자체가 무효화된 게 아닐까 싶어. 아까처럼 계속 리즈 일행과 함께 있는 건지, 아니면 서버에서 쫓겨난 건지는 모르지만……."

내 추측을 들은 아스나의 얼굴이 점점 그늘져갔기에, 나는 황급히 덧붙였다.

"아, 하, 하지만 유이의 물리 하드웨어는 내 방에 있는 PC니까, 유이 자신에게 문제가 생겼을 가능성은 없어. 불안하면 일단 한 번 로그아웃해서 상태를 살펴보고 올 수도 있는데……."

"……아니, 괜찮아. 만약에 유이가 리즈나 시리카와 같이 있다면, 그 애들에게 보탬이 돼줬으면 하니까……."

다부지게 그렇게 말한 아스나는, 옆에 있던 통나무를 툭 쳤다.

"우리는 우리가 할 수 있는 일을 하자."

"그래야 아스나답죠."

빙긋 웃은 앨리스도, 건틀릿 낀 왼손으로 침엽수——휘감이소나무의 거친 나무껍질을 어루만졌다.

"저는 목공 일에 대해서는 조예가 없지만, 센트럴 커시드럴에서 루리드의 숲으로 도망쳤을 때, 가리타 노인의 도움을 받아 제 힘으로 작은 오두막을 지은 적이 있어요. 그때는 이것보다는 가늘지만 종류는 비슷했던 침엽수를 베고, 잔가지를 잘라내고, 나무껍질을 벗겨서 통나무로 만들었는데, 나무껍질을 벗길 때는……, 칼날이 얇고 넓으면서, 양쪽에 손잡이가 달려 있는 도구를 썼던 기억이 나네요."

손짓 몸짓을 해가며 도구의 형태를 설명하는 앨리스를 쳐다보면서, 나도 모르게 고개를 움츠렸다.

최고사제 어드미니스트레이터와의 결전 이후부터 ≪이계전쟁≫ 사이에 벌어졌던 일들은 들어서 알고 있는데, 앨리스는 루리드 마을 근처의 숲에 지은 오두막에서 플럭트라이트가 손상된 나를 반 년 가까이 보살폈다고 한다. 그 당시에 내가 어떤 상태였을지, 어떤 보살핌을 받았을지를 상상하니 뭐라 형언할 수 없는 감각에 휩싸였지만, 그것도 일단 한쪽 구석에 밀어두고 당면한 문제에 집중하기로 했다.

앨리스가 설명한 도구가 어떤 건지 나로서는 상상조차 가지 않았지만, 아스나는 바로 알아챈 모양이었다.

"아, 그건 드로 나이프야. 외국에서 통나무 껍질을 벗길 때 쓰는 도구지. 일본에서는 긴 자루가 달린 농기구 같은 도구로 나무껍질을 벗기지만 말야."

"흐음. 그럼 그 드로 나이프라는 걸 만들거나 구입해야 할 필요가 있다는 거군요. 하지만 만들려면 다른 도구나 소재가 필요할 테고……, 사려고 해도 낙하지점 주위에 도시나 마을은 안 보였으니……."

얼굴을 찌푸린 고양이 귀 기사님은, 휘감이소나무 나무껍질을 손가락으로 벅벅 할퀴어대기 시작했다.

"에잇, 드로 나이프가 아니더라도, 평범한 나이프 한 자루만 있으면 이딴 나무껍질쯤은 당장 벗겨버릴 수 있을 텐데."

나는 앨리스의 씩씩한 말에 쓴웃음이 나왔지만, 아스나는 뭔가 아이디어가 떠오른 듯 "아" 하는 탄성을 터뜨렸다.

"여, 여기서 잠깐 기다려봐!"

그리고 그렇게 소리치면서 반파된 로그하우스로 뛰어들었다. 하지만 불과 10초 정도 만에 다시 돌아와서, 힘없이 고개를 가로저었다.

"집의 홈 스토리지가 무사하다면 나이프는 얼마든지 있을 거라고 생각했는데……, 우리 스토리지와 마찬가지로 텅 비어 있었어. 오브젝트화됐던 가구와 식기류도 전부 사라져 있었어.”

“그렇구나…….”

로그하우스 안에 있던 인테리어 소품이나 장식품들은 아스나가 알브헤임 전역의 가게들을 돌아다니며 고르고 골라 사 모은 물건들이었다. 그것들이 몽땅 사라져버린 것에 대한 충격은 내가 생각하는 것보다 훨씬 클 것이다. 풀 죽어 있는 아스나를 위로하려고 한 발짝 앞으로 나섰다가, 문득 깨달았다.

“……아니……, 나이프로도 된다면…….”

휙 고개를 돌려보니, 그곳에는 통나무 더미에 기대어 걸쳐 세워두었던 네 자루 검과 한 자루의 스태프, 한 장의 방패. 재빨리 그쪽으로 뛰어가서, 애검 블랙벨트의 칼자루를 어루만졌다.

“……통나무 껍질은 이 녀석으로도 벗길 수 있을 거야.”

“과연 그럴까요, 키리토? 아까 보이신 추태를 벌써 잊으신 건가요?”

뒤에서 앨리스의 황당해 하는 목소리가 들려왔다. 나는 그런 앨리스를 향해 히죽 웃어 보이며 말했다.

“당연히 안 잊었지. 하지만 아까 중량 오버가 된 건 풀장비 상태라서 그랬던 거야. 검 이외의 장비를 다 해제해버리면…….”

바쁘게 말하면서 오른손을 빙글 돌려서, 링메뉴 중에 장비화면으로 이동. SAO 시대부터 변함없이 장비화면 좌측에 위치해 있는 ≪전무장해제≫ 버튼을 주저 없이 눌렀다. 내 온몸이 수많은 빛의 고리에 휘감기더니, 코트며 셔츠며 바지, 부츠 등 방어구가 순식간에 소멸. 남은 것은 검은 복서 브리프 한 장뿐이었다. 직후,

"이……, 이게 무슨 짓이에요!"

"다짜고짜 벗으면 어떡해~!"

여자들이 그렇게 비명을 질렀지만, 지금은 사과할 시간조차 아까웠다.

"일단 지켜보기나 해."

글러브가 사라진 양손으로 탁탁 손뼉을 치고 나서, 블랙벨트의 칼자루를 움켜쥐었다. 자세를 낮추고 단숨에 검을 뽑으려——

하다가, 털썩 하고 양 무릎을 꿇고 말았다. 검은 통나무 더미에 기대어 세워두었을 뿐이건만, 마치 땅바닥에 용접이라도 시켜놓은 것처럼 무거웠다. 현실세계였다면 허리를 삐끗했을지도 모른다.

"으에……?! 왜 이러지……?"

방금 내가 벗어던진 방어구류는 거의 가죽과 천으로 만들어진 것이긴 하지만, 고레벨 장비인 만큼 그 무게는 상당할 것이었다. 합계중량이 블랙벨트 한 자루보다 가볍다는 건 말도 안 되는 일이었다.

영문을 알 수 없어서 땅바닥에 정좌한 채로 눈앞에 있는 검을 응시하다 보니, 퍼뜩 한 가지 생각이 뇌리를 스쳤다.

"아……. 서, 설마, 구제조치였던 건가……?"

"무슨 얘기야?"

어리둥절한 표정의 아스나를 올려다보며 내 추측을 얘기했다.

"으음……. 정확히 어느 시점부터였는지는 모르지만, 우리 전원이 레벨1 상태가 되고, 스테이터스도 리셋됐잖아? 그 순간에 방어구가 중량 오버가 되지 않았던 이유를, 지금까지 나는 방어구가 가죽이나 천으로 만들어진 거라서 그랬을 거라고 생각했는데……, 앨리스의 경우만 해도 방어구에 금속이 많이 들어가 있고, 탱커 플레이어는 다들 온몸을 금속 방어구로 중무장하고 있잖아. 그런 플레이어들이 리셋되지마자 중량 오버로 움쭉달싹 못하게 되면 너무 억울할 거 아냐?"

"……하긴, 그럴 만도 하네……."

"아마 그래서 리셋 시점에 장착하고 있던 무기와 방어구는 일시적으로 중량을 줄여줘서, 스테이터스가 초기화되더라도 그대로 장착할 수 있도록 구제조치를 해준 게 아닐까 싶어. 그런데 우리는 무기를 스토리지에 넣고 있었으니까……."

"무기에는 그 구제조치가 적용되지 않아서, 장착할 수 없게 된 거다……, 그런 얘기지?"

그 빠른 이해력에 고개를 끄덕이자, 아스나는 미간을 찌푸리며 말했다.

"아, 잠깐만. 만약 그 추측이 사실이라면……, 키리토 군, 현재 장착하고 있던 방어구를 전부 다 해제했으니……."

"예스."

엄숙한 목소리로 그렇게 대답하고, 나는 다시 장비창을 열었다. 우측에 나열되어 있는 스토리지 내 장비 아이템 일람

가운데 메인 방어구인 ≪클로크 오브 하랄드≫를 몸통 부분의 슬롯에 드롭. 빛의 고리가 출현하고, 짙은 회색 코트가 실체화되었다.

"흐어억!"

마음의 준비는 하고 있었지만 그럼에도 온몸을 짓누르는 중량에 버틸 수가 없어서 나는 땅바닥에 양 손을 짚었다. 이대로 상체가 바닥에 짓눌리면 꼭 아스나에게 절하는 것 같아지기에, 필사의 노력을 기울여 오른손을 밀어 올렸다【강건 스킬의 숙련도가 2로 상승했습니다】라는 메시지가 나왔기에 마음속으로 "시끄러!"라고 욕하면서, 다시 전부 해제 버튼을 눌렀다. 고문도구와도 같던 무게가 소멸하고, 나는 후우 하고 안도의 한숨을 내쉬었다. 이어서 고개를 들고,

"……이런 식이지."

웃으며 말한 직후, 뒤에서 벼락이 떨어졌다.

"당신, 바보 아니에요?!"

황금색 갑옷 접합부를 철컥거리며 옆으로 온 앨리스가, 팬티 한 장만 걸친 몰골로 땅바닥에 정좌해 있는 나를 삿대질하며 다시 소리쳤다.

"왜 장비를 해제하기 전에 그걸 알아채지 못한 거예요?! 이러면 당신은 한동안 그 볼썽사나운 몰골로 지내야 하잖아요!"

"그래. 뭐, 그런 셈이지."

찌푸린 얼굴로 긍정하고, 나는 영차 하고 일어섰다.

"그래도 희생자가 나 혼자라 다행이야. 너희들까지 벗었다가는 대참사가 벌어질 뻔했어."

"그랬다면, 당신이 우리 옷을 마련할 때까지 로그인을 안 했겠죠."

앨리스가 쌀쌀맞게 쏘아붙이자, 아스나가 푸훕 하고 웃음을 터뜨렸다. 한동안 쿡쿡거리고 웃다가,

"너희들은 참 변함이 없구나."

고개를 저으며 그렇게 말했다. 그것을 본 앨리스도 꾸중 모드를 해제해 주었지만, 그렇다고 해서 문제가 해결된 건 아니었다.

"검은 안 된단 말이지……. 그렇다면……."

팔짱을 낀 채 한동안 머리를 굴렸다.

레벨 1이 되고, 스테이터스가 리셋되고, 아이템이 거의 소멸하고, UI까지 전부 다 바뀌어버렸지만, 적어도 이곳이 VRMMO의 세계라는 건 틀림없다——적어도 내 생각은 그랬다. 그 생각은 완전히 틀린 건 아닐 것이다. 하지만 상황에 따라서는, 우리가 평소에는 생략하고 있던 알파벳 세 글자는 바뀐 건지도 모른다. 다시 말해, ≪VRMMORPG≫에서 다른 장르의 게임으로.

"……서바이벌……."

내가 중얼거리자, 두 여자가 일제히 어리둥절한 표정으로 나를 쳐다보았다.

"응? 뭐라구?"

"어쩌면 이건 서바이벌 게임인지도 모르겠어……."

"……살아남기? 무슨 뜻이죠?"

요즘 들어 신성어가 아닌 영어에도 제법 익숙해진 앨리스

가, 금색 속눈썹을 깜박거렸다.
“게임의 장르명이야. 일반적으로 서바이벌 게임이라고 하면, 리얼월드에서 에어건……, 그러니까 놀이용 총을 쏘면서 노는 걸 뜻하지만, 컴퓨터 게임에도 그런 장르가 있어. 오픈월드 서바이벌이라고도 부르는데, 일반적인 RPG보다 생존조건이 까다롭고, 쉽게 죽고, 죽었을 때의 페널티도 크지.”
“생존조건이란, 이를테면 어떤 거죠?”
“예를 들어, ALO의 경우는 게임 내에서 오랫동안 먹거나 마시지 않아도 안 죽었잖아? 하지만 서바이벌 게임에는 갈증이나 굶주림에 대한 게이지가 있어서, 물을 마시거나 밥을 먹거나 하지 않으면 HP가 줄게 돼. 아, 그거였구나…….”
그제야 나는, HP, MP바 밑에 있는 두 개의 바가 어떤 용도인지를 깨달았다.
“이 파란색의 TP바와 노란색의 SP바 중에 하나가 굶주림이고, 다른 하나는 갈증일 거야.”
그 말을 들은 아스나가 거침없이 대답했다.
“그럼 TP가 갈증이고, SP가 굶주림이겠지. 서스트 포인트(Thirst Point)와 스타브 포인트(Starve Point)의 약자일 거야.”
“그, 그렇구나.”
“흐음…….”
슬쩍 좌측 상단을 살펴본 앨리스가 호리호리한 목을 어루만지면서 말했다.
“……그런데, 통나무를 모으느라 꽤 많이 뛰어다닌 것 치고는, 아까부터 굶주림이나 갈증 같은 건 안 느껴졌고 그 두 개의 바도 전혀 안 줄었는데요.”

“그것도 장비중량과 마찬가지로, 아직 유예기간 중이라서 그런 걸 거야.”

“호오?”

“서바이벌 게임은 기본적으로 죽으면 그 자리에 아이템을 전부 떨어뜨리게 돼 있어서, 소생 후에 아이템을 다시 회수해야 해. 이렇게 아무것도 모르는 세계에 매뉴얼도 없이 내팽개쳐져서 오자마자 굶어죽고 장비까지 싹 잃어버리는 건 너무 가혹하니까……. 아마 좀 있으면 TP바부터 줄기 시작할 거야. 실제로 갈증이 느껴질지 어떨지는 모르지만.”

설명하다 보니 나 자신부터가 마음이 무거워져와서 양 허리에 손을 짚은 채 땅이 꺼질 듯한 한숨을 지었다. 그럴 만도 한 게, 지금의 나는 팬티 바람에, 애검도 방어구도 장비할 수 없는 상태인 것이다. 이런 상황에서 살아남을 자신이 없었다.

하지만——.

“그렇다고 여기서 투덜거리고 있을 때가 아니지…….”

그렇게 자기 자신을 타일렀다.

“대체 어떤 녀석이 무슨 꿍꿍이로 이런 우격다짐 세계 변혁을 일으킨 건지……. 그걸 알아내기 전에는 원통해서 죽을 수도 없고, 우리 집도 원래대로 고쳐놔야 하니까.”

“훌륭한 마음가짐이에요, 키리토.”

거만한 미소를 머금은 앨리스가, 알몸인 내 등짝을 찰싹 때렸다. 아프지는 않았지만 반사적으로 소리쳤다.

“아야!”

"서바이벌이 뭔지는 모르지만, 굶주림이나 갈증 같은 건 언더월드에서는 당연한 일이었잖아요. 주위를 보세요……. 바로 근처에 강도 있고, 숲속에는 과일도 있고 짐승도 있겠죠. 이런 환경에서 굶어죽기라도 하면, 암흑 왕국의 고블린들도 비웃을 거예요."

"…………하, 하긴 그렇겠지……."

같은 수준으로 생각해도 되는 건지 어떤지는 자신이 없었지만, 적어도 주위의 숲은 언더월드의 다크 테리토리와는 비교도 되지 않을 만큼 풍요로워 보였다. 아인크라드에서 분리된 로그하우스가 샐러맨더령 중부 같은 불모의 사막에 떨어졌을 가능성도 있었던 걸 생각하면, 서바이벌 게임의 시작지점 치고 결코 악조건은 아니라 할 수 있었다.

허리를 쭉 펴고, 금빛으로 물들어가는 하늘을 올려다보았다. 가슴 가득 공기를 들이쉬고, 우렁찬 목소리로 선언했다.

"좋아……. 제목은 아직 모르겠지만, 이 게임은 더 이상 VRMMORPG가 아니라, VRMMOSVG야. 무슨 일이 있어도 살아남아서, 언젠가 이 땅에 키리토 제국을 일구고 말겠어!"

오——! 하고 여자 동료들이 합창해주었다——라는 식의 전개는 애석하게도 이루어지지 않았다. 대신 아스나가 영 떨떠름해 보이는 표정으로,

"저기, 키리토 군, 나는 이 집만 지킬 수 있으면 충분해……."

라고 중얼거렸고, 앨리스도 어처구니가 없다는 표정으로,

"키리토, 그런 몰골로 그런 소리 해봤자 모양이 안 나요."

라고 냉정하게 지적했다.

3

약간 볼품없는 생존선언이 되긴 했어도 일단 마음을 다잡은 나는, 새삼 공터를 둘러보았다.

반파상태의 로그하우스가 안겨 있는 초지는 직경 15미터 정도의 원형. 원래는 아름드리 휘감이소나무에 둘러싸여 있는 곳이었겠지만, 지금은 방금 생겨난 길 한 가닥이 남서쪽 방향으로 쭉 뻗어 있고, 그 끝에는 커다란 강이 있었다. 초지의 빈 공간에는 150그루의 통나무가 빼곡히 쌓여 있으니, 우선 이걸 어떻게든 처리하는 게 급선무였다.

서바이벌계 RPG는 한참 전에 PC로 한 번 플레이해본 게 전부였기에 풀 다이브 머신으로 플레이하는 건 처음이었지만, 초반의 플레이 방식은 같을 것이다. 우선 물과 식량을 확보하고, 다음으로 도구와 재료를 구한 다음, 의류와 거점, 무기 제작으로 넘어간다.

하지만 유예 시간 이내에는 굶주림도 갈증도 없는 것 같고, 근처에는 강도 있으니, 그 문제는 일단 뒤로 미뤄둬도 될 것이다. 그렇다면 가장 먼저 시도해야 할 것은, 가장 원시적인 도구——나이프의 확보.

"좋아, 강으로 돌아가자."

"응? 물고기라도 잡으려고?"

어리둥절한 표정으로 묻는 아스나에게, 나는 히죽 웃으며 말했다.

"언젠간 잡아야지. 하지만 그 전에 해야 할 일이 있어."

쓰러진 나무를 치워서 생긴 길을 종종걸음으로 이동해서 강가로. 크고 작은 각양각색의 돌들이 뒹굴고 있는 강가는, 아까는 그저 걷기 힘든 지역으로만 느껴졌지만, 의식을 서바이벌 게임 모드로 전환하고 나니, 보물 창고가 따로 없었다. 나는 발걸음을 멈추고 둘에게 지시했다.

"최대한 무겁고 단단해 보이는 돌을 골라줘. 길이가 30센티미터 정도 되는, 길쭉한 모양의 돌이 좋을 것 같아."

"……알았어요."

고개를 끄덕이고 걸어가는 앨리스와 아스나 쪽에서 돌아서서, 나는 다른 걸 찾기 시작했다. 위쪽이 편평하고 안정적인 큼직한 바위――즉 작업대. 이내 딱 좋아 보이는 바위를 찾아냈기에, 발치에 뒹굴고 있던 적당한 돌멩이를 주워서 있는 힘껏 찍어보았다. 한 방에 돌멩이가 두 쪽으로 쪼개졌다. 일반적인 VRMMORPG였다면 파괴된 돌멩이는 빛의 가루를 흩뿌리며 소멸했겠지만, 작업대 위에 뒹구는 두 개의 조각이 사라질 기색은 없었다. 탭해서 속성창을 출현시켰더니, 【쪼개진 회붕암 무기/소재 공격력 타격2.18 내구력5.44 중량3.71】이라고 표기되어 있었다.

"으엑……. 소수점 이하까지 있잖아……."

찌푸린 얼굴로 뇌까리고 있으려니, 등 뒤에서 두 개의 발소리와 목소리가 들려왔다.

"이런 건 어때?" "이 정도면 어때요?"

아스나가 작업대에 내려놓은 것은, 울퉁불퉁한 녹회색 돌.

앨리스가 작업대 위에 굴린 것은 매끈한 흑갈색 돌. 크기와 형태는 내가 지정한 그대로였다.

"어디 보자……."

양손으로 동시에 집어 들어서, 무게를 재보았다. 양쪽 모두 묵직하고 빽빽한 무게감이었지만, 녹색이 살짝 더 무거웠다. 하지만 경도 면에서는 검은 돌이 더 단단한 느낌이었다.

일단 녹색 돌을 소재로 쓰기로 마음먹고, 왼손으로 작업대 한가운데에 단단히 고정했다. 오른손으로 검은 돌을 치켜들고, 정확히 겨냥했다. 현실세계에서나 가상세계에서나, 이런 작업은 주저하면 실수하기 마련이기에, "하나, 둘!" 하고 외치자마자 있는 힘껏 내리 찍었다.

퍼억! 하는 상쾌한 소리와 함께 오렌지색 불꽃이 튀었다. 머뭇머뭇 왼손을 떼어보니, 녹색 돌은 한동안 그대로 정지해 있는 듯 보이다가, 이윽고 한가운데부터 쩍 하고 쪼개졌다. 단면에는 탁한 광택이 감돌고, 모서리도 유리처럼 날카로웠다.

"제법 괜찮은데……."

중얼거리면서, 쪼개진 돌의 파편을 왼손으로 붙잡고, 다시 검은 돌을 치켜들었다. 단면 부근을 겨냥해서 또 한 번의 일격. 하지만 이번에는 세기가 부족했는지, 작은 불꽃만 튈 뿐이었다.

"있잖아, 키리토 군."

세 번째 일격을 위해 겨냥하고 있을 때, 작업대 오른쪽에 서 있던 아스나가 말했다.

"의도는 알겠지만……. 그런 차림으로 돌을 팍팍 치고 있으니까 어째 좀…….”

어째선지 양손으로 입을 가리고 있는 아스나를 대신해서, 앨리스가 냉철하게 지적했다.

“지난번에 텔레비전에서 본 네안데르탈인 같네요. 아예 속옷도 털가죽으로 만들어보는 건 어때요?”

아스나는 더 이상 못 참겠다는 듯 큭큭거리며 웃음을 터뜨렸고, 앨리스도 그런 아스나를 따라 웃었다. 내가 팬티 한 장 차림으로 애쓰고 있는 건 이 둘의 생존을 위한 것이건만.

“훗, 호우호호, 호호호우!”

아무렇게나 지어낸 네안데르탈어로 항의하자, 뭔가가 일순간에 무너져 버리기라도 한 것처럼 두 사람은 몸을 꼬아가며 폭소하기 시작했다. 고통에 찬 웃음소리를 들으면서, 나는 다시 한 번 오른손의 돌을 치켜들었다.

“호우!!”

기합과 함께 후려친 돌은, 조준한 대로 녹색 돌의 단면 바로 옆에 명중, 쩍 하고 세로 방향의 균열을 만들어냈다. 거기서 얇은 돌조각이 떨어져 나가서 작업대에 뒹굴었다. 길이 30센티미터, 폭 5센티미터, 두께 1센티미터…… 내가 원하던 것에 거의 근접한 형태였다.

나머지 돌을 구석으로 치워두고, 돌조각을 작업대에 뉘였다. 가는 쪽을 칼끝으로, 반대편을 칼자루로 만들기로 마음먹고, 검은 돌로 신중하게 쳐나갔다.

여기는 가상세계니까, 어느 정도는 시스템이 내 의도를 파악하고 그럴싸한 형태로 가공해줄 터였다. 그래도 긴장을 풀지 않고 꼼꼼하게 때려나가다 보니, 이윽고 돌조각이 순간적으로 번쩍 빛난……것 같은 느낌이 들었다.

직후, 눈앞에 시스템 메시지가 나타났다.

【석공 스킬을 획득했습니다. 숙련도가 1로 상승했습니다】

새로운 스킬 획득은 언제나 기쁜 일이었지만, 지금은 그것보다 만들어진 물건의 완성도가 더 궁금했다. 그럴싸한 모양으로 만들어진 돌조각을 탭해서 창을 호출했다.

【조잡한 녹첨암 나이프 무기/도구 공격력 참격7.82/찌르기5.33 내구력10.05 중량3.53】

"됐어!"

네안데르탈어를 깜박하고 승리의 포즈. '조잡한'이라는 형용사가 붙어 있지만, 공격력에서나 내구력 면에서나, 처음의 ≪쪼개진 회붕암≫보다 압도적으로 상승했다. 이 정도면 자기 역할을 충분히 수행할 수 있을 것이었다.

나이프를 작업대 한쪽 구석에 치워두고, 녹첨암이라는 이름의 돌덩이를 가까이 가져와서 방금 했던 것처럼 검은 돌로 내리쳤다. 이번에는 떨어져 나간 조각이 너무 작았기에 버리고, 다시 시도. 몇 번인가 도전한 끝에 적절한 크기의 조각을 얻을 수 있었기에, 세부적인 가공을 더해 두 번째 나이프를 만들어냈다.

여기까지 작업하다 보니 석공 스킬의 숙련도가 3으로 상승했기 때문인지, 아니면 내 플레이어 스킬이 향상된 덕분인지, 세 번째도 금방 완성할 수 있었다. 남은 녹첨암은 가공 완료된 오브젝트로 존재할 수 있는 크기 이하로 줄어든 탓인지, 빛의 잎자로 변해 사라졌다.
완성된 세 자루의 돌 나이프를 작업대 위에 늘어놓아보았다.
VR게임에서나 비VR게임에서나, 무기나 도구는 기본적으로 ≪이름이 동일하면 모양도 동일≫하다. 동일한 오브젝트를 다수 생성하는 거니까 당연히 그렇게 되는 거지만, 작은 돌기며 흠집까지 완벽하게 일치하다 보니, 이렇게 늘어놓고 보면 약간 기묘한 기분에 휩싸이곤 한다.
하지만 지금 내 눈앞에 나란히 놓여 있는 세 자루의 나이프는 크기와 형태는 거의 비슷할지언정, 쪼개진 면의 세세한 결이며 돌기의 형태, 흠집이며 미묘한 색조 등이 각각 달랐다. 창을 확인해 보면 아이템명은 ≪녹첨암 나이프≫로 통일돼 있건만, 공격력이며 내구력에는 소수점 단위의 편차가 있었다.
"으음……."
나지막하게 신음하면서, 나는 우선 발치에 나뒹구는 수많은 돌들을, 그리고 이어서 머리 위의 저녁노을을 쳐다보았다.
서버 내에 몇 자루밖에 없는 수준의 레어 무기라면 몰라도, 최하위인 돌 나이프에 3패턴 이상의 오브젝트 데이터를 마련해 두었다는 건 게임 치고는 대단한 꼼꼼함이지만, 덕분에 상황의 불온함이 한결 더 올라간 기분이었다. 더 시드가 아무리 뛰어난 개발 지원 패키지라고 해도, 이런 짓을 했다가는 개발비가 천정부지로 치솟을 게 분명했다. 다시 말해, 우리를 비롯한 ALO 플레이어들을 이 서바이벌 게임에 끌어들인 누군가는, 적어도 매상 면에서의 손익분기점 같은 건 전혀 고려하지 않았다는 걸 추측할 수 있었다.

언더월드를 만든 키쿠오카 세이지로나, 아인크라드를 만든 카야바 아키히코처럼.

"키리토 군, 완성도가 마음에 안 들어?"

아스나가 갑자기 내 얼굴을 들여다보는 바람에 나는 화들짝 놀라 고개를 들었다. 불길한 상상을 제쳐두고, 가만히 고개를 가로저었다.

"아, 아니, 그런 건 아냐. 그 뭐야, 맞아, 이걸 좀 더 업그레이드할 수 없을까 싶어서……."

즉흥적으로 그렇게 대답했지만, 생각해보니 그것도 한 번 해볼 만한 가치가 있을 것 같다 싶었다. 프로세스(가공)와 커스텀(개조)은 서바이벌 게임 내 생산의 중요 요소다. 주위를 둘러보고, 돌 틈에 돋아나 있는 기다란 풀 한 포기를 방금 만든 돌 나이프로 베었다. 풀 뭉치를 만들어 그 한쪽을 아스나에게 쥐여주고, 빙빙 돌려 꼬았다. 끝까지 꼬고 나니 나이프를 만들 때와 마찬가지로 풀 다발이 번쩍 빛나고, 시야에 새로운 메시지가 표시되었다.

【방직 스킬을 획득했습니다. 숙련도가 1로 상승했습니다】

그래, 나중에 확인해줄게, 하고 마음속으로 생각하면서 창을 닫고, 방금 만든 풀 로프를 탭.

【조잡한 아마네풀 가는 밧줄　도구/소재　내구력4.10　중량 0.65】

이번에도 조잡이라는 형용사가 붙었지만, 쓸 수만 있으면 그만이다. 작업대에 놓여있던 나이프 한 자루를 집어 들고, 칼자루 부분에 풀 로프를 꽉 감아나갔다. 기대했던 대로, 끝까지 감는 동시에 빛이 번뜩이고, 딱히 매듭 같은 걸 짓지 않았는데도 불구하고 로프가 나이프와 일체화되었다. 탭해보니——.

【조잡한 밧줄 감은 녹첨암 나이프 무기/도구 공격력 참격 7.82/찌르기5.33 내구력15.82 중량4.18】

"이렇게 되는 거군."

아스나와 앨리스에게 속성창을 가리키며 말하자, 두 사람은 반쯤 감탄한 얼굴로 고개를 끄덕였다.

"그렇구나. 업그레이드해서 내구력이 올랐다는 거지……?"

"그만큼 중량도 조금 늘어났지만."

사실 나는 박수 정도는 기대했었지만, 아스나와 앨리스는 서로를 마주보더니, 동시에 말했다.

"귀찮아—!"

"정말 귀찮네요."

나머지 두 가닥의 밧줄은 귀차니스트 걸즈에게 제작을 맡겨서 두 사람도 방직 스킬을 획득하도록 한 후, 우리는 저마다 오른손에 돌 나이프를 움켜쥐고 로그하우스로 돌아왔다.

어느덧 붉은 저녁노을이 초지 바로 위까지 번져 있었다. 한 시간 정도만 더 있으면 완전히 날이 저물 것이다. 그 전에 복구용 소재를 전부 모으는 건 절망적이었지만, 최소한 통나무 처리 작업 정도는 마쳐두고 싶었다.

이거면 될 거라고 자기 자신을 다독이면서, 가까이 있던 통나무에 왼손을 얹고, 오른손의 돌 나이프를 울퉁불퉁한 나무껍질에 박아 넣었다. 힘주어서 움직이니, 서걱서걱 하는 경쾌한 소리와 함께 나무껍질이 크게 떨어져 나가고, 땅바닥에 떨어져 소멸——하지 않았다. 어리둥절해 할 틈도 없이, 눈앞에 창이 나타났다.

【목공 스킬을 획득했습니다. 숙련도가 1로 상승했습니다】

예상하고 있던 일이었기에 즉시 창을 닫고 일단 땅바닥에 떨어진 나무껍질도 내버려둔 채, 나이프를 계속 움직였다. 만약 현실세계에서 이 정도 굵기 원목의 나무껍질을 석기보다 살짝 나은 수준인 나이프로 벗기려 했다면 하루를 꼬박 들여도 안 끝났겠지만, 가상세계에서는 ≪방법≫만 정확하면 자잘한 수고는 간략화……되는 경우가 많다. 두꺼운 나무껍질은 속 시원할 정도로 손쉽게 벗겨져 나갔고, 거무스름하던 ≪휘감이소나무 원목≫은 고작 1분 만에 번쩍 빛을 내뿜으며 연한 아이보리색 통나무로 변했다.

매끈한 내피에는 나선형의 얕은 홈이 수없이 나 있었기에, 이게 휘감이소나무라는 이름의 유래일까 하는 생각을 하며 표면을 탭했다. 그 결과 나타난 창에 표시된 아이템명은【오래된 휘감이소나무를 제재한 통나무】로 변해 있었다. 집의 복구창에 나온 내용에는 나무 품종까지 지정되어 있지는 않았으니, 이거면 요구를 충족할 수 있을 터였다.

"둘 다, 방법은 이해했어?"

고개를 돌리고 물어보자, 아스나와 앨리스가 나란히 고개를 끄덕였다.

"그럼, 나무껍질을 모조리 벗겨줘."

두 사람은 다시 고개를 끄덕이고, 작업을 개시했다. 셋이서 나눠서 작업하니, 150개의 통나무도 50분이면 처리할 수 있을 것이다.

하지만 그 작업이 마무리된다고 끝나는 건 아니었다. 필요한 아이템은 제재된 통나무 이외에도, 제재된 널빤지 75장, 얇은 철판 약 200장, 쇠못 다수, 게다가 기름이며 유리까지……. 그 모든 것을 날이 저물기 전까지 모으는 건 도저히 불가능할 것이다. 널빤지는 그렇다 쳐도, 철판이나 쇠못 같은 걸 처음부터 만들려면 각양각색의 재료와 고도의 설비, 도구, 그리고 기술이 필요할 테니까.

나무껍질을 벅벅 벗기면서, 나는 “공략 사이트 좀 보고 싶어!”라고 가슴속으로 절규했다. 자기 발로 여기저기 돌아다니며 정보를 수집하고, 동료들과 지혜를 짜내서 목적을 달성하는 것이야말로 RPG의 참맛이다——평소에는 그렇게 생각해 왔지만, 로그하우스의 수명이 열두 시간 정도밖에 안 남은 상황이 되고 보니, 고양이 손이라도 빌리고 싶은 심정이었다. 아니, 셋 중에 한 명은 고양이인 캐트시이긴 하지만. ‘캐트시 손이라도 빌리고 싶다’라는 건 ALO 서비스 개시 첫날부터 수도 없이 사용되어 온 개그로 추측되니, 이 자리에서 선보이려는 생각은 관두는 게 좋으리라.

그런 쓸데없는 생각을 하면서도, 나는 쉴 새 없이 오른손을 움직였다. 작업 자체는 순조로웠지만, 엄청난 혹사를 겪고 있는 돌 나이프의 내구력이 걱정이었다. 그도 그럴 것이 ≪조잡≫한 물건이니, 기껏 15 남짓한 수치가 언제 0으로 떨어져도 이상할 게 없었다. 일손을 멈추고 속성창을 보면 남은 수치를 단번에 알 수 있겠지만 안다고 해서 수명을 늘릴 수 있는 방법이 있는 것도 아니기에, 잘 버텨달라고 기원하면서 정신없이 나무껍질을 벗겼다. 이따금씩 눈앞에 창이 나타나서 목공 스킬의 숙련도가 향상된 것을 알려주었기에, 그것을 마음의 위안으로 삼고 쉴 새 없이 손을 움직였다.

원래 예상 시간은 50분이었지만 반복된 작업으로 익숙해진 덕분인지, 42분 정도가 경과했을 때에는 하나만 남기고 작업을 마칠 수 있었다. 아스나와 앨리스는 그 직전에 50번째 통나무 손질을 마쳤고, 내가 꼴찌라는 게 약간 억울하게 느껴지긴 했지만 어쨌거나 지금까지 애써준 돌 나이프에게 감사하면서 남은 나무껍질을 단숨에 벗겨냈다.

원목이 빛을 내뿜으며 통나무로 변하는 걸 확인한 나는 그 즉시 돌 나이프를 탭했다. 창에 표시된 내구력 수치는 고작 0.46.

"호오. 키리토도 아슬아슬했네요."

옆에서 창을 들여다본 앨리스가 그렇게 말하며 자기 나이프의 창을 열어 보여주었다. 앨리스는 놀랍게도, 0.13밖에 남아있지 않았다.

"밧줄 감아두기를 잘했네~."

아스나도 앨리스 옆에서 빙긋 웃으며 말했지만, 그 미소는 이내 사라졌다. 요구 조건인 여섯 종류의 재료 가운데 이제야 한 종류를 겨우 마련했을 뿐이라는 사실을 깨달은 것이리라. 게다가 눈앞에 있는 통나무들은 우리 힘으로 벌채한 게 아니라 낙하한 섬이 쓰러뜨려준 것이었다. 부족한 열두 개의 통나무, 그리고 널빤지를 만드는 데 필요한 원목을 모으자면, 도끼 같은 걸 만드는 작업부터 시작해야만 한다.

"……남은 시간은 열두 시간……."

불안한 표정으로 중얼거리는 아스나에게, 나는 한층 더 잔혹한 사실을 알려야만 했다.

"……게다가, 내일은 월요일이야……."

"앗."

역시 잊어버리고 있었던 모양이다. 아스나의 두 눈은 아연실색한 듯 휘둥그레졌다. 내일이 토요일이나 일요일이라면 이대로 밤을 새워서 소재를 모으는 것도 불가능하지는 않을지도 모르지만, 등교시간 직전까지 계속 다이브한 채로 있는 건 나는 그렇다 쳐도 ≪귀한 집안 아가씨≫인 아스나에게는 마음의 장벽이 높을 것이다. 기껏 엄격한 어머니와 화해했는데 여기서 밤새 다이브하는 걸 들키면 어떻게 될까.

넋이 나간 아스나의 어깨에 툭 손을 얹고, 나는 최대한 마음을 담아 말했다.

"걱정 마. 나는 부모님한테 들켜도 무릎 꿇고 사과하면 그냥 넘어갈 수 있으니까, 오늘 밤 안에 어떻게든 나머지 재료를 다 모아서 로그하우스를 구해낼게. 아스나는 나를 믿고 기다려줘."

"물론 저도 함께할 거예요. 내일은 저녁때까지 별다른 스케줄이 없으니까요."

앨리스도 미소 띤 얼굴로 덧붙였지만, 아스나의 표정은 여전히 어두웠다.

"…………하지만……철판이나 유리는 쉽게 만들 수 있는 게 아니잖아? 셋이서 시간이 다 될 때까지 애썼는데도 실패한 거라면 그래도 받아들일 수 있겠지만……, 나만 먼저 로그아웃해서, 가장 중요한 일을 두 사람에게만 떠맡기는 건 좀……."

"…………."

다시 한 번 걱정 말라고 말하려다가 나는 그 말을 되삼켰다.

내가 아스나의 입장이었다면, 이 상황에서 로그아웃해도 편히 잠들 수는 없을 것이다. 사실 열두 시간 만에 모든 재료를 다 갖출 가능성은 지극히 낮다고 볼 수밖에 없었다. 아스나를 그런 상황에 몰아넣는 것…… 아니, 몰아내는 것보다는, 차라리 계속 같이 있는 게 낫겠다는 생각도 들었다. 하지만.

"으으으~~음."

귀에서 연기라도 나는 게 아닐까 싶을 만큼 고민에 잠긴 채, 나는 거의 무의식적으로 물었다.

"……어머니……, 쿄코 씨는 어떻게 아스나의 다이브 상황을 파악하고 있는 거지?"

"그게 말이지, 홈서버의 관리화면을 통해서 알 수 있게 돼 있어. 물론 지금은 감시 같은 건 안 하지만, 엄마는 밤늦게까지 일을 하니까……. 혹시 우연히 관리화면을 보기라도 하면 단번에 들키고 말 거야."

"으~음, 그렇구나. ……좋아, 그건 내가 어떻게든 해볼게."

"뭐, 뭐라구?! 무슨 수로?!"

화들짝 놀라는 아스나에게, 나는 빙긋 웃으며 말했다.

"뭐, 그건 나중에 얘기하기로 하고……. 어쨌거나 저녁식사 때는 로그아웃해야 되지?"

"그렇지……. 7시부터 7시 반까지는 로그아웃할 거야."

"그럼 나도 그때 맞춰서 로그아웃할게. 나중에 메시지 보낼게."

"응……."

아스나는 고개를 끄덕였지만, 아직 걱정이 가시지 않은 눈으로 로그하우스를 쳐다보고는 그대로 침묵에 빠지고 말았다.

왼쪽 벽이 완전히 무너지고 천장이 푹 가라앉고 기초가 뒤틀려버린 우리 집의 모습은, 보기만 해도 가슴이 아파올 정도였다. 지금 이 순간에도, 3분의 1밖에 남지 않은 내구력이 한 순간 한 순간 줄어들고 있는 것이다.

걱정할 것 없어, 라고 한 번 더 말하려고 했으나 그런 내 말보다 빨리.

"빨리 제 머신 보디도 밥을 먹을 수 있게 되면 좋을 텐데."

앨리스가 아바타의 배를 부여잡고 그렇게 말했기에, 나와 아스나는 어안이 벙벙해서 눈만 깜박거렸다.

"어……, 밥이라면, 보통 빵이나 쌀밥이나 햄버그 같은 거 말야……?"

반사적으로 그렇게 묻자, 고양이 귀 기사는 태연하게 고개를 끄덕였다.

"물론 그거예요. 코지로 박사와 히가의 말에 의하면, 개발은 진행 중이라는 모양이에요. 미각 센서 조정에 시간이 좀 더 걸릴 거라는 모양이지만요."

"호오……!"

이제야 미소를 되찾은 아스나가, 앨리스의 오른손을 향해 손을 뻗으며 외쳤다.

"그럼, 앨리스가 현실세계에서도 밥을 먹을 수 있게 되면, 다이시 카페에서 축하 파티를 하자! 내가 맛있는 거 많이 만들어줄게!"

"그것 참 매력적인 제안이네요. 히가를 독촉해 볼게요."

미소 띤 얼굴로 마주보는 두 여인을 곁눈질하며, 나는 마음속으로 "히가 씨 힘내요"라고 빌지 않을 수 없었다.

어느덧 하늘은 짙은 자주색으로 물들고, 여기저기 별들이 빛나기 시작했다. 시각은 오후 6시 50분——이제 이 정체불명의 세계에서 처음으로 로그아웃하게 될 텐데, 그 전에 해두어야 할 일이 하나 있었다.

나와 아스나, 앨리스는 열 더미로 나뉘어 있는 ≪오래된 휘감이소나무를 제재한 통나무≫를 각자의 스토리지에 집어넣었다. 스토리지가 가득 차면 로그하우스로 뛰어 들어가서 거실 벽에 달려 있는 거대한 장식 상자——홈 스토리지로 직접 이동시켰다. 건물 자체의 수명은 줄고 있다 해도 이곳은 여전히 플레이어 홈의 기능을 하고 있을 테니, 만에 하나 우리가 로그아웃해 있는 동안에 우리 이외의 플레이어가 이 집을 발견한다 해도, 소중한 통나무를 훔치는 건 물론 실내에 들어오는 것조차 불가능할 것이다.

150개의 통나무를 모두 집 안에 수납하고 도움이 될지 안될지는 모르지만 원목에서 벗겨낸 대량의 나무껍질까지 보관하니, 초지는 말끔하게 정리되었다. 마지막으로 남은, 장착 불가 상태가 되어버린 각자의 주무기를 스토리지에 수납하고, 로그하우스 거실로 돌아왔다. 시각은 오후 6시 55분.

——다음에 로그인했을 때는, 어떻게든 새로운 방어구…… 최소한 옷은 만들어야겠다.

팬티 한 장 차림인 아바타를 내려다보며 그렇게 결의하고, 나는 아스나와 앨리스를 보며 말했다.

"그럼 30분 후에."

"……응."

아직 아스나에게는 내 비책의 내용을 설명해 주지 않았지만, 그럼에도 세검 검사는 다부지게 대답했다. 앨리스도 말없이 고개를 끄덕였기에, 우리 셋은 동시에 링 메뉴를 불러냈다. 좌측 상단에 있는 시스템 아이콘을 선택하고, 그 결과 출현한 서브메뉴 중에서 문 모양이 그려진 로그아웃 아이콘을 눌렀다.

띠리링 하고 확인창이 열려서, 안전한 공간에서 로그아웃하지 않으면 로그아웃 중에 사망할 가능성이 있다는 경고를 내보냈지만, 플레이어 홈 안보다 안전한 곳은 존재하지 않을 것이다.

확인창 하단의, 체크마크 모양을 한 '네' 버튼을 누르자, 확인창 상단의 문자열이 변화했다.

【≪유니탈 링≫에서 로그아웃합니다】

"유니탈……링?"

무의식중에 중얼거린 그것은, 지금 처음으로 본 이 세계의 이름.

역시 여기는 알브헤임이 아니었던 것이다. 완전히 새로운 시스템에 지배된 미지의 세계.

발밑에서 무지개색 링이 솟아 나와서 내 아바타를 감싸고, 각양각색의 유선들이 저녁 풍경을 뒤덮어버렸다. 두둥실 떠오르는 느낌이 온몸을 감싸고, 중력의 방향이 바뀌고——.

육신의 감각이 돌아온 뒤로도, 나는 한동안 눈을 뜨지 못했다.

등을 받치는 매트리스의 탄력, 머리를 감싸는 베개의 부드러움, 두 손에 느껴지는 침대 패드의 까끌까끌한 섬유 질감. 그것들 모두, 몸이 익은 내 침대의 그것이었다. 그런 걸 보면 로그아웃 버튼은 정상적으로 작동하는 모양이었다.

안도하면서 눈을 뜨려다가, 퍼뜩 깨달았다.

배 부근에 묵직한 무게감이 느껴졌다. 그뿐만이 아니라, 몸 측면에도 압박감이 있었다.

——결박당한 건가?!

나는 허겁지겁 머리에서 어뮤스피어를 벗어내고, 두 눈을 떴다. 그 순간,

"아, 일어났다!"

그런 목소리가 들려왔다.

결박당해 있던 게 아니었다. 내 배 위에 누군가가 올라타 있

었던 것이다. 방이 어둠침침해서 얼굴은 잘 보이지 않았지만, 이런 짓을 할 사람은 이 세상에 딱 한 명밖에 없다.

"……저기, 스구하 양?"

여동생의 이름을 부르고, 나는 일단 물어보았다

"거기서 뭐 하는 거야?"

"뭐 하는 거겠어? 밥 먹을 시간 다 돼서 부르러 온 거잖아!"

부우 하고 뺨을 부풀리며 그렇게 말하고, 트레이닝복 차림의 스구하는 오른손을 뻗어서 내 앞머리를 꽉꽉 잡아당겼다.

"아무리 흔들어도 안 일어나서, 조금 더 안 일어나면 어뮤스피어를 벗겨내려던 참이었다니까. 그 정도로 흔들어댔으면 아무리 전투 중이라도 알아채는 게 정상이잖아."

"아니, 전투를 하던 건 아닌데……. 으—음, 흔드는 느낌 같은 건 전혀 못 느꼈는데. 그나저나 그런 원시적인 방법 안 쓰더라도 메시지를 보냈으면 알아챘을 거 아냐."

ALO는 외부 네트워크와의 접속을 허가하고 있기에 게임 내에서 인터넷을 할 수도 있고, 메일이나 문자를 주고받을 수도 있다. 하지만 스구하는 여전히 토라진 얼굴로 반론했다.

"보냈어, 두 번이나! 하지만 몇 분을 기다려도 반응이 없어서 실력행사에 나서기로 한 거야!"

"어, 정말? 난 못 받았는데."

"사냥에 정신이 팔려서 메시지 온 것도 못 알아챈 거 아냐? 아아, 나도 한 시간만 더 빨리 집에 왔으면 같이할 수 있었을 텐데. 리즈 씨가 스킬업 잘 되는 꿀사냥터를 가르쳐주기로 했었는데……."

“그 제안은 나도 받았는데, 리즈가 보낸 메일은 정상적으로 도착했어. 아마 시스템 장해라도 생겨서…….”

거기까지 말하다가, 퍼뜩 깨달았다.

스구하의 메일이 도착하지 않은 것은 장해 때문이 아니었다. 스구하가 메일을 보낸 시점에는 이미 시스템이 전환되어 있었던 것이다. 지금까지 플레이해왔던 알브헤임 온라인에서, 수수께끼 가득한 서바이벌RPG ≪유니탈 링≫으로. 아무래도 UR——이게 정식 약칭인지는 모르겠지만——은 ALO 만큼 외부 접속에 관대하지는 않은 모양이었다.

“……다이브 안 하기를 잘한 거야, 스구.”

내가 중얼거리듯이 말하자, 여동생은 어리둥절해서 두 눈을 깜박거렸다.

“뭐야, 무슨 뜻이야?”

“으—음……. 한 마디로 설명하긴 힘들지만, 안에서 엄청난 사건이 벌어져서…….”

“엄청난 사건? 샐러맨더가 공격이라도 했어?”

“그 정도 수준이 아냐. 솔직히 나도 뭐가 어떻게 된 건지 아직…….”

하나도 모르겠어, 라고 말하려다가, 퍼뜩 깨달았다. 아스나와 앨리스는 나와 마찬가지로 정상적으로 로그아웃했을 테지만, 이변이 일어난 시점에 아인크라드 45층에 있었을 리즈와 시리카, 그리고 유이는 괜찮은 걸까.

배에 힘을 주어 일어나자, 마운트 포지션을 잡고 있던 스구하가 뒹굴 나자빠져서 가드 포지션 상태로 이행했다.

"꺄악—!"

비명을 지르며 두 다리를 버둥거리는 여동생을 무시한 채, 책상에 있던 어그마를 집어다가 장착. 전원이 켜지자마자 외쳤다.

"유이, 있어?!"

하지만 반응은 없었다. 아마 아직 ALO……가 아니라 유니탈 링 속에 있는 것이리라. 유이의 코어 프로그램이 들어 있는 PC를 조작해서 강제로 로그아웃시키는 것도 불가능하지는 않지만, 그녀에게 뭔가를 강제하는 행동은 최대한 피하고 싶었다.

"이게 대체 무슨 일인지……."

이를 갈다가, 퍼뜩 깨달았다.

이렇게 무사히 로그아웃에 성공한 걸 보면, 유니탈 링은 예전의 SAO와는 달리 현실세계에서 완전히 격리된 건 아니라는 뜻이었다. 이상현상이 발생한 건 오후 5시 전후. 그리고 지금은 이미 7시 가까운 시간. 그 두 시간 사이에 수많은 ALO 플레이어들이 로그아웃해서, 운영진에게 문의하거나, 온라인에서 정보를 교환하고 있을 것이다.

어그마에 표시된 가상 데스크톱에 손가락을 뻗어서, 우선 국내 최대의 온라인게임 정보 사이트 ≪MMO투데이≫에 접속하려 했으나.

멋진 뒤구르기로 침대에서 탈출한 스구하가 내 바로 옆에서 험상궂은 얼굴로 내 셔츠를 꽉 잡아당겼다.

"밥 먹을 시간이라고 했잖아! 오늘은 엄마가 오빠 좋아하는 걸 만들어줬다구!"

그런 말을 들은 마당에 "나는 나중에 먹을게"라고 할 수는 없는 노릇이었다. 하는 수 없이, 어그마를 찬 채로 일어섰다.

방을 나서서 복도를 걸으면서, 본격적으로 브라우저를 기동. 우선 ALO 운영기업 유미르의 공지를 체크해봤지만 새로 온 공지는 아무것도 없었다. 이어서 MMO투데이에 접속해서 눈에 익은 메인 페이지를 슬쩍 본 순간, 나는 기묘한 목소리를 내지르고 말았다.

"느와……?!"

앞서 걷고 있던 스구하가 어리둥절한 얼굴로 돌아보았다.

"왜 그래?"

하지만 나는 입을 열기는 고사하고, 여동생을 쳐다볼 수조차 없었다. 온몸은 돌처럼 굳어지고, 시선은 톱뉴스의 제목에 고정되었다.

【100개 이상의 VRMMO 월드에서 대규모 장해가 발생 중】

ALO뿐만이 아니었다.

필시, 그 이상현상은 더 시드 넥서스(연결체) 전체에 발생하고 있는 것이다.

4

——케이코, 너 제정신이 아닌 것 같아.

그렇게 말한 것은, 지난주에 역 앞에서 우연히 만난 초등학교 시절의 친구였다. 만난 김에 같이 차를 마시기로 했고, 서로의 근황을 주고받다가 별 생각 없이 ALO 얘기를 꺼내고 만 것이다.

친구의 표정은 진지하기 그지없어서, 야유하거나 환멸하거나 하는 게 아니라, 진심으로 자신을 걱정해주고 있는 것임을 알 수 있었다.

하지만 그럼에도 아야노 케이코/시리카는 어색한 웃음밖에 지을 수 없었다. 자신의 심정을 열심히 설명하면 설명할수록 마음의 간격이 더 벌어지고 말 뿐이라는 것을 부모님이나 카운슬러와의 경험을 통해 거듭 실감해왔기 때문이었다.

——그런 사건에 휘말려 2년이나 병상에서 보냈으면서 아직도 VR 게임을 하다니, 정말 제정신이 아냐.

그녀의 주장은, 객관적으로 보면 옳을 것이다. SAO에서 살아남은 사람이라면 누구나 자신을 가두었던 VRMMO 게임과 풀다이브 기술을 증오하고, 평생을 멀리해야 한다는 식의 생각을 가진 사람은 수도 없이 많았고, 그 점에 대해 불만이 있는 것도 아니었다. 실제로 케이코가 다니고 있는 귀환자 학교에도, 이제 VR 게임은 평생 손도 대지 않겠다고 선언한 학생들이 많이 있었다.

그러나, 케이코는 그러고 싶지 않았다.
단지 그런 것뿐인데, 왜 가만 놔두지 않는 것인가.
그래도 나는 여전히 풀다이브 게임이 좋은걸……, 이라고 중얼거린 케이코에게, 친구는 왜 그러는 건지 설명해달라고 물고 늘어졌다. 학교 상담사도 그런 말을 했었고, 부모님도 그렇게 물었었다.
설명은 할 수 없었다. 가슴속 깊은 곳에서 항상 빛을 내뿜고 있는 이 애절한 마음이 어디에서 오는 것인지, 그녀 스스로도 알 수 없었기 때문이다. 불효녀를 걱정해주는 부모님에게는 미안했고, 강제적으로 VR 게임으로부터 떼어놓지 않은 것에 대해서도 진심으로 감사하고 있지만, 그렇기에 더더욱 아무 말이나 갖다 붙이고 싶지는 않았다.
무언가가 있다.
깊이 생각해봐도 아마 그것뿐일 것이다.
풀다이브 게임…… VR 월드에는, 케이코의 마음을 한없이 잡아끄는 무언가가 있다. 그것이 무엇인지를 알고 싶었지만, 알지 못한다 해도 상관없었다. 그저, 그 무언가의 존재를 느끼고 싶었다. 앞으로도 계속. 비록, 무슨 일이 일어난다 해도.
그렇게 굳게 다짐하고 있었는데——.

"……이런 전개는 나도 전혀 예상 못했어, 피나……."
시리카가 그렇게 속삭이자, 머리 위에 올라앉아 있던 하늘색 작은 용이 "뀨르" 하고 울었다. 멀찍한 곳에서 마른 풀을 꼬고 있던 리즈벳이 고개를 들고 "뭐라고?"라고 물었다. 황급히 고개를 가로저으며 대답했다.

"아뇨, 아무것도 아니에요."

"그래……."

평소의 리즈벳이라면 더 끈질기게 물고 늘어졌겠지만, 이번에는 살짝 고개만 끄덕이고 다시 단조로운 작업으로 돌아갔다. 아무리 리즈벳이라 해도 많이 지쳤을 것이다. 그 옆에서 열심히 양손을 움직이고 있던 검은 머리칼의 소녀가 빙긋 웃으며 기운을 북돋웠다.

"기운 내요, 리즈 언니! 이제 로프 스물두 가닥과 마른 풀다발 열여섯 개를 만들고, 튼튼한 가지 마흔다섯 개를 줍기만 하면 재료 수집 완료니까요!"

"……그, 그렇지……."

그 구체적인 수치 앞에서, 리즈벳은 순간적으로 공허한 표정을 지었다.

셋이서 둥글게 앉아 있는 곳은 벼랑 밑에 파인 조그만 홈 속이었다. 동굴이라고 할 만큼 깊지는 않지만 길이가 3미터, 천장 높이도 2미터쯤은 돼서 일시적으로 사용할 방공호로는 충분한 크기였다. 게다가 안쪽 벽에 나 있는 금에서 지하수가 뚝뚝 떨어지고 있었다. 둘러앉은 세 사람의 한가운데서는 마른 나뭇가지로 피운 모닥불의 조그만 불꽃이 일렁이고 있었다.

주위 일대는 황량하도록 메마른 황야였으며, 여기까지 이동하는 동안 수원은 단 하나도 발견할 수 없었다.

지하수는 2초에 한 방울 정도의 속도로 떨어지고 있는 게 고작이었지만, 언제 ≪서스트 포인트(갈증)≫가 줄어들기 시작해도 이상할 게 없는 상황에서 배부른 소리를 할 수는 없는 노릇이었다. 한시라도 빨리 이 자리에 생존의 발판을 마련해야 한다.

비슷한 사고 과정으로 의욕을 되찾은 것이리라. 리즈벳이 양손으로 짝 하고 자기 뺨을 때렸다.

"응, 어떻게든 지금까지 살아남았으니까! 풀죽지 말고 힘내자, 시리카!"

느닷없이 이름을 불린 시리카는 이제 막 완성한 로프를 들어 올리면서 맞받아쳤다.

"저는 계속 힘내고 있어요! 이게 벌써 열네 가닥째니까요!"

"뭐야, 질 수 없지!"

리즈벳이 맹렬한 속도로 양손을 움직이기 시작하자, 검은 머리의 소녀——인공지능 유이가 깜찍한 오른쪽 주먹을 작은 동굴 밖 야경을 향해 에잇 하고 내뻗었다.

"계속 그렇게 하는 거예요, 리즈 씨, 시리카 씨!"

ALO를 덮친 원인 불명의 대이변——부유성 아인크라드의 낙하와 게임 시스템의 변혁이 일어난 지도 이미 세 시간이 경과했다. 현실 시간은 저녁 8시.

아인크라드가 부력을 상실하고 낙하하기 시작했을 때, 시리카는 리즈벳, 유이와 함께 45층 구석에 위치한 계곡에 있었다. 거기서 출현하는 암석을 등에 짊어진 달팽이형 몬스터가 방어력에 비해 공격력이 낮은 덕분에 스킬업에 안성맞춤이었기 때문이다.

순조롭게 무기 스킬을 올리고, 합류하기로 한 키리토 일행을 기다리면서 휴식을 취하기 위해 계곡을 나서려 했을 때, 지면이 격렬하게 뒤흔들렸다. 허둥지둥 날개를 펼쳐서 날아올랐던 시리카 일행은 부유성이 낙하하기 시작했다는 것을 몰라서 위층 바닥에 격돌하고 말았다.

유이의 지시에 따라 가까스로 밖으로 나간 그녀들은 필사적으로 성으로부터 멀어지려고 애썼지만 채 100미터도 날지 못했을 때 등 뒤에서 아인크라드가 지면에 격돌, 퉁구스카 대폭발을 방불케 하는 대폭발을 일으켰다. 시리카는 피나를, 리즈벳은 유이를 안은 채 공중으로 나가떨어져서, 어딘지도 모르는 황야에 추락한 것이다.

현재 위치가 샐러맨더령도 임프령도 아니라는 것, 두 사람의 스테이터스가 완전히 리셋되었다는 것, 주무기와 방어구를 제외한 모든 아이템과 등의 날개가 소멸되었다는 것, 그리고 유이가 갖고 있던 내비게이션 픽시로서의 능력이 모조리 박탈당했다는 것을 확인하기까지 15분가량의 시간이 걸렸다. 그 뒤로 이런저런 우여곡절이 있었지만, 세 명과 한 마리는 물과 안식처를 찾아서 황야를 방황했고, 한 시간 전에 이 벼랑 밑의 홈을 발견한 것이었다.

시리카와 리즈벳은 이미 화장실 해결과 수분 보급도 할 겸 한 번씩 로그아웃해서 이 신세계가 SAO처럼 탈출 불가능한 데스게임이 아니라는 걸 확인한 상태였다. 하지만 그 과정에서 또 다른 문제가 발견됐다. ALO에서도 그랬던 것처럼 이 세계에서도 야외에서 로그아웃하면 일정 시간 동안 아바타가 남게 된다는 점이었다.

벼랑 밑 홈 주변에는 초기 몬스터라고는 믿기 힘들 만큼의 힘을 가진 거대 전갈이며 황갈색 늑대 따위가 어슬렁거리고 있어서, 만에 하나 빈껍데기만 남은 아바타가 공격받기라도 하면 눈 깜짝할 사이에 죽게 될 것이다. 이 세계에서의 ≪죽음≫이 무엇을 의미하는 것인지가 밝혀질 때까지는――단순히 소생 지점으로 돌아가는 것뿐인지, 경험치나 소지금의 감소, 아이템 드롭 등의 데스 패널티가 존재하는지, 혹은 더 가혹한 대가를 치르게 되는지――HP가 0이 되는 사태는 최대한 피하고 싶었다.

그래서 세 사람은 로그아웃 전에 표시되는, 【안전한 공간에서 로그아웃하지 않으면 로그아웃 중에 사망할 가능성이 있습니다】라는 경고문 속에 등장하는 ≪안전한 공간≫ 확보를 최우선 목표로 삼았다. 리즈벳이 우연히 발견한 ≪초급 목공 스킬≫을 발동시켜 보니, 제작 메뉴의 건물 카테고리에 딱 하나, ≪조잡한 오두막≫라는 이름이 표시되어 있었던 것이다.

"……그나저나, 48층이 열리면 SAO 시절에 쓰던 것 같은 물레방아 딸린 2층집을 살 계획이었는데, 현실은 ≪조잡한 오두막≫이라니……."

리즈벳이 투덜거리며 벼랑 밑 홈 밖을 내다보았다. 해는 이미 완전히 져 있었지만, 황야에는 불빛 하나 보이지 않았다.

"아인크라드는 어떻게 됐을까……."

시리카가 중얼거리자, 유이가 작업하던 일손을 멈추고 속눈썹 긴 눈을 지그시 감으며 말했다.

"저는 아인크라드가 지면에 낙하한 순간까지는 광역 맵 데이터에 접속할 수 있었는데……, 1층에서 25층까지는 완전히 파괴된 상태였어요."

25층이라는 말을 들은 순간, 시리카는 날카롭게 숨을 들이쉬었다. 옆에 있던 리즈벳도 움찔했다. 하지만 유이는 조용히 설명을 계속했다.

"전면 파괴를 면한 층도 부분적으로 붕괴돼버린 것 같아요. 그리고 아인크라드 내부에 있던 ALO 플레이어 약 1,200명은 낙하와 동시에 거의 전원이 사망한 것을 감지했어요."

유이의 발언이 가진 무게감에, 시리카는 그저 눈을 부릅뜰 수밖에 없었다.

어쩌면 이건 전부 깜짝 이벤트의 도입부인지도 모른다는 생각이 그때까지는 조금이나마 남아 있었는데, 천 명 이상이나 되는 플레이어가 사망했다면 그 가능성은 완전히 사라지는 셈이었다. 그래도 아직은 ≪유예기간≫이니 사망자도 가혹한 패널티 없이 소생할 수 있을 거라고 추측되긴 했지만, 그렇다 해도 이벤트의 연출로서 용납되는 범위를 아득히 초월한 건 분명했다.

다시 풀을 꼬기 시작한 유이에게, 리즈벳이 조심스럽게 물었다.

"그런데 유이……, 저기, 유이의 이런저런 능력들이 사라진 건, 우리가 날 수 없게 된 바로 그때였지?"

"네, 맞아요."

하얀 원피스 차림의 소녀는 꾸벅 고개를 끄덕였다.

"그 순간, 정확히는 9월 27일 17시 5분인데, 동시에 수많은 현상이 발생했어요. 우선, 5분 전부터 하늘에 표시되어 있던 헥사고널 패턴이 사라지고, UI를 비롯한 전 시스템이 변경되고, 제 시스템 액세스 권한이 박탈되고, 아바타도 픽시형에서 인간형으로 변경되었죠. 지금의 저는, 시스템상으로는 두 분과 같은 플레이어라서 특별한 힘 같은 건 아무것도 없어요……."

힘없이 고개를 숙이는 유이의 오른쪽 어깨를, 시리카가 한껏 왼손을 내뻗어 가만히 안아주었다.

"괜찮아, 유이. 분명 원래대로 돌아갈 방법을 찾을 수 있을 거야."

"……네, 걱정 끼쳐드려서 죄송해요."

AI 소녀는 꾸벅 고개를 숙이고는, 잠시 동안 뭔가 우물거리고 나서, 예상치 못한 말을 꺼냈다.

"사실……, 저는 이 상황이 조금은 기쁘기도 해요."

"기, 기쁘다고? 왜?"

"지금의 저는 아이템을 가질 수 있고, 무기나 방어구도 장비할 수 있고, HP바가 있어요. HP가 0이 되면 저는 두 분과 마찬가지로 죽게 되겠죠. 그 후에 어떻게 될지는 아직 알 수 없지만, 저는 처음으로 VRMMO 게임의 플레이어들과……, 즉 두 분이나 아빠 엄마와 같은 자리에 서게 된 거예요. HP가 줄어드는 건 무섭지만, 그 공포는 저에게는 신선하고 흥미로운 감각이기도 해요."

유이의 말은 시리카 입장에서는 조금 난해하게 들렸지만,

한편으로는 아주 잘 이해할 수 있을 것 같기도 했다.

유이는 지금까지 줄곧――SAO에서도, ALO에서도, 오디널 스케일 사건 때도, 언더월드에서의 이계전쟁 때도, 어떤 의미에서는 방관자의 자리에 머무를 수밖에 없었다. 하지만 이 세계, 수수께끼투성이인 ≪유니탈 링≫의 세계에서는 달랐다. 인간 사이즈――그래 봤자 키는 아담한 편인 시리카보다도 한참 더 작았지만――의 아바타에는 HP, MP, TP, SP라는 네 개의 스테이터스 바가 주어져 있어서, 목이 마르면 TP가, 배가 고프면 SP가, 부상을 입으면 HP가 줄어든다. 지금 유이는 방관자가 아니라, 이 세계의 주인공 가운데 한 사람인 것이다.

"……그럼 빨리 유이한테도 좋은 무기와 방어구를 구해줘야겠네!"

방금 만든 로프를 검처럼 치켜들면서, 리즈벳이 말했다.

그녀들은 지금도 ALO에서 장비하고 있던 무기와 방어구를 그대로 장비하고 있었다. 덕분에 이 황야에서 전갈이며 쐐기벌레들의 습격을 격퇴할 수 있었던 것이었는데, 유이가 장비하고 있는 것은 얇은 원피스 한 장뿐이니, 방어력은 없는 것이나 마찬가지이리라. 게다가 유이의 추측대로 지금이 유예기간이라면, 그 유예기간이 끝나는 동시에 시리카와 리즈벳의 무기류도 중량 오버 때문에 장비하지 못하게 될 가능성이 높았다. 가능한 한 빨리 세 사람 몫의 무기와 방어구를 마련할 필요가 있다는 건 틀림없었다. 하지만,

"그 전에, 우선은 집부터 확보해야 해요!"

시리카가 못을 박듯 말하자, 리즈벳은 후훗 하고 거만하게 웃었다.

"나는 벌써 열두 가닥째를 완성했단 말씀!"

"어라……, 어느 틈에 역전한 거예요?"

역시 생산직은 뭐가 달라도 다르구나 하고 생각하며 열심히 손을 움직였다. 마른 풀을 한쪽 끝부터 다른쪽 끝까지 꼬자, 전체가 살짝 빛나고, 완벽한 로프로 변신했다. 유이도 거의 동시에 작업을 마쳐서, 드디어 오두막 제작에 필요한 아이템 가운데 ≪조잡한 이즈라풀 가는 밧줄≫ 예순 가닥은 해결되었다.

갓 완성된 로프를 탭해서 속성창을 열어보니, 아이템명과 내구력, 그리고 패러미터 밑에 간단한 설명문이 나왔다.

【황무지에 돋아난 이즈라 풀을 꼬아서 만든 조잡한 가는 밧줄. 튼튼하지만 습기에 약하다. 바신족은 삶아서 먹을 때도 있다고 한다】

"……이거, 다른 풀로 로프를 만들면 성능도 달라진다는 걸까요……?"

시리카가 중얼거리자, 창을 들여다본 리즈벳이 으—음 하고 신음했다.

"뭐……, 그렇겠지. 으엑, 엄청 귀찮은 게임인데……. 그리고 먹는 건 죽어도 싫어……"

"두 의견 다 동감이에요."

그런 대화를 보며 유이가 큭큭거리고 웃었다. 설명문 중에 등장하는 ≪바신족≫이라는 단어가 약간 마음에 걸리긴 했지만, 창을 닫는 동시에 뇌리에서도 지워버리고 당장 눈앞에 있는 과제에 집중하기로 했다.

"으음, 이제 남은 건 마른 풀 다발 예순 개랑……."

"튼튼한 가지 마흔다섯 개. 또 재료를 모으러 가야겠네요."

리즈벳이 울적한 표정으로 벼랑 밑 홈 밖을 내다보았다.

일반적으로 VRMMORPG는, 야외라면 밤이라 해도 완전히 깜깜해지지는 않는다. SAO에서나 ALO에서나 최소한의 환경광이 항상 필드를 비추고 있어서, 지형 정도는 충분히 구분할 수 있게 돼 있었는데, 이 세계의 밤은 현실세계 수준으로 어두웠다. 조명 없이 밖에 나갔다가는, 여기저기에 산재한 벼랑 밑으로 굴러 떨어져도 이상할 게 없었다.

문득 리즈벳이 오른손을 내밀고 귀에 익은 주문을 영창했다.

"에크 스카파 류자."

ALO에서는 많은 플레이어들이 암기하고 있는 초보적인 조명 주문이었다. 하지만 당연하게도 손앞에 빛덩어리가 생겨나는 건 고사하고 실패했을 때 나타나는 검은 연기조차 일어나지 않았다. 리즈벳은 한숨을 짓고는 이내 이쪽을 돌아보며 어깨를 으쓱했다.

"이 세계에도 마력은 있겠지?"

"MP바가 있는 걸 보면 아마도……. 하지만 어떻게 쓰는 건지는 짐작도 안 가네요……."

시리카도 양손을 들어 올렸다가, 이내 툭 하고 무릎에 떨어뜨렸다.

플레이어가 마법을 사용할 수 있는 VRMMORPG는 많지만 발동 방법은 대부분 세 종류로 분류된다. ALO처럼 말로 주문을 영창하거나, 손이나 지팡이로 제스처를 통해 입력하거나, 아니면 더 간단하게 마도서나 홀로 윈도를 통해 선택하거나 하는 것이다. 주문이나 제스처를 어림짐작으로 맞히는 건 불가능에 가깝고, 마도서 같은 건 애초에 갖고 있지도 않았다.

"아마 마법 스킬을 가르쳐주는 NPC나, 그와 비슷한 존재가 있을 거예요. 그걸 찾을 때까지 마법은 못 쓰겠네요."

유이의 말에, 시리카와 리즈벳은 고개를 끄덕였다.

마법을 쓸 수 없다면 날이 밝을 때까지 기다리는 게 제일이겠지만, 이 세계의 하루가 ALO와 마찬가지로 16시간제라 해도 아침까지는 여섯 시간 이상이 남았고, 20시간제라면 열 시간이나 기다려야 한다. 그 전에 유예기간이 종료될 가능성은 결코 낮은 게 아니었기에, 지금은 위험을 무릅쓰고서라도 벼랑 밑의 홈 밖으로 나가서 나머지 재료를 모아야 한다.

시리카는 오른손을 뻗어서, 작은 모닥불 중에서 길쭉한 나뭇가지 하나를 뽑아냈다. 끝부분에 미약한 불꽃이 일렁이고 있는 나뭇가지를 왼손으로 탭.

【타고 있는 가는 나뭇가지　무기/소재　공격력　타격0.43/화염0.37　내구력1.44　중량0.69】

내구력 수치를 주시해보니, 2초에 0.01씩 줄어드는 걸 알 수 있었다. 완전히 다 탈 때까지 5분도 걸리지 않는 셈이었다. 최소한 그 두 배 이상이 되지 않으면 조명으로는 써먹기 힘들고, 광량도 턱없이 부족했다.

"으음……, 횃불이라는 건, 평범한 나뭇가지와 뭐가 다른 거였지?"

시리카의 질문에 리즈벳은 고개를 갸웃거릴 뿐이었지만, 유이는 막힘없이 대답해 주었다.

"횃불은, 봉 끝부분에 조연제를 적신 천을 두른 거예요."

"조연제……?"

"기름이나 수액 같은 거예요. 한자로 송명(松明)이라고 쓰는 건, 일본에서는 송진을 사용하는 경우가 많았기 때문이래요."

그 설명을 들은 리즈벳이 어안이 벙벙한 얼굴로 물었다.

"유이, 그거 지금 검색한 거야?"

"아뇨, 지금 저는 외부 네트워크에 접속할 수 없으니까……. 이건 주기억 영역에 저장되어 있던 정보예요."

"후와아……."

감탄 어린 목소리를 흘리고, 리즈벳은 유이에게 다가가서 작은 머리를 두 손으로 마구 쓰다듬었다.

"역시 유이는 대단해! 내비 같은 거 못하더라도 아주 믿음직하단 말야. 그러니까 좀 더 우쭐대도 돼!"

"에, 에헤헤……."

유이는 약간 심란한 듯 웃다가, 고개를 갸웃거리며 말했다.

"……하지만, 횃불의 유래를 알았다고 해도 이 상황에서는 별 도움이 안 되겠네요……. 여기에는 송진도 천도 없으니까……."

"그렇지 않아!"

호기롭게 말하고, 리즈벳은 바닥에 쪼그려 앉아서 로프 제작 과정에서 이리저리 흩어진 마른 풀들을 주워 모았다. 그 마른 풀을 아직 모닥불에 넣지 않은 나뭇가지 끝에 힘주어 묶었다. 그 작업이 끝나자, 나뭇가지가 번쩍 빛났다. 설정창을 본 리즈벳이 신나서 오른손을 꽉 움켜쥐었다.

"이거 봐, 마른 풀도 조연제가 될 수 있다니까! 아이템명은 ≪조잡한 횃불≫이지만, 평범한 가지보다는 오래갈 거야."

"오오—, 리즈 언니 치고는 제법이네요!"

딱 두 번 박수를 쳐주고 나서, 시리카도 같은 수순으로 횃불을 만들었다. 끝부분을 모닥불에 대서 점화해 보니, 처음에 썼던 나뭇가지보다 훨씬 밝았다.

"이게 있으면, 나머지 재료도 빨리 모을 수 있겠어요!"

"그치? 좋았어! 마른 풀과 나뭇가지도 척척 모아버리는 거야!"

자신의 횃불을 힘차게 치켜들고 벼랑 밑 홈 밖을 향해 두 발짝 내딛었던 리즈벳이 빙글 돌아섰다.

"잠깐, 시리카, 아까 한 말 중에 '리즈 언니 치고는'이라는 거, 무슨 뜻이야?"

"이제 와서요?!"

시리카가 소리치자, 유이가 즐겁게 아하하하 웃었고, 머리 위의 피나는 "뀨이!" 하고 울었다.

홈 주변의 황야에는 녹색식물 같은 건 나 있지 않았지만 모서리가 톱니처럼 뾰족한 마른 풀——아까 얘기한 이즈라 풀——이며 뼈 같은 색의 고목이 산재해 있어서, 재료 수집은 그리 어렵지 않았다. 하지만 날붙이라고는 시리카가 장비한 대거밖에 없었기에 마른 풀 베기는 시리카가 담당하고, 리즈벳은 애용품인 메이스로 고목의 나뭇가지를 후려쳐서 부러뜨리는 작업에 전념하고 있었다. 유이는 횃불 들기 담당을 자처했는데, 빨리 그녀에게도 무기를 마련해주어야 할 것이다. AI인 그녀가 플레이어처럼 싸울 수 있을지는――그 때가 되면 알 수 있으리라.

즉석 횃불을 들고 있는 유이와 나란히 걷다가 이즈라 풀을 발견하면 왼손 가득 밑동을 붙잡는다. 오른손의 대거로 한 포기를 통째로 절단해서 그대로 스토리지에 집어넣는다.

시리카가 사용하고 있는 대거 ≪이스 슬레더≫는 요툰헤임에서 손에 넣은 엄청난 성능의 무기로, 원래는 얼음 속성의 추가 대미지와 스테이터스, 저항력 상승 등의 특수효과들이 잔뜩 가미되어 있다. 하지만 속성창의 내용으로 보아, 현재는 참격 속성의 물리공격력이 있을 뿐, 다른 스펙은 모조리 사라져버린 것 같았다. 그래도 공격력은 나무 막대기와는 차원이 다른 수준으로 높으니 현재로서는 이 대거에 의존할 수밖에 없지만, 유이의 추측에 따르면 유예시간이 끝나면――혹은 한 번이라도 장비창에서 제거하면, 레벨 1인 시리카의 힘으로는 무거워서 들지도 못할 거라고 했다.

그 점은 리즈벳의 메이스 역시 똑같은 상황이니, 유이뿐만이 아니라 두 사람도 이 틈에 대체 무기를 입수해두고 싶은 마음이 굴뚝같았지만, 불모의 대지만이 펼쳐져 있는 황야에 상점 같은 게 있을 리도 없었고, 만약에 있다고 해도 지금 그녀들에게는 동화 한 닢도 없었다. 이대로 가다가는, 몇 시간 뒤면 풀옷을 입고 나무 방망이를 든 원시인 스타일 신세가 될

지도 모른다.

——그렇게 되면, 하다못해 리즈 언니에게 먼저 입히고, 1분 정도 마구 웃어야겠다.

그런 사악한 생각을 하며 네 포기째 이즈라 풀을 베었을 때였다. 머리 위에 올라앉아 있던 피나가 "쿠르르르……" 하는 나직한 울음소리를 냈다.

경고음. 피나와 함께한 시간이 길었던 시리카는 "멀리서 뭔가가 다수 접근해 오고 있지만, 적인지 아닌지는 알 수 없다"라는 뉘앙스까지 읽을 수 있었다. 재빨리 머리의 세모난 귀를 움직여보니, 밤바람에 발소리 같은 것이 섞여 있는——것 같은 느낌이 들었다.

"유이, 횃불을 꺼!"

작은 목소리로 지시하자, 유이는 재빨리 횃불의 불꽃을 땅바닥의 모래에 비벼 껐다. 주위가 단번에 어두워졌지만, 아직 완전한 암흑은 아니었다. 주위를 둘러보니, 5, 6미터 떨어진 곳에서 리즈벳이 고목 가지를 후려치고 있었다.

"리즈 언니, 뭔가가 와요!"

본직은 대장장이지만, 엄청난 실력의 메이스 전사이기도 한 리즈벳의 반응속도는 빨랐다. 횃불을 바닥에 후려쳐서 끄고, 발소리를 죽인 채 달려왔다.

"늑대? 전갈?"

리즈벳의 속삭이는 질문에, 시리카는 바로 고개를 가로저었다.

"피나가 정체불명이라고 한 걸 보면, 그 둘 다 아닐 거예요.

미지의 존재예요."

"선불리 기습하지 않는 게 좋겠네."

그렇게 중얼거린 대장장이는, 근처에 있던 큼직한 바위를 가리켰다. 고개를 끄덕이고 그리로 이동해서, 바위 뒤에 옹기종기 모여 몸을 숨겼다. 상황이 이렇게 되고 보니, 밤의 야음이 반가웠다. 시각을 통해 타게팅하는 타입의 몬스터라면 세 사람을 쉽게 찾아낼 수는 없을 것이다.

다시 귀를 기울였다. 캐트시의 청각 보너스가 이 세계에서도 유효한지 어떤지는 알 수 없었지만, 아까보다 더 명료하게 발소리가 들려왔다. 맵 북동쪽――즉 아인크라드 낙하지점의 반대편에서 다가오고 있는 것 같았다.

시리카는 불현듯 지극히 미세한 진동을 느꼈다. 몸을 밀착하고 있는 유이가 가녀린 몸을 떨고 있는 것이다.

――AI도 이럴 때는 무서운가 보구나…….

반사적으로 그런 생각을 했다가, 시리카는 이내 자신의 생각을 부끄럽게 느꼈다. 유이는 AI이기는 해도 즐길 수 있고, 기뻐할 수 있고, 사랑할 수 있으니, 그 반대 되는 감정도 갖고 있는 게 당연하다. 난생 처음 HP 바를 부여받은 지 얼마 되지도 않았는데 이런 칠흑 같은 어둠 속에서 정체불명의 무언가가 뚜벅뚜벅 다가오는 상황이니, 무섭지 않을 리가 없었다.

게다가 유이는 시리카와 리즈벳의 스킬업을 도우러 오는 바람에, 아인크라드 추락 시에 키리토와 아스나와 갈라져버렸다. 세상 그 누구보다 사랑하는 두 사람이 더없이 그리울 텐데도 시리카와 리즈벳을 돕기 위해 로그아웃도 하지 않은 채

지금까지 동행해주고 있는 것이다.
그러니 유이는 자신들이 지켜줘야만 한다.
그렇게 결의하면서, 시리카는 왼손으로 유이의 어깨를 감싸 안고 속삭였다.
"걱정 마. 나랑 리즈 언니는 이래봬도 제법 강하니까."
"맞아, 뭐가 오건 이걸로 빠박! 하고 스트라이크해 버릴 거야!"
리즈벳도 조그만 목소리로 그렇게 말하고, 양손으로 야구방망이 쥐듯 메이스를 잡았다.
"리즈 언니, 스트라이크는……."
타자가 당하는 거예요, 라는 태클은 끝까지 완수되지 못했다. 예상을 초월할 만큼 가까이서 굵직한 목소리가 들려왔기 때문이다.
몬스터의 포효가 아닌, 인간의 대화 소리.
하지만 아무리 귀를 기울여봐도, 말의 내용을 알아들을 수가 없었다. 음량의 문제는 아니었다. 목소리는 척 보기에도 일본어가 아니었다――아니, 시리카가 알고 있는 그 어떤 언어도 아니었다.
"אאאאא, אאאא"
괴이하게 일그러진, 말이라기보다는 주문처럼 들리는 기괴한 목소리가 바위 너머에서 울려 퍼졌다. 이내 다른 목소리가 대답했다.
"אא, אאאאא"
시리카는 숨을 죽인 채, 더 힘껏 유이의 몸을 끌어안았다.

리즈벳도 베이스를 고쳐 쥐었다. 저벅, 저벅, 하고 모래를 밟는 다수의 발소리. 시리카 일행의 오른쪽에서 다가와서, 바위 바로 뒤를 지나——왼쪽으로 멀어져갔다.

하지만 아직 방심하기에는 이르다. 만약 이게 이벤트 전투 같은 거라면, 멀어지는 척하고 갑자기 돌아오거나, 반대편에서 뛰쳐나오거나 하는 것이 정석적인 연출인 것이다. 목소리의 주인이 플레이어가 아닌 몬스터나 NPC였을 경우, 게임 시스템은 처음부터 시리카 일행의 존재를 파악하고 있었을 테니까.

왼쪽뿐만이 아니라 오른쪽도, 그리고 머리 위까지 경계하면서 시리카는 멀어져가는 발소리에 귀를 기울였다. 충분히 거리가 떨어졌다는 확신이 든 뒤에야 바위에서 등을 떼고, 조심스럽게 바깥을 살펴보았다.

황무지를 걸어가고 있는 것은 세 명의 인간이었다.

플레이어는 아닌 것 같아 보였다. 세 사람 모두 남자였는데, 천과 가죽으로 만들어진 간소한 방어구를 걸치고, 왼손에는 대형 횃불을, 오른손에는 창이며 도끼를 들고 있었다. 노출된 부위가 많은 피부는 회색이 섞인 갈색. 머리카락은 가느다랗게 땋아서, 뒤통수에서 허리 가까이까지 늘어뜨리고 있었다.

세 사람은 이따금씩 주위를 둘러보긴 했지만, 똑바로 걸어가고 있었다. 그들의 목적지는 황야를 동서로 가로지르는 드높은 절벽. 그 사실을 알아챈 순간, 시리카는 아차 하고 이를 갈았다.

벼랑 밑의 한 곳만이 어렴풋이 빛나고 있었다. 시리카 일행이 끄지 않고 나온 모닥불 불빛이었다.

홈에서 나올 때, 아주 잠깐이나마 끄고 가는 게 좋지 않을까 하는 생각도 하긴 했었다. 하지만 마른 나뭇가지에 불을 피울 때 다양한 종류의 돌을 주구장창 마주 때리느라 많은 고생을 했었기에 그 작업을 한 번 더 하기는 싫다는 생각이 앞섰다. 남자들은 멀리서 모닥불 불빛을 발견하고 다가온 게 틀림없었다.

그들이 모닥불을 끄는 것까지는 상관없었다. 하지만 벼랑 밑 홈 안에는 시리카 일행이 애써 만든 이즈라 풀 로프가 예순 가닥이나 쌓여 있었다. 그들이 그걸 파괴하거나 가져가버리면, 유예시간이 다하기 전에 안식처가 완성될 가능성이 대폭 감소하게 된다.

"로프가……."

같은 생각을 한 모양인지, 리즈벳이 중얼거렸다.

안전을 중시해서 이대로 숨어 있어야 할 것인가. 로프를 지키기 위해 남자들을 뒤쫓을 것인가. 눈앞에 닥친 두 개의 선택지 앞에서 시리카는 고민했다.

이럴 때, 그라면――≪검은 기사≫라면 어떻게 했을까.

아이템을 포기하고 숨어서 상황을 넘기려고 할까? 아니, 그런 행동은 하지 않으리라. 이쪽에서 선제공격까지는 하지 않더라도 접촉을 시도해서, 지켜야 할 것은 지키려 하겠지…… 그리고 그 상황 자체를 즐기려고 하겠지.

아인크라드가 낙하하고, 스테이터스가 초기화되고, 시스템까지 바뀌어버렸지만, 이 ≪유니탈 링≫이 게임이라는 사실만은 의심의 여지가 없는 사실이다. 로그아웃도 할 수 있고, 어뮤스피어를 사용하는 이상 HP가 0이 되더라도 실제로 죽는 일은 없다. 레벨 1이 되어 버렸을지언정 애용하던 장비와 단검 스킬은 남아 있다. 그렇다면, 움직여야 한다.

"……유이는 여기서 기다려."

약 3초 만에 각오를 다잡은 시리카는, 그렇게 속삭였다.

"하지만……."

반론하려 하는 유이의 몸을 꼭 안아주고, 이내 놓아주었다. 리즈벳과 눈짓으로 신호를 주고받고, 나란히 고개를 끄덕였다.

유이를 바위로 떠밀고 은신처로부터 뛰쳐나온 직후, 시리카는 질주했다. 리즈벳도 바로 뒤쫓아 왔다. 자신들의 횃불은 이미 꺼버렸지만, 남자들이 들고 있는 횃불의 불빛을 이정표 삼아 똑바로 달렸다.

시리카의 키 높이 정도 되는 바위를 지나자, 세 사람의 모습이 눈에 들어왔다. 그들은 이미 벼랑 밑 홈 입구에 도달해서, 무기를 든 채로 안을 들여다보고 있었다.

거리가 10미터 이하까지 좁혀진 순간, 남자들은 용수철처럼 몸을 일으켰다.

"ℵℵℵℵℵℵ!!"

창을 든 자가 날카롭게 소리치면서 돌아섰고, 도끼를 든 두 사람이 그 좌우에서 뛰쳐나왔다. 장비나 장식품에서 느껴지는 분위기로 보아, 창을 든 자가 세 사람의 리더인 것 같았다. 하나같이 얼굴에 사나워 보이는 칠을 하고 있지만, 그 표정에서 적의가 넘친다는 것만은 알 수 있었다.

시리카는 남자들에게서 5미터쯤 거리를 둔 채 멈춰 서서 정신없이 소리쳤다.

"싸……, 싸울 생각은 없어요!"

오른손에 든 대거를 허리춤의 칼집에 꽂았다. 옆에 있던 리즈벳도, 메이스를 땅바닥 쪽으로 내린 채 외쳤다.

"우리는 그저, 그 로프를 가져가지 말아달라는 것뿐이야!"

하지만 남자들의 표정에는 변화가 없었다. 한 명이 스윽 앞으로 나서서, 다시 외쳤다.

"אאאא!!"

말이라기보다는 반쯤 전자적 노이즈처럼 들리는 그 말의 의미는 전혀 알 수 없었다. 아마, 그들도 이쪽의 말을 알아듣지 못했을 것이다. 그걸 보면, 역시 플레이어가 아닌 NPC인 모양이었다.

"אא……"

도끼를 든 자들 중 하나가 뭔가 중얼거리자, 창을 든 장신의 사내가 고개를 끄덕였다. 금속 창날이 날카롭게 번뜩이는 창을 고쳐 쥐고, 야금야금 거리를 좁히고 들었다. 이대로 가면 전투가 벌어진다——.

시리카가 그렇게 각오한, 바로 그때였다.

"조금 더 대화를 계속하세요!"

뒤쪽에서 그런 목소리가 들려왔기에, 시리카는 숨을 죽였다. 바위 뒤에 숨겨두었던 유이가 따라온 것이다.

만약에 여기서 남자들과 전투가 벌어져서 HP가 0이 되더라도, 시리카와 리즈벳은 어딘가 다른 곳에서 소생하거나, 최악의 경우라도 게임에서 튕기거나 하는 선에서 그칠 것이다. 하지만 유이는 그럴 거라는 보장이 없었다. ALO의 내비게이션 픽시였던 그녀가 이 세계에서 플레이어로 전환된 이유가 만약 모종의 시스템 오류에 의한 결과라면, 죽었을 때 무슨 일이 일어나도 이상할 게 없다. 어쩌면……, 키리토의 PC에 존재하는 코어프로그램에 손상이 갈 가능성까지…….

유이를 지키기 위해서라면, 선제공격도 불사할 수밖에 없다.

그렇게 생각한 시리카는, 다시 대거의 칼자루를 움켜쥐려 했다. 하지만 그 직전에 유이가 다시 외쳤다.

"그 사람들이 말하고 있는 건 더 시드 규격 표준 JA 언어 세트의 배리에이션, 즉 일본어예요! 여러 겹으로 필터가 씌워져 있는 것뿐이에요! 조금만 더 샘플이 쌓이면 디코딩할 수 있어요!"

시리카 입장에서는 약간 난해한 말이었다. 하지만 잿빛 피부의 남자들이 하고 있는 말이 실은 일본어인데, 그렇게 들리지 않도록 변형되어 있는 상태라는 것만은 가까스로 이해할 수 있었다.

반사적으로 양손을 앞으로 내밀고 소리쳤다.

"잠깐! 우리는 싸울 생각 없어!"

시리카의 생각이 전해졌는지, 머리 위에 올라타 있는 피나도 "뀨이이이—!" 하고 울었다.

창을 든 남자는 시리카의 머리 위로 슬쩍 시선을 옮기고는 맞고함 쳤다.

"ℵℵℵ, ℵℵ!"

좌우에 있던 도끼 든 남자들이 "ℵℵℵ!" "ℵℵ!"라고 대답했다. 색칠한 얼굴에서 묻어나는 적의는 사라지지 않았다. 예리한 창날이 야금야금 다가왔다. 이제 1미터만 더 다가오면 적의 사정거리 안에 들어가게 된다.

"……시리카, 여차하면 유이를 안고 도망치자."

리즈벳이 옆에서 속삭였고, 시리카도 꾸벅 고개를 끄덕였다. 로프 예순 가닥을 잃는 것은 아쉬웠지만, 유이의 안전과는 바꿀 수 없다.

3초를 세고 나서, 발밑의 모래를 차올리고 그 틈을 타서 도망치자. 시리카는 그렇게 생각하고 오른발에 힘을 주었다. 1, 2…….

"ℵℵℵℵ, ℵℵℵℵℵℵ!!"

그렇게 외친 것은, 세 사람의 남자들이 아니었다. 시리카의 등 뒤에 있던 유이였다. 노이즈처럼 일그러진 목소리 톤은 남자들의 언어와 쏙 빼닮아 있었다.

창을 다루는 남자가 소스라치게 놀라서 멍한 얼굴로 눈을 깜박였다. 적의 100%였던 표정이 밤쯤 당혹감으로 바뀌었고, 그는 동료들과 서로를 마주보았다.

"……ℵℵℵℵℵ?"

질문이라는 것 말고는 아무것도 알 수 없는 창 든 남자의 말에 유이가 뭔가를 대답했다. 짤막한 대화가 몇 번인가 오간 끝에 남자들은 각자 들고 있던 무기를 내리고 안도의 미소 같은 것까지 지어 보였다.

총총히 걸어온 유이가 시리카와 리즈벳 앞으로 나서서 이쪽을 돌아보았다.

"시리카 씨, 리즈 씨, 이제 걱정 안 하셔도 돼요. 이 사람들은 북쪽 고지대에 사는 바신족의 전사들인데, 아인크라드가 추락한 걸 보고 무슨 일이 일어난 건지 조사하러 왔대요. 저희들을 악마가 변신한 존재라고 의심하고 있었는데, 길을 잃었던 것뿐이라고 하니까 이해해주셨어요."

"……악마……."

시리카가 중얼거리자, 리즈도 거세게 고개를 저었다.

"뭐야, 그게. 너무하잖아. 이렇게 귀여운 악마가 세상에 어디 있다는 거야?"

"억척스러운 점만 보면 좀 그렇게 보이기도 하지만 말이죠."

"무슨 말 했어?"

"아무 말도 안 했어요."

그런 실랑이를 주고받고 있는 동안, 창을 든 남자가 벼랑 밑 홈으로 들어가서 바닥에 쌓여 있던 이즈라 풀 로프를 가리켰다. 시리카 일행을 보고 "**אאאא, אא**?"라고 뭔가를 물었다.

"이걸 만든 건 너희들이냐? 라고 묻고 있어요."

유이가 통역해주었기에, 시리카가 고개를 끄덕여 대답해주었더니, 창 든 남자는 다시 한 번 더 뭔가를 물었다.

"정식 섭취법을 알고 있나? 라고 묻고 있어요."

"…………."

리즈벳과 서로를 마주보고 나서, 둘이서 동시에 휙휙 고개를 가로저었다.

"אאאאא"

"가르쳐줄 테니 따라오도록, 이라고 말하고 있어요."

"……………………"

거절한다, 라는 선택지는 존재하지 않을 것 같았다. 창을 든 사내는 시리카 일행을 손짓해서, 동료들과 함께 원래 자신들이 왔던 방향으로 돌아갔다.

"……쇠뿔을 뺐으면 무라도 썰어먹어야지."

"뭔가 이상하게 섞인 것 같은데요."

리즈벳의 수상쩍은 관용구에 태클을 날리면서, 시리카는 벼랑 밑 홈으로 달려가서 60가닥의 로프를 모조리 안아 들었다. 소재 수집은 당분간 중단할 수밖에 없지만, 앞으로의 전개에 따라서는 안식처 자체가 불필요해질지도 모른다.

더 이상 귀찮은 일에 휘말리지 않기를 기원하면서, 시리카 일행은 바신족 전사들을 따라 북동쪽으로 걸어가기 시작했다.

5

어머니가 만들어준 저녁식사 메뉴는 버섯과 치킨이 듬뿍 들어간 브라운 스튜였다. SAO에서 해방돼서 집으로 돌아왔을 때 뭘 먹고 싶으냐는 질문에 그렇게 대답한 이래 내가 좋아하는 음식으로 인식되어 있다.

물론 정말로 좋아하는 건 사실이고, 몇 번은 직접 만들기에 도전한 적도 있었다. 하지만 그 요리를 좋아하게 된 이유가 아인크라드에서의 소중한 추억과 얽혀 있다는 점과, 원래는 닭고기가 아니라 토끼고기라는 점은 아직 어머니나 스구하에게는 얘기하지 못했다.

생각해 보면, 지금 내가 좋아하는 음식——테리마요네즈 햄버거나 닭육수 라멘, 그리고 벌꿀파이는 전부 가상세계에서의 기억에서 유래한 것들이었다. 그러니 언젠가 과거의 기억이 희미해지면 그것들을 먹고 싶다는 생각도 줄어들지도 모르지만, 아직까지 그런 느낌은 없었다.

식사 전에 메일 한 통을 보낸 이후로는 어그마를 벗은 채 식사를 마치고——어머니는 IT계열 잡지 편집장 일을 하지만 식탁 예절에 대해서는 엄격하다——, 식기를 치우고 나니 거실의 시계가 오후 7시 22분을 가리키고 있었다. 아스나와 앨리스와 약속한 시간까지 이제 3분밖에 남지 않았다. 소파에서 식후의 커피를 즐기고 있는 어머니에게 "잘 먹었습니다!"라고 말하고 2층으로 돌아왔다. 뒤따라 걷던 스구하가 "나는 먼저 씻을게~"라는 태평한 소리를 하며 자기 방으로 가려 했기에, 트레이닝복 옷깃을 꽉 붙잡았다.

"으엑……. 무, 무슨 짓이야!"

"중요한 얘기가 있어. 어뮤스피어 챙겨서, 지금 당장 내 방으로 와."

"어……, 뭐?"

어리둥절함 가득한 표정을 보이는 것도 무리는 아니었지만, 나는 여동생의 양 어깨를 붙들고 몸을 휙 돌려서 "빨리!"라며 등을 떠밀었다. 중얼중얼 볼멘소리를 늘어놓으며 자기 방으로 들어갔던 스구하가 오른손에 어뮤스피어, 왼손에 휴대단말을 갖고 나오기가 무섭게 초고속으로 손짓해 불렀다.

방으로 끌고 와서 문을 닫자마자, 나는 최대한 빠른 속사포 말투로 캐물었다.

"스구, 너 지금 소생 포인트를 어디에 두고 있지?!"

"응……? 오빠네 집인데……. 신생 아인크라드 22층에 있는 집."

"좋아, 마지막 로그아웃 장소도 거기지?"

"맞아. ……나 참, 아까부터 도대체 왜 그러는 건데?"

"설명은 안에서 할게. 빨리 다이브 준비부터 해."

"다이브라니……, 여기서?!"

스구하는 두 눈이 휘둥그레져서 내 방을 둘러보았다.

"그치만 오빠 방에는 쿠션도 없잖아. 바닥에 누우라는 거야?"

"침대 절반을 빌려주면 되잖아. 자, 빨리빨리!"

다시 어깨를 떠밀어서 침대에 앉혔다. 내 얼굴을 올려다보며 뭔가 입을 뻐끔거리고 있는 여동생의 손에서 어뮤스피어를 빼앗아다가, 머리에 푹 씌웠다.

“아, 뭐, 뭐야…….”

그때, 스구하가 왼손에 들고 있던 휴대단말이 띠링 하고 울렸다. 반사적으로 화면을 본 스구하가 굵직한 눈썹을 찌푸렸다.

“아, 나가타 군한테서 온 거네……. 우와, 메일이랑 전화가 엄청 많이 와 있어!”

“내버려둬, 어차피 용건은 다 아니까.”

나의 무자비한 말에, 스구하가 다시 넋 나간 얼굴로 입을 떡 벌렸다.

“어……, 어어?”

“지금은 더 중요한 일이 있어. 자, 빨리 안쪽으로 좀 가봐.”

“나 참~~…….”

뾰로통하게 입을 내밀면서도, 스구하는 단말기를 침대 머리 위에 놓고, 침대 안쪽에 누웠다. 나도 그 옆에 드러누워서 어뮤스피어를 썼다. 바이저를 내리고, 기동을 기다리면서, 이너 모니터 좌측 하단의 시계를 보았다. 7시 24분 47초.

곰곰이 생각해 보면 굳이 타이밍을 딱 맞출 필요는 없었지만, 그래도 나는 숨을 크게 들이쉬고, 말했다.

“5부터 세고 다이브하는 거야. 4, 3, 2, 1…….”

둘이 동시에 외쳤다.

“링크 스타트!”

낙하감이 잦아들고, 발바닥이 단단한 마룻바닥에 닿는 것을 느끼고 나서 눈을 떠보니, 로그하우스 거실에는 이미 하얀 기사복 차림 운디네와 황금 갑옷 캐트시의 모습이 있었다. 실내는 어둠침침했고, 벽에 난 구멍에 꽂혀 있는 즉석 횃불이 미약한 빛을 내뿜고 있었다.

나를 보고 뭔가를 말하려 하던 아스나와 앨리스의 시선이 오른쪽으로 이동했다. 2초쯤 늦게 다이브해 온 네 번째 인물을 발견하자마자, 입을 모아 외쳤다.

"리파!"

"리파!"

놀라서 뛰어온 아스나와 앨리스가, 실프 마법검사의 양팔을 양 옆에서 꼭 끌어안았다.

"다행이야……. 무사했구나!"

"걱정했잖아요!"

그 말을 들은 스구하/리파는, 당연하게도 뭐가 어떻게 된 건지 이해가 안 간다는 표정으로 두 사람을 번갈아 쳐다보았다.

"아, 아스나 씨, 앨리스 씨……, 무사하다니, 대체 무슨 얘긴지……? 집은 왜 이렇게 어둡게 해놓고 계신 거예요?"

이어서 나를 보고는, 입이 떡 벌어졌다.

"오, 오빠……. 옷차림이 왜 그래?!"

"이 일은 잠시 잊어줘."

팬티 한 장 차림인 내 아바타를 슬쩍 쳐다보고, 다시 여동생 쪽으로 눈길을 돌렸다. 녹색을 바탕으로 한 라이트 아머와 왼쪽 허리춤에 찬 장도는 그녀가 애용하는 전투 장비였다. 딱히 무겁게 느끼는 기색도 없었다. 즉, 장비 중량의 유예기간은 아직 끝나지 않은 것이다. 리파도 귀가 인간의 귀로 변해 있었지만, 본인도 알아채지 못할 정도의 변화였다.

안도감에 가슴을 쓸어내리고 물었다.

"스구……, 가 아니라 리파, ALO의 로그인 시퀀스에 뭔가 이상한 거 없었어?"

"응? ──아아, 그러고 보니 낙하 중에 뭔가 좀 이상하다 싶은 게 있었는데……, 평소에는 안 나오던, 뭔가 이상한 무늬가 있는 고리를 통과했어. 그건 뭐였지?"

"……역시 그랬군……."

나는 가만히 고개를 끄덕였다. 전에 나도 그런 걸 본 적이 있었다. 이 스프리건 아바타를 총의 세계 ≪건게일 온라인≫에 컨버트시켰을 때였다.

"그건 ≪컨버트 링≫이야. 네 아바타는, 로그인 과정에서 묻지도 따지지도 않고 강제로 이 세계에 컨버트된 거야."

"뭐……, 뭐라구?! 컨버트라니……. 여기는 전에 있던 오빠, 아니, 키리토 군이랑 아스나 언니 집이잖아……."

그렇게 말하면서, 리파는 어두운 거실을 둘러보았다.

그리고 이내 두 손으로 입을 틀어막고, 쉰 목소리로 말했다.

"……어, 어떻게 된 거야……. 아스나 언니, 대체 무슨 일이 있었던 거야?!"

놀라는 것도 무리는 아니었다. 넓은 거실에 있던, 아스나가 정성을 가득 들여 배치해두었던 가구며 장식품 등 인테리어 오브젝트가 모조리 소멸해버린 것이다.

그뿐만이 아니었다. 원래 커다란 난로가 있었던 안쪽 벽은 처참하게 붕괴돼서 밖이 내다보이고, 마루 중앙 부분은 움푹 꺼져 있고, 천장은 여기저기에 구멍이 나 있었다. 이이 이 모습을 여러 번 본 나조차도, 새삼 가슴이 아파왔다.

리파의 왼팔을 잡고 있던 아스나는, 그 손을 등으로 움직여서 다독이며 말했다.

"리파, 여기는 알브헤임이 아냐. 우리는 이 로그하우스……, 아니, 신생 아인크라드와 함께 이 세계로 전이해버린 거야."

원래 커다랗고 푹신푹신한 소파가 있던 자리에 빙 둘러앉아서, 우리는 지금까지 알아낸 것들을 리파에게 설명했다.

무릎을 끌어안고 쪼그려 앉아 얘기를 듣고 있던 리파는, 금색 포니테일을 흔들며 한 번 고개를 끄덕이고는, 곁눈질로 나를 보며 말했다.

"그랬구나……. 키리토 군의 복장이 왜 그 모양인지, 이제 알겠어."

"이해했다니 다행이네. 아스나와 앨리스는 방어구는 남아 있지만 무기는 장비할 수 없게 됐으니까 말이지……. 지금 믿을 거라고는 리파가 차고 있는 그 검밖에 없어."

"……한마디로, 보디가드용으로 나를 데려온 거야?"

"아니, 꼭 그런 것만은 아니지만 말야."

허둥대는 나를 살짝 흘겨보고 나서, 리파는 무너진 벽 너머로 펼쳐진 밤의 숲을 내다보았다.

"이 부근에는 어떤 몬스터가 나오는데?"

"아직까지 괴물은 나타나지 않았지만……."
그렇게 대답한 것은 앨리스였다. 검이 없는 검띠를 어딘가 허전한 듯 왼손으로 만지작거리며 말을 이었다.
"아까 불쏘시개를 찾으러 숲에 들어갔을 때, 다수의 포효 소리를 들었어요. 숲속에 뭔가가 서식하고 있는 건 확실할 거예요."
"으……. 레벨 1이라는 건, 마법도 쓸 수 없다는 거죠……?"
"네, 알브헤임에서 사용되던 신성어……, 아니, 주문은 반응하지 않았어요. 유이가 있었더라면 이것저것 가르쳐줬을 텐데 말이죠. ……키리토, 그쪽에서는 유이와 연락이 닿지 않았나요?"
이렇게 어두운데도 사파이어처럼 파랗게 빛나는 앨리스의 눈동자를 마주보며, 나는 고개를 끄덕였다.
"그래, 불러도 반응이 없었어. 아마 아직 리즈나 시리카와 함께 이 세계 어딘가에 있을 거야."
"흐음……. 어떻게든 합류할 수 있으면 좋을 텐데요. 그 사람들도 아인크라드 안에 있었다면, 그렇게 멀리 떨어지지는 않았을 것 같은데……."
"그래, 그거 말인데요!"
라파가 몸을 쑥 내밀었다.
"아인크라드가 떨어졌다는 건 알겠는데, 그 뒤에는 어떻게 된 거야? 키리토 군은 끝까지 못 봤어?"
"이 로그하우스를 연착륙시키기에도 벅차서, 그것까지 신경 쓸 여유가 없었어……."

"그리고 말야, 리파."

아스나가 공중에 양손을 들어서 제스처와 함께 설명했다.

"분리된 바위가 마침 적절하게 바람을 탄 덕분에, 우리는 이렇게, 아주 비스듬한……, 대충 30도 정도의 각도로 여기에 떨어진 거야. 아인크라드가 10킬로미터 높이로 날고 있었다고 치면, 낙하지점으로부터 17킬로미터 정도 떨어진 셈이 되지. 중간에 바위산 같은 지형도 보였고, 그 때문인지 우리는 아인크라드가 추락하는 소리도 못 들었어."

"17킬로미터라……. 날개가 있으면 단번에 날아갈 수 있는 거리인데 말이죠……."

리라가 등을 움찔거려 보았지만, 물론 요정의 날개는 나타나지 않았다. 스피드 홀릭이라는 칭호를 갖고 있는 그녀에게 있어서는, 스테이터스 초기화와 동급, 혹은 그 이상의 충격을 준 변화일 것이다.

그래도 역시 내 동생이라고나 할까, 리파는 다부진 웃음을 지으며 힘차게 고개를 끄덕였다.

"일단 상황은 이해했어요. 아스나 언니 일행의 현재 목표는 이 집을 고치는 거란 말이죠? 그럼 당연히 저도 도와드릴게요! 여기는 이미 제 집이기도 하니까요!"

"……고마워, 리파."

아스나는 어안이 벙벙해서 두 눈을 깜박였다가, 이내 리파와 양손을 마주잡고 반파된 거실을 둘러보았다.

"내구도 감소 속도로 계산해보면, 집이 부서지기까지 남은 시간은 열 시간 남짓……. 그때까지 많은 재료를 더 모아야

해. 지금 필요한 건…….”

아스나는 마루를 탭해서 집의 속성창을 불러낸 다음, 복구에 필요한 아이템 일람을 리파에게 보여주었다. 두 사람이 대화에 집중하고 있는 동안, 나는 링 메뉴를 호출해서 스킬 아이콘을 선택했다.

열린 창에는, 습득을 마친 스킬의 이름이 나열되어 있었다. 최상단에는 ALO에서 이전된 한손검 스킬의 이름이 있었지만, 정작 검을 장비할 수 없는 상황이니 도움이 안 된다.

그 밑에는 이 세계에 온 이후로 습득한 생활계, 보조계 스킬이 나열되어 있었다. 석공 스킬, 목공 스킬, 방직 스킬, 그리고 강건 스킬. 숙련도는 하나같이 0에 가까웠지만, 지금은 이것들이 생명줄이었다.

석공 스킬을 탭하니, 현재의 숙련도로 제작 가능한 아이템 일람이 새 창으로 열렸다. 돌 나이프와 돌도끼, 돌창 같은 원시적인 무기들 사이에 ≪돌검≫도 있었기에 여차하면 이 검을 써야 할 상황도 생기겠지만, 이 차림으로 돌 무기를 장비하는 순간에 스구하가 배꼽을 잡고 뒹굴어대며 대폭소하는 모습이 눈에 선하니, 가능하면 처음부터 금속무기를 쓰고 싶었다.

돌 무기들의 이름 옆에는 쇠망치 마크가 달려 있었는데, 이건 뭔가 싶어서 눌러보았더니, 디링 하는 소리와 함께 작은 Tips 창이 열렸다.

【이 아이콘이 표시되어 있는 아이템은, 실제로 손이나 도구로 제작할 필요가 있습니다】

——흠흠, 그렇다면 그렇지 않은 아이템도 있다는 뜻일까, 하는 생각에 일람을 스크롤했다. 무기 다음에는 돌접시나 돌해머, 숫돌 같은 도구류가 나열되어 있고, 그 다음이 돌블록, 돌 토대 같은 건축자재류. 이런 아이템들은 전부 작업용 마크가 붙어 있었다.

그리고 가장 밑에는 ≪돌방≫이며 ≪돌가마≫, ≪돌 제철로≫ 등의 이름이 있었고, 이것들에는 두 개의 사각형이 겹쳐진 형태의 마크가 표시되어 있었다. 마크를 탭하니, 다시 방울 소리가 울렸다.

【이 아이콘이 표시되어 있는 아이템은, 스킬창을 통해 제작할 수 있습니다. 제작 시, 필요한 소재 아이템을 스토리지에 보관할 필요가 있습니다】

"그런 거구나……."

중얼거리면서 돌방을 탭하자, 필요 재료 일람이 출현하고, 그 밑에【제작】버튼이 있었다. 혹시나 하는 생각에 눌러보았지만, 당연하게도【소재 아이템이 부족합니다】라는 반응이 돌아올 뿐이었다.

"호오, 제철로도 있네요."

언제부턴가 옆에 와 있던 앨리스가 창을 들여다보며 말했다.

"이게 있으면 로그하우스 수리에 필요한 철판이나 쇠못도 만들 수 있는 것 아닐까요? 더불어, 우리 무기도 말이죠."

"으—음, 뭐, 그건 그렇겠지만 말이지……."

수긍과 부정의 중간 정도 각도로 목을 움직였다.

"하지만, 철을 만들려면 당연히 철광석이 필요할 텐데, 이런 게임에서는 그런 걸 쉽게 구할 수가 없는 게 보통이란 말이지. 근처 초원에 쑥 돋아나 있거나 하는 일은 아마 절대 없을 거야."

"그럼 어디서 채취하는 거죠?"

"정석적인 패턴이라면, 산이나 동굴이겠지. 하지만 이 부근에 산 같은 건 안 보이던데……."

"그렇다면 동굴에서 찾아야겠군요."

고양이 귀 기사가 약간 질색하는 표정을 보였다.

ALO에서 같이 모험하기 시작한 뒤에야 알게 된 사실인데, 언더월드에서 처음 만났을 때부터 완전무결해 보이기만 했던 앨리스에게도 껄끄럽게 느끼는 건 존재하는 모양이었다. 그 중 하나가 천연동굴이었는데, 인공 던전에 대해서는 아무런 거부감도 느끼지 않지만, 소위 종유굴이나 침식굴 같은 곳은 웬만해서는 가지 않으려 들었다. 소거된 어린 시절의 기억 때문이 아닐까 하는 추측은 들었지만, 그렇다고 캐물을 일도 아니다 싶어서 오늘까지 묻어두었다.

"뭐, 그 동굴도 쉽게 찾을 수는 없을 테지만 말야……. 일단은 나무로 만들 수 있는 소재부터 해치우자. 믿음직한 나무꾼도 데려왔으니까."

내 말을 예리하게 캐치한 리파가 홱 몸을 돌렸다.

"잠깐, 키리토 군, 그 나무꾼이라는 거, 날 말하는 거야?! 나는 이 검밖에 없는데!"

"그 정도면 충분하지. 나는 말야, 언더월드에서 천 년을 베어도 벨 수 없다던 초 거대한 나무를 말야, 한손검으로 말야……."

"그래, 그래, 하면 될 거 아냐."

내 무용담을 끊은 리파가, 문득 진지한 표정으로 말했다.

"……그런데 아까 얘기하길, 내가 이 검을 쓸 수 있는 건 유예기간……, 이라고 했던가? 그게 끝날 때까지라고 했잖아? 그런데 그 유예기간이라는 게 몇 시간이나 남은 거야?"

"아니, 그건 이 대소동을 꾸민 주모자한테 물어보기 전에는……."

알 수 없어, 라고 말하려던 내 옆구리를 앨리스가 푹 찔렀다.

"으엑……. 무, 무슨 짓이야?"

"맞아, 키리토, 이것 좀 보세요."

내 항의를 무시하고 앨리스는 링 메뉴를 열었다. 시키는 대로 주시해보았지만, 보라색으로 빛나는 여덟 개의 아이콘은 내 시야에 있는 것과 별다른 차이가 없어 보였다.

"……어딜 보라는 거야?"

"여덟 아이콘의 색깔이에요. 시계방향으로 조금씩 색 차이가 나는 것 같지 않아요?"

"아……, 정말이네!"

그렇게 외친 건 아스나였다. 그리고 스스로도 메뉴를 펼쳐보고는 힘주어 고개를 끄덕였다.

"확실히 제일 위에 있는 아이콘은 붉은 기운이 돌지만, 시계방향으로 갈수록 점점 파란 기운이 돌고, 여덟 번째 아이콘은 청보라색 같은 느낌이야. 그런데……, 그게 어쨌다는 거야, 앨리스?"

“여기 떨어진 직후에 메뉴를 펼쳤을 때는 거의 모든 아이콘이 파란색에 가까웠던 걸 기억하고 있어요. 메뉴를 처음 보고 제피리아 꽃 색깔 같다고 느꼈거든요. 그런데 지금은 다섯 번째 아이콘까지 색이 바뀌어 있죠……. 어쩌면 이게 유예기간 잔여 시간을 나타내는 게 아닐까요?”

“오오……, 일리 있는데…….”

나도 눈앞에 표시되어 있던 모든 창을 닫고 링 메뉴를 응시했다. 앨리스 말대로 이게 타이머를 겸하고 있는 거라면—— 대략 두 시간 반 정도 만에 다섯 개의 아이콘이 변색되었다는 얘기가 된다. 즉 하나에 30분.

“……남은 아이콘이 세 개라는 건, 모든 색이 바뀔 때까지 한 시간 반 남았다는 거네…….”

리파가 벽에 걸린 시계라도 찾는 듯 주위를 둘러보았다. 물론 그런 물건은 없었지만, 있었다고 해도 상황이 달라지는 건 아니었다. 링 메뉴를 닫은 앨리스가 긴박한 목소리로 말했다.

“……서둘러요. 리파의 검을 쓸 수 있는 동안에, 최소한 나무 벌채는 마쳐야 해요.”

이번에는 리파도 볼멘소리는 하지 않았다. 왼손으로 장도 칼집을 움켜쥐고, 진지한 목소리로 대답했다.

“응, 알았어. 제가 척척 나무를 벨 테니, 여러분은 껍질 벗기는 작업을 부탁할게요.”

“알았어. 잘 부탁해, 리파.”

아스나의 말을 신호로, 우리는 열려 있는 문을 통해 밖으로 뛰쳐나갔다.

하지만, 반쯤 무너져버린 외부 현관에서 발걸음을 멈추고 말았다. 야음에 잠긴 숲의, 모든 것을 집어삼킬 듯한 암흑에 압도당한 것이다. 야외이건만 몇 미터 앞도 보이지 않았다.

"……이거, 조명이 필요하겠는데……."

그렇게 중얼거리자, 미세하게나마 주위가 밝아졌다. 시스템이 요구를 들어준 게 아니라, 앨리스가 실내를 밝히고 있던 즉석 횃불을 들고 나온 것이었다.

"그러고 보니 앨리스, 그 불씨는 어떻게 구했어?"

새삼스럽게 질문하자, 앨리스는 벨트 주머니에서 달걀 크기의 돌 두 개를 꺼내 보였다.

"저는 두 분보다 조금 일찍 돌아왔기에, 강가에서 부싯돌이 될 만한 걸 찾아뒀어요. 날이 어두워지면 필요할 것 같아서요."

"그, 그래……."

역시 진짜 이세계인은 뭐가 달라도 다르네! 라고 생각했지만 그 생각은 마음속에만 묻어두고, 거듭 질문했다.

"그거 어떻게 쓰는 거야?"

"언더월드보다 훨씬 쉽던데요. 마른 풀을 뭉쳐서 부싯깃을 만들고 그 가까이에서 불꽃 내기를 열 번 정도 만에 불이 붙었으니, 다음은 나뭇가지에 옮겨 붙이기만 하면 돼요."

"흐음……."

내 생각엔 마법으로 하는 게 더 좋을 것 같은데! 라고 생각했지만 이번에도 자제심을 발휘해서 침묵을 지켰다. 마법이 없었던 SAO에서는 주로 랜턴을 사용했지만, 지금 생각해 보면 그때도 탭만 하면 불을 피울 수 있었으니 마법이나 별반 다를 게 없었다. 이 유니탈 링의 세계에서는 우리의 편의를 봐줄 생각이 별로 없는 모양이었다.

"그럼, 나도 나뭇가지를 찾아 올 테니까……."

그 불 좀 나눠줘, 라고 내가 말하기도 전에 앨리스는 날렵하게 땅으로 내려가더니, 조금 걸어가서 몸을 숙였다. 거기에는 어느 샌가 대량의 나뭇가지들이 모여 있었고, 오른손에 든 횃불을 그 나뭇가지들에 가까이 대자, 이내 타닥타닥 하는 기세 좋은 소리와 함께 불이 옮겨 붙었다.

"우와, 굉장한데! 불의 이펙트가 무지 리얼하잖아!"

리파가 환희에 찬 목소리로 외치는 것도 무리는 아니었다. 빨갛게 일렁거리는 불꽃이며 흩날리는 불티의 정교함은 현실세계의 모닥불과 구분할 수 없을 정도였다. 숲의 나무들을 처음 보았을 때도 느꼈던 건데, 이 세계 그래픽의 디테일은 ALO……, 아니, SAO와 비교해도 아득히 뛰어났다. 평판 디스플레이로 비유하자면, HD 화질이 4K 화질로 바뀐 것 정도의 임팩트와도 같았다.하지만 그건, 아까 로그아웃했을 때 수집해 온 정보와는 서로 모순되는 사실이었다.

왜냐하면, 이 유니탈 링에 강제 컨버트된 것은 우리 ALO 플레이어뿐만이 아닌 것이다. 더 시드 넥서스를 구성하는 주요 VRMMO 게임 대부분——백 개 이상의 가상세계에서, 수십만 명 규모의 플레이어들이 전이해 왔다. 그 정도의 플레이어를 받아들일 수 있는 수용 능력을 확보하면서 이 정도로 정교하게 세계를 구축하는 게, 2026년 현재의 기술로 과연 가능한 일일까……?

"키리토 군, 언제까지 넋 놓고 있을 거야?!"

헐벗은 등을 짜악 얻어맞는 바람에, 나는 펄쩍 뛰었다.

"아얏!"

"시간 없다고 얘기한 건 키리토 군이었잖아. 빨리 작업 시작해야지!"

"그, 그래."

리파의 말대로 지금은 고찰보다 손을 움직여야 할 상황이다. 앨리스가 피워준 모닥불은 어느덧 활활 타올라서, 초지 주위의 숲까지 붉게 비추어주고 있었다. 이 정도면 횃불 없이도 충분히 작업이 가능한 수준이었다.

"좋아, 시작하자……."

그렇게 말했을 때, 리파는 이미 장도를 뽑아서 근처의 아름드리 휘감이소나무를 향해 첫 번째 일격을 날리고 있었다. 우지끈! 하는 상쾌한 소리가 울려 퍼지는 가운데, 오른손 주먹을 어중간한 높이로 들어 올린 채 굳어 있는 나를, 아스나와 앨리스가 미묘한 시선으로 쳐다보고 있었다.

집을 구하고 나면, 당장 신무기를 구하고 말겠어. 밤을 꼬박 새고 등교하는 한이 있어도.

나는 새삼 그렇게 결의했다.

리파의 장도는 에인션트 웨폰(고대급 무기)이라는 명성에 부끄럽지 않게, 벌채용 도끼도 아니면서 아름드리 휘감이소나무를 마치 장난처럼 베어나갔다. 한 그루를 베는 데 30초도 걸리지 않았기에, 껍질 벗기기 담당이 세 명이나 있어도 운반에 조금만 문제가 생기면 벌채 속도에 따라잡히는 지경이 되었다.

아스나, 앨리스와 호흡을 맞추어 원목 처리 작업에 힘쓰기를 15분 만에, 공터에는 다시 나선형 무늬의 통나무가 쌓였다. 통나무 열 개짜리 더미가 세 개. 이 정도 있으면 로그하우스 수리에 필요한 ≪제재된 널빤지≫ 일흔다섯 장 정도는 만들고도 남을 정도일 것이다.

양 허리에 손을 짚은 채 그렇게 생각하다가, 문득 깨달았다.

"……널빤지는 어떻게 만드는 거지……?"

현실세계의 생활용품 매장에 가면 널빤지는 얼마든지 팔고 있지만, 그게 어떻게 만들어지는지는 전혀 알 수 없었다. 상식적으로 생각하면, 통나무를 얇게 써는 거겠지만……. 이 굵기의 통나무를 썰려면 대형 목공기계가 필요한 것 아닐까.

그런 나의 추측을, 옆에 있던 아스나가 뒷받침했다.

"여기에는 당연히 대형 띠톱 같은 건 없을 테니까, 이걸 널빤지로 만들려면 최소한 오가가 필요하겠지……."

"오, 오가?"

"한자로 대거(大鋸)라고 쓰고 오가라고 읽는 거야. 메이지 시대까지 쓰였던 무지 큰 톱이지."

"아, 아아……, 역사 교과서에서 본 적이 있는 것 같기도 하고 없는 것 같기도 하고……."

띠톱도 그렇게 귀에 익지 않은 단어였지만, 그래도 제재용

기계의 이름이라는 것쯤은 짐작이 갔기에, 얘기를 진행했다.

"으—음, 톱이라……. 철과 대장장이 스킬이 있으면 만들 수 있을지도 모르지만, 둘 다 얻으려면 아직 한참 더 걸릴 것 같으니 말이지. ——어라, 하지만 톱이라는 게 *고훈 시대부터 있었던 건 아니잖아? 옛날 사람들은 어떻게 널빤지를 만들었던 거지?"

"으음, 그건 아마……."

천하의 아스나도 이번에는 기억을 더듬는 표정을 드러냈지만, 그럼에도 결국 필요한 정보를 끌어내는 걸 보면 역시 엄청난 두뇌 성능이었다.

"통나무를 세로로 자를 수 있는 톱……, 아까 얘기한 오가 말인데, 그게 대륙에서 전래된 게 **무로마치 시대였으니까, 그 이전에는 통나무에 쐐기를 박아서 평평하게 자르고, 손도끼나 대패로 평면을 다듬는 식으로 만들었어. 쐐기로 쪼개는 공정은 반쯤 나뭇결 혹은 운에 좌우되는 거라서 실패율도 높았고, 당연히 그 시절에 큰 널빤지는 엄청 귀한 물건이었다나 봐."

"흐으으음, 쐐기라……."

중얼거리면서, 공터에 쌓인 통나무를 쳐다보았다.

나무껍질을 벗기면서 조사해본 결과, 휘감이소나무라는 이름은 드릴처럼 회전하면서 크는 특성에서 유래한 것으로, 표면뿐만이 아니라 내부 섬유도 나선형으로 휘어 있었다. 이 게임이 나뭇결 방향까지 데이터로 지정되어 있는 거라면, 휘감

*고훈 시대: 古墳時代. 일본의 시대 구분. 대략 3세기 중반~7세기 말까지를 가리키며, 왕권 강화를 위해 대규모 고분을 만들었다

**무로마치 시대: 室町時代. 아시카가 가문의 무로마치 막부가 지배하던 시대. 1336~1573년까지를 가리킨다

이소나무에 쐐기를 박아서 쪼갠다 해도 똑바로 쪼개지지는 않을 가능성이 높았다. 애초에 이 공터에 철기문명이 꽃피기 전에는, 그 쐐기조차 만들 수 없지만 말이다.

“끄으으응……. 널빤지는 인류 지혜의 결정체였구나…….”

감명 어린 내 말에, 아스나도 힘주어 고개를 끄덕였다.

“그건 사실이지만, 그뿐만이 아냐. 큰 널빤지는 통나무 한가운데서밖에 못 구하니까, 수십 년을 자란 나무의 생명과 역사 그 자체야. 그렇게 생각하면, 나무에서 널빤지를 만드는 작업이 어려운 것도 당연한 일처럼 느껴져.”

“하긴 그래. 하지만 어떻게든 이것들로 널빤지를 만들지 못하면, 로그하우스 수리가…….”

통나무의 절단면을 가볍게 두드리며 그렇게 말했을 때였다.

앨리스와 함께 작업하고 있던 리파가 돌아와서, 내 등을 힘껏 후려쳤다.

“아악!”

“뭐야, 키리토 군, 내 기술과 이 ≪리저빈드≫를 얕보면 곤란하지.”

“으으……, 왜 다들 그렇게 내 등짝을 때리려 드는 거야…….”

“아하핫, 그 차림새를 보면 때리고 싶어진단 말이지. 아스나 언니도 한 번 해볼래요?”

“쓸데없는 권유하지 마!”

내가 황급히 펄쩍 뛰어 물러서자, 아스나가 약간 아쉬운 표정을 짓는 것 같아 보였지만, 그건 아마 내 착각이리라. 여성 동료들에게 등을 보이지 않도록 주의하면서, 리파에게 물었다.
“그보다, 네 기술 운운하는 얘기는 뭐야?”
“자, 자, 잠깐 비켜봐.”
우리에게 물러나라고 손짓한 리파는 자신이 통나무 더미 앞에 섰다. 은백색 장도를 양손으로 움켜쥐고, 정석적인 중단 자세를 취했다.
“자, 잠깐, 스구, 너 설마 그 검으로 통나무를…….”
나도 모르게 리얼 네임을 부르자, 실프 마법검사는 정면을 응시한 채 말했다.
“서른 그루쯤 베다 보면 대충 감이 잡힐 거야. 일단 그냥 보기나 해.”
리파가 그렇게 나오면 그냥 잠자코 지켜보는 수밖에 없다. 리저빈드의 칼날이 모닥불의 불빛을 빨아들여 빨갛게 번뜩였다.
리파의 장도는 분류상으로 보면 바스타드 소드에 포함되며, 한손으로 들 때는 한손검용 소드 스킬을, 양손으로 들면 일부 양손검용 스킬을 발동시킬 수 있다. 물론 그 편리성에 걸맞은 불리함도 있었는데, 한손검 치고는 너무 무거워서 다루기 힘들고, 양손검 치고는 너무 가벼워서 위력이 부족했지만, 검도부원인 그녀에게 있어서는 딱 좋은 길이와 무게라는 모양이었다.
나와 아스나, 앨리스가 지켜보는 가운데, 리파는 눈에 보이지 않는 실에 이끌리기라도 한 것처럼 매끄러운 동작으로 장도를 치켜들었다. 잠깐의 멈춤 동작이, 번뜩이는 녹색 빛——소드 스킬의 전조 이펙트를 불러 일으켰다. 무기 스킬이 남아 있는 걸 봤을 때부터 확신했지만, 구 SAO에서 만들어진 수많은 검술들은 이 세계에까지 승계된 모양이었다.

"……하앗!"

날카로운 기세와 함께, 리파가 검을 휘둘렀다. 야음 속에 두 가닥의 궤적이 번뜩였다. 양손검 2연속 소드 스킬, ≪캐터랙트≫.

원래는 상단 베기를 휙! 휙! 하고 연속으로 휘두르는 기술이었지만, 리파가 사용한 기술은 어마어마하게 빨라서, 마치 두 번의 공격을 한 호흡에 날리는 것처럼 보였다. 참격은 통나무 더미 가장 위에 있는 통나무의 단면에 박혀 들었고, 녹색 섬광은 그대로 반대쪽 끝까지 관통해서 사라졌다.

1초 정도의 시간을 두고, 통나무가 소리 없이 좌우로 갈라져서 쿵 하고 지축을 울리며 땅바닥에 쓰러졌다. 그 중앙에는 2연격에 의해 생겨난 얇은 판 한 장만이 남았고, 이윽고 그 판도 오른쪽으로 기울어지고——쓰러지기 직전, 내가 뛰쳐나가서 그 판을 꽉 붙잡았다.

판의 두께는 2센티미터 정도. 표면은 꼼꼼하게 대패질을 한 것처럼 매끄럽고, 비스듬한 나뭇결이 선명하게 드러나 있었다. 그 판을 왼손으로 탭해서 속성창을 불러냈다. 아이템명은【오래된 휘감이소나무를 제재한 널빤지】.

"어때, 키리토 군? 집 수리에 쓸 수 있을 것 같아?"

장도를 밑으로 내린 리파가 그렇게 물었기에, 나는 오른손 엄지를 척 세워 내밀었다.

"완벽해. 하지만……."

이제 막 완성된 널빤지를 스토리지에 집어넣고 나서, 세로 방향으로 절단된 채 땅바닥에 나뒹구는 통나무를 내려다보았다.

"……이 방식으로 하면 통나무 하나에서 널빤지 한 장밖에 못 얻겠는데……. 어떻게든 통나무를 고정할 장치를 만들어야……."

"응? 그냥 손으로 하면 되잖아."

단호하게 대답한 리파는, 반으로 쪼개진 통나무 한쪽을 가리키며 말을 이었다.

"그거 통나무 더미 위로 가져가서, 세로 방향으로 잡고 있어."

"…………."

약간 불길한 예감이 들긴 했지만, 시키는 대로 양손으로 통나무를 들어 올려서 원래 자리로 가져갔다. 절단면이 수직이 되도록 조정하고, 한가운데 부근을 양손으로 붙잡아 고정했다.

"그대로 꽉 잡아 고정하고 있어. 간다……!"

다시 장도를 치켜든 리파가, 아무렇게나 소드 스킬을 발동시켰다. 기본적으로 단발기인 양손검 스킬【커스케이드】. 절단면 2센티미터 왼쪽에 명중한 칼날에서 녹색 섬광이 번쩍이고, 내 손 밑을 통과해 지나갔다.

"히익!"

나도 모르게 비명을 질렀지만, 가벼운 충격을 느꼈을 뿐, 대미지는 입지 않았다. 손을 떼려 하자, 다시 리파의 지시가 날아들었다.

"그대로 들고 있어!"

직후, 이번에는 쿨타임이 끝난 ≪캐터랙트≫를 발동. 다음은 ≪커스케이드≫, 그리고 다시 ≪캐터렉트≫.

총 여섯 번의 참격이 몰아친 직후, 오브젝트의 내구한계를 넘어섰는지, 통나무 조각이 유리처럼 깨져서 사라졌다. 내 손 밑에 남은 건, 사이즈는 다소 다르지만——통나무가 반원형이니 그 점은 어쩔 수 없다——완벽한 평행선을 이루어 절단된 여섯 장의 널빤지. 처음에 만들었던 한 장을 더하면, 통나무 반쪽에서 일곱 장이나 되는 널빤지를 얻어낸 셈이었다.

"훌륭한 솜씨예요, 리파!"

뒤에서 지켜보고 있던 앨리스가 경쾌한 박수를 보내왔다.

"저도 루리드에서 은거하던 시절에는 나무 베기를 도우면서 생계를 유지했었지만, 그 정도로 멋들어지게 나무를 잘라내는 재주는 없었어요."

"츄헤헤, 영광이네요."

쑥스러운 표정으로 기묘하게 웃는 리파에게, 아스나도 찬사를 보냈다.

"정말 대단해. 제어하기 힘든 양손검 스킬을 그 정도로 정확하게 맞히는 건, 키리토 군도 못하지 않을까?"

뭐가 어때? 라는 생각이 들었지만 지금은 내 무시무시한 실력을 선보일 재주가 없었다. 말없이 여섯 장의 널빤지를 스토리지에 집어넣고, 통나무 더미 반대편으로 가서 나머지 한쪽 통나무를 들어 올려 꽉 고정했다.

"이런 식으로, 남은 통나무들도 부탁한다, 여동생아."

내 말에, 리파는 신이 나서 "나만 믿어!"라고 소리치고, 다시 검을 움켜쥐었다.

통나무 열 개를 쪼개는 작업이 끝나고 보니, 시간은 오후 8시를 지난 상태였다. 장비중량 유예기간이 종료되기까지, 남은 시간은 한 시간 이하.

리파가 거의 실수 없이 통나무 쪼개기 작업을 완료해준 덕분에 130장이나 되는 널빤지를 구하는 데 성공하긴 했지만, 집 수리에 필요한 소재 여섯 종류 가운데 지금까지 확보된 건 두 종류뿐이었다. 게다가 나머지 네 종류는 입수 난이도가 높았다. 아니, 아예 입수 방법 자체도 모르는 상황이었다.

"이젠 정말 철을 어떻게든 구해야겠는걸."

약간 기세가 약해진 모닥불 불꽃을 바라보면서, 옆에 있던 아스나가 중얼거렸다. 나도 팔짱을 끼고 고개를 끄덕였다.

"그러게 말야……. 제철로는 강가에서 돌을 주워 오면 만들 수 있을 것 같지만, 문제는 거기에 넣을 광석이야. 아까 얘기했듯이 동굴 속 같은 곳에서나 찾을 수 있을 것 같은데, 당연히 몬스터가 나올 테고 말이지……. 그것도 바깥에 있는 것들보다 강한 녀석이……."

"응……. 우리도 검을 쓸 수 있었으면……."

앨리스가 울분 어린 표정으로 자신의 오른손을 쳐다보았다. 그 심정은 나도 마찬가지, 아니, 나는 방어구조차 장비할 수 없는 상태니까 1.5배 이상의 울분이었다. 유예기간을 네 시간이나 준 건 더없이 고마운 일이었지만, 강제 컨버트 순간에 장비하고 있었어야만 한다거나, 그 뒤에 한 번이라도 장비를 해제하면 안 된다거나 하는 건 조건이 너무 엄격했다. 도시나 집에서 무기를 푸는 것쯤은 흔히 있는 일이니, 이 이변에 휘말린 수십만 플레이어들 중에는 나와 아스나처럼 전문 탱커가 아닌데도 무기를 들지 못하게 된 플레이어가 상당수 있지 않을까.

지금쯤 MMO투데이 게시판이나 각종 SNS는 사건에 관한 화제로 가득할 것이다. 로그아웃해서 마음껏 정보를 모으고 싶은 생각이 굴뚝같았지만, 우선은 로그하우스 복구 재료 수집을 서둘러야 한다. 유일한 희망인 리파도, 조금만 더 있으면 애검 리저빈드를 쓸 수 없게 되고 만다.

"그나저나……."

문득 아스나가 목소리를 낮추어 말했다.

"……키리토 군, 우리 오빠가 그런 회선을 갖고 있는 건 어떻게 알았어?"

"아, 아니, 그건 말이지……."

아까 로그아웃했을 때 어그마를 통해 메일을 보냈던 상대는, 아스나의 오빠인 유우키 코이치로였다. 그가 홈서버를 경유하지 않는 독립회선을 남몰래 설치해두고 있다는 사실을 알고 있었기에, 그걸 아스나가 쓸 수 있게 해달라고 부탁했던 것이다. 하지만 그 경위를 세세하게 설명하기에는 시간이 부족했기에, 최소한의 설명만으로 그쳤다.

"……요전에 코이치로 군에게 신생 아이크라드를 안내해주기로 약속했는데, 그때 독립회선 얘기를 들었거든."

순간, 아스나가 흐휴 하는 기묘한 소리를 흘렸다.

"어, 왜 그래?"

"으—음……, 키리토 군이 오빠를 ≪코이치로 군≫이라고 부르는 거, 아무리 들어도 적응이 안 돼서 말야……."

"본인이 그렇게 불러주길 원하니까……. 하여튼 이제 아스나도 꾸중 들을 걱정 없이 밤늦게까지 다이브할 수 있겠지."

"죄책감이 좀 들긴 하지만, 엄마도 이 집은 마음에 들어 하는 것 같았으니까, 언젠가 꼭 얘기하고 사과할게……."

조그맣게 한숨을 내쉬고 나서, 아스나는 마음을 가다듬듯 심호흡 했다.

"자, 그럼 철광석 찾기 모험을……."

하지만 그 말은 불가피하게 중단되었다. 숲 안쪽에서 다시 짐승의 포효 소리가 들려왔기 때문이다. 게다가 이번에는 단순히 멀리서 우짖는 소리가 아니라, 명료한 적의를 가진 으르렁거림. 게다가 우지끈우지끈 관목이 꺾이는 소리까지.

"키리토!"

"오빠!"

약간 떨어져 있던 앨리스와 리파가 이쪽으로 뛰어왔다. 네 사람 모두 재빨리 무기를 움켜쥐었지만, 무기다운 무기를 갖고 있는 건 리파뿐이고, 먼저 와 있던 세 사람은 울퉁불퉁한 석기 나이프뿐인 게 안타까울 따름이었다. 그래도 없는 것보다는 낫겠지……. 그렇게 스스로를 타이르며, 밧줄을 동여맨 칼자루를 움켜쥐었다.

또 다시, 방금 전과 비슷한 곳에서 뭔가가 울었다. 쿠르르르르……, 하는 굵직한 울림은 대형 오토바이의 공회전음을 연상시켰지만, 이 세계에 그런 게 존재할 리는 없었다. 깜깜한 숲 안쪽을 응시해 보아도 모닥불 불빛이 너무 밝아서 그런지, 울창하게 늘어선 나무들 너머는 전혀 들여다볼 수 없었다.

모닥불을 끄는 게 좋을까……. 하지만 적이 동물 타입이라면 불을 무서워할 가능성도 있었다. 부싯돌로 불을 피워야 한다면, 일단 한 번 꺼진 불을 전투 중에 재점화하는 건 불가능하다고 봐도 좋았다.

그런 나의 망설임을 간파한 듯, 세 번째 으르렁거림이 짤막하게 울려 퍼졌다. 우지직, 우지직 하고 나뭇가지를 밟는 소리가 초지 북쪽에서 서쪽으로 천천히 이동해갔다. 목소리의 주인공은 이미 숲의 경계선 바로 저편까지 다가와 있었다.

"괜찮아."

썩 괜찮아 보이지 않는 쉰 목소리로, 나는 말했다.

"만약에 저게 몬스터라고 해도, 초반에 나오는 잡몹일 뿐이야. 돌 나이프로도 충분히 처치할 수 있어."

"……말하자면, SAO의 파란 멧돼지 정도라는 거야?"

아스나의 말에 연신 고개를 끄덕였다.

"그래, 그래, 아마 멧돼지보다 더 약한, 늑대나 여우나 뉴트리아나……."

"키리토, 뉴트리아가 뭐죠?"

그런 앨리스의 질문에, 나는 "캐피바라처럼 생긴 거"라고 대답하려 했지만 생각해 보면 앨리스는 캐피바라도 모를 것 같았기에, 언더월드에 있던 동물 중에 귀가 긴 큰 쥐 같은 동물의 이름이 뭐였더라……, 라고 고민에 빠졌다. 하지만 해답을 도출해내기도 전에 지금까지 들려왔던 것보다 한층 더 거친 포효가 모닥불 반대쪽에서 울려 퍼졌다.

"크르롸롸롸아아아악!"

직후, 우지끈우지끈 살벌한 소리를 내며 관목 무더기가 통째로 쓰러지고, 그 너머로부터 거대한 그림자가 나타나 초지로 뛰어들었다. 지축을 울리며 이쪽으로 돌진해 오다가, 모닥불 앞에서 느닷없이 멈춰 섰다.

크다. 머리까지의 높이는 2미터는 충분히 넘어 보였다. 사지는 굵고, 머리는 둥글고, 발톱과 엄니는 이상하리만치 길고 날카로웠다. 흑갈색 긴 털을 두르고 있는 그 녀석은, 척 보기에도 늑대나 여우, 뉴트리아 따위와는 전혀 다른――.

"고, 고, 곰――――!"

리파가 왼손으로 그 거구를 가리키며 절규했다가, 그 손을 나에게로 겨누었다.

"오빠, 저기 어딜 봐서 잡몹이라는 거야!"

"어라―, 이럴 리가 없는데……."

고개를 갸웃거리고 나서, 그제야 깨달았다.

신생 아인클라드에서 로그하우스와 함께 분리된 우리는 공기저항이며 부유성의 회전력 등에 의해 17킬로미터나 떨어진 곳에 낙하했다. 현실세계라면 카와고에시에서 와코시 정도의 거리지만 RPG에서 17킬로미터는 상당히 먼 거리고, 애초에 아인크라드의 추락 지점이 이 게임의 시작지점이라는 보장은 없었다. 주위 필드에 중급 이상의 몬스터가 출현한다고 해도 이상할 건 아무것도 없는 것이다.

"쿠르르르……."

내 추측을 뒷받침하듯, 곰은 두 발로 직립한 채 나지막하게 울었다. 모닥불 불빛이 목 밑에 선명하게 새겨진 번개 모양의 삐죽삐죽한 무늬를 비추었다. 아마, 반달곰이 아닌 번개곰쯤 되리라. 정식 몬스터명을 알고 싶었지만 누가 봐도 우리를 타게팅한 게 분명한데도 불구하고 곰의 머리 위에는 아직 아무런 커서도 표시된 게 없었다.

싸울 것인가, 도망칠 것인가.

빨갛게 번뜩이는 곰의 두 눈을 올려다보면서 나는 필사적으로 고민했다. 우리의 레벨은 전원이 1인데, 만약에 곰의 레벨이 10 정도라면 승산이 없다. 하지만 도망친다고 해도 선택지는 로그하우스 안과 남서쪽 강가뿐인데 집은 벽에 커다란 구멍이 나 있고, 강가에는 다른 몬스터가 어슬렁거리고 있을지도 모른다. 더불어, 이 암흑천지에서 불빛도 없이 뛰면 10초도 안 돼서 뭔가에 걸려 자빠질 게 뻔하다.

그 때.

모닥불 속에 있던 장작이 타탁 하는 커다란 소리와 함께 무너져 내리고, 대량의 불티가 흩날렸다. 그것을 신호로 삼은 건지, 곰이 앞발을 땅바닥에 내리고 날카로운 손톱으로 몇 번인가 지면을 할퀴더니 이쪽을 향해 맹렬한 기세로 돌진해 왔다.

"키리토 군, 싸우자!"

그렇게 외친 리파가 리저빈드를 고쳐 쥐었다. 더 이상 망설일 여유가 없었다. “정면은 네게 맡길게!”라고 외치고, 나도 나이프를 움켜쥔 채 곰의 우측을 향해 도약했다. 동시에 아스나도 왼쪽으로 점프했고, 앨리스는 리파의 보조를 맡았다.

“그아아!”

달리면서 한 번의 포효를 내지른 곰이, 모닥불을 겁내는 기색도 없이 뛰어넘어서 리파 앞에 착지했다. 다시 뒷발로 일어서서 양 앞발을 드높이 치켜들었다. 리파도 덩치가 작은 편은 결코 아니었지만, 흑갈색 털가죽이 어둠에 녹아들어 그런지, 곰이 세 배는 더 커 보였다.

하지만 실프 검사는 움츠러들지 않았다.

“하앗!”

함성과 함께 돌진해서, 무방비 상태인 곰의 좌측 옆구리를 향해 장도를 번뜩였다. 심홍색 대미지 이펙트가 흩뿌려지고, 그제야 곰의 머리 위에 빨간 커서와 HP바가 표시되었다.

처음 보는 이 세계의 커서는, 회전하는 링을 날카로운 방추가 관통하고 있는 형태였다. 집중해서 응시해보니, 링은 HP바와 몬스터명이 상하로 나열되어 있는 것이었다. 알파벳이 아닌 카타카나로 표시되어 있는 곰의 이름은……【가시동굴곰】.

순식간에 거기까지 포착한 내 시야를 네 개의 날카로운 발톱이 비스듬하게 찢어발겼다. 곰의 오른손은 바람 가르는 소리를 내며 휘둘러졌지만, 그 손은 허공을 가를 뿐이었다. 리파는 날개가 사라져버린 핸디캡이 전혀 느껴지지 않는 민첩성을 발휘해 펄쩍 뛰어 물러섰고, 발톱 공격을 회피하기가 무섭게 다시 검을 내뻗었다. 이번에도 클린 히트……. 하지만 곰의 HP바는 아직 10퍼센트 정도밖에 줄어들지 않았다.
장도 리저빈드는 에인션트 웨폰 중에서도 상위 수준의 위력을 가진 물건이었으니, 그 스펙이 이 세계에까지 승계된 거라면, 비록 장착자의 레벨이 1이라 해도 초기 몬스터 따위는 일격에 처치할 수 있을 터였다. 그런데도 대미지가 이 정도밖에 들어가지 않는 걸 보면, 역시 저 곰은 상당히 랭크가 높은 게 틀림없다.
"크르러어어어엉!"
분노의 포효를 내지른 곰이 리파의 퇴로를 차단하려는 듯 양손을 한껏 벌렸다. 어쩌면 붙잡아서 물어뜯을 작정인지도 모른다. 이러면 리파도 섣불리 접근할 수는 없다.
그러나 이때, 어느 틈엔가 곰 뒤로 이동해 있던 아스나가 과감하게 돌진했다.
"이야압!"
날카로운 기합 소리와 푹 하는 둔탁한 소리가 동시에 울려 퍼졌다. 아스나의 오른손에 들려 있던 돌 나이프가 털가죽 깊숙이 박혔고, 순식간에 다시 뽑히면서 빨간 광점을 흩뿌렸다.
대미지는 미미한 수준이었지만 곰의 주의를 끄는 효과는 있었다. 곰은 아스나를 쫓아 고개를 돌리려 했지만 제자리 선회에는 별로 능숙하지 못한 듯, 발놀림은 무겁게 버둥거렸다.
곰의 주의가 끌린 것을 느낀 순간, 나는 앨리스와 눈짓으로 신호를 주고받고, 동시에 지면을 박찼다.
우리 둘은 말없이 짐승의 옆구리와 등에 나이프를 꽂았다. "구오오!" 하고 울부짖은 곰이 격렬하게 몸을 젖혔다.

나와 앨리스가 물러서기가 무섭게, 리파가 한손검용 소드 스킬 ≪버티컬 아크≫를 발동시켰다. 곰의 거대한 등에 파란 섬광이 V자를 새겼다. 이번에는 HP가 눈에 띄게 감소했다. 남은 HP는 70퍼센트.

――할 수 있어.

나이프를 든 세 사람이 교란해서 빈틈을 만든 사이에 리파가 큰 기술을 적중시키면 앞으로 4격, 아니, 3격 정도에 처치할 수 있다. 그렇게 확신한 나는 방금 썼던 작전을 반복하도록 모두에게 지시하려고 숨을 들이마셨다. 하지만.

"쿠와오오!!"

한층 더 사나운 포효를 내짖은 곰이, 사족보행으로 돌아가서 숲 쪽으로 크게 점프했다. 설마 벌써 도망치는 건가, 하는 생각이 잠시 들었으나, 그건 아니었다. 네 발로 걸을 때는 재빠른 방향 전환도 가능한 듯, 흙먼지를 일으키며 방향을 틀고 다시 일어섰다. 양팔을 펼치고, 고개를 하늘로 치켜들고, 거구를 최대한으로 젖혔다――.

가슴에 또렷하게 보이는 하얀 번개무늬가, 마치 살아 있는 별개의 생물인 양 흔들렸다.

뭔가가 온다.

등에 싸늘한 냉기가 몰아치는 것을 느끼며, 나는 소리쳤다.

"회피……."

하지만 한 발 늦었다. 번개무늬를 구성하는 뻣뻣한 순백색 털이 호저의 털처럼 수직으로 곤두서는가 싶더니, 바람 가르는 소리를 울리며 발사된 것이다. 그 수는 수십……, 아니,

수백 가닥인가.

"키리토!"

앨리스가 외치면서, 내 앞으로 뛰어들어서 양 팔을 교차시켰다. 직후, 폭풍과도 같은 바늘 세례가 우리를 집어삼켰다. 깡깡깡깡깡! 하고 금속갑옷이 바늘을 튕겨내는 소리. 가죽이며 천을 꿰뚫는 둔탁한 소리. 그리고 내 오른쪽 어깨와 왼다리에 통증——은 아니지만 그것과 한없이 가까운, 강렬한 열감과 냉담이 혼합된 감각이 생겨났다.

시야 좌측 상단의 HP바가 단번에 70퍼센트 이상 줄어들어서 짙은 오렌지색으로 변했다. 나머지 세 사람의 HP도 반감했다. 오른쪽 어깨를 살펴보니, 유백색이면서도 약간 금속성 광택이 감도는, 길이 15센티미터 굵기 2밀리미터 정도의 바늘이 깊숙이 박혀 있었다.

고작 이런 공격 두 번 얻어맞은 것뿐인데 HP가 70퍼센트나 줄어드는 거냐! 라고 생각했지만, 나는 방어구도 없는 레벨 1이고 상대는 추정 레벨 10 이상이니, 즉사하지 않은 것만 해도 고맙게 여겨야 할 것이다. 적어도 앨리스가 지켜주지 않았더라면 죽었을 것임은 의심의 여지가 없었다.

가시동굴곰이라는 정식 명칭의 의미를 선보인 적은, 앞발을 땅바닥에 내리고 승리를 확신한 듯 나직하게 으르렁거렸다. 털 바늘은 상당히 광범위하게 날아간 듯, 리파와 아스나의 방어구에도 열 개 이상이 박혀 있었다. 같은 공격을 한 번 더 당하면 전멸당하고 말 것이다.

"일단 물러나자!"

내가 그렇게 지시하자, 아스나가 돌 나이프를 곰에게 겨눈 채 외쳤다.

"어디로 도망칠 건데?!"

"집 안밖에 없어!"

"하지만 벽에 구멍이!"

그 말대로 로그하우스는 좌측이 심하게 손상되고, 벽에는 커다란 구멍이 나 있다. 곰이 거기로 들어오면——.

"그건 그때 가서 생각하면 돼!"

그런 내 대답에, 아스나뿐만 아니라 앨리스와 리파까지 "그럴 줄 알았어"라는 표정을 지었지만, 이내 세 사람 모두 고개를 끄덕였다.

곰은 다시 야금야금 거리를 좁히고 들었다. 빨갛게 빛나는 두 눈에는 먹잇감이 등을 보이면 그 즉시 덤벼들겠다는 살기가 감도는 것처럼 느껴졌다.

나는 손짓으로 세 사람을 후퇴시키면서, 나 자신도 천천히 우측 후방으로 이동했다. 목적지는 널빤지 제작에 사용하지 않은 통나무 더미 뒤. 빈틈을 드러내지 않도록 신중하게 후퇴하다가 통나무가 곰의 시야를 가린 순간 외쳤다.

"뛰어!"

우리가 로그하우스 현관을 향해 전력질주하는 동시에 뒤에서 곰도 울부짖었다.

"캬오오오!!"

거구가 땅을 박차는 진동. 이어서 벼락과도 같은 어마어마한 굉음.

재빨리 뒤돌아보니, 통나무 더미에 머리부터 돌진한 곰이 무너진 통나무 더미에 깔리는 모습이 보였다. 그대로 압사하는 것 아닐까 하는 생각도 했지만, 그렇게 낙관적인 전개는 벌어지지 않았으며, 곰은 쏟아지는 통나무들을 가볍게 쳐내고 돌진을 재개했다. HP바는 약간 줄어든 것 같았지만, 아직 반까지도 줄지 않았다.

"키리토 군, 빨리!"

아스나의 목소리에 앞을 보니, 여성 동료들은 이미 외부 현관 계단까지 도착해 있었다. 나도 죽을힘을 다해 질주해서 무너진 계단을 뛰어넘어 로그하우스 안으로. 들어가자마자 문고리를 잡고 후려치듯 문을 닫았다. 그 2초 후.

콰아아아아앙! 하는 충격음과 함께 두꺼운 문이 휘어지고, 로그하우스 전체가 삐걱삐걱 뒤흔들렸다. 구멍 난 지붕이며 금 간 대들보에서 나무 조각이 툭툭 떨어졌다.

"무, 문을 밀어!"

굳이 내가 외칠 것도 없이 동료들은 이미 문에 양손을 대고 지탱했다. 직후, 다시 충격. 아까보다도 더 거세게 문이 휘어지고 문틀에서 떨어져 나가는 게 아닐까 싶을 정도였지만, 이번에도 가까스로 버텨내는 데 성공했다.

두 번의 몸통박치기가 실패하자 단념했는지, 곰이 멀어져가는 기척이 느껴졌다. 이제 그만 숲으로 돌아가줘……, 라고 기원했지만, 발소리는 천천히 우측으로 이동했다.

나도 발꿈치를 든 채 이동해서, 유리창이 깨져 나간 창문을 통해 슬쩍 바깥을 내다보았다. 순간, 마치 기다리고 있었다는 듯——.

"크아오!"

사납게 울부짖은 곰이 이쪽을 향해 돌진. 황급히 얼굴을 다시 거둬들였지만, 아랑곳 않고 벽에 박치기를 퍼부었다. 문보다 훨씬 튼튼한 통나무 벽이 삐걱삐걱 비명을 지르고, 거실 전체에 나무 조각들이 쏟아져 내렸다.

근처 벽을 탭해본 아스나가 설정창을 슬쩍 쳐다보고 비명처럼 외쳤다.

"키리토 군, 집의 내구력이 떨어지고 있어!"

"크윽……."

나도 모르게 이를 갈았지만, 저 거대한 덩치에게 세 번이나 몸통박치기를 당했으니 딱히 이상할 건 없는 일이었다. 이대로 로그하우스 안에 틀어박혀 있으면, 머지않아 로그하우스와 함께 파괴당할 것이다.

뭔가——뭔가 저 맹수를 격퇴할 수 있는 방법이 없을까.

나는 절박한 심정으로 실내를 둘러보았다. 음식 저장고에 건조 고추 병이라도 있었다면 그걸 곰의 코에 던져 주기라도 했으련만, 이 시대로 전이하는 과정에서 실내의 오브젝트는 가구와 음식을 불문하고 말끔히 소멸해버렸다. 유일하게 보존된 것은 홈 스토리지 역할을 하는 수납상자였지만, 그것도 안은 텅 비어…………

있지 않았다.

순간, 한 가지 아이디어가 번뜩였다. 수납상자를 쳐다보고, 천장에 뚫려 있는 구멍을 쳐다보고, 다시 한 번 상자를 쳐다보았다. 아슬아슬할 것 같다……. 하지만 이 세계의 거래 신청 사정거리가 SAO나 ALO와 공통되어 있다면 닿을 것이다.

"앨리스, 거기서 무릎을 꿇어줘!"

내 지시를 들은 고양이 귀 기사는 대체 무슨 소린지 이해가 안 간다는 표정이었다. 직후, 네 번째 충격이 집을 뒤흔들었다. 이제 잠깐의 여유도 없었다.

앨리스는 진지한 표정으로 고개를 끄덕이고, 내가 지정한 위치에 두 무릎을 꿇었다.

"실례!"

그렇게 외치고, 나는 앨리스 오른쪽 어깨의 아머에 맨발을 올렸다. 앨리스가 "하아?!" 하고 얼빠진 소리를 냈지만, 나는 개의치 않고 앨리스의 어깨를 발판 삼아 점프, 있는 힘껏 손을 뻗었다.

리셋된 스테이터스로도 가까스로 손끝이 들보에 닿을 정도의 높이까지는 점프할 수 있었다. 버둥거리면서 들보 위로 기어올라서, 다음 지시를 내렸다.

"아스나, 홈 스토리지에서 통나무를 모조리 꺼내서, 리파에게 거래를 신청해!"

오랜 시간 콤비를 이루어온 덕분에 내 엉뚱한 주문에도 적응된 것이리라. 아스나는 이유도 묻지 않고 그 즉시 수납상자를 탭했다. 나타난 창을 조작한 순간, 보이지 않는 어마어마한 중량에 짓눌리기라도 한 것처럼 바닥에 손을 짚었다. 하지만 처절한 표정으로 링 메뉴를 불러내고, 2미터 떨어진 자리에서 대기하고 있던 리파에게 거래를 신청했다.

하중의 원인이 이동한 순간, 이번에는 리파가 털썩 무릎을 꿇었다. "무거워~~~~~"라며 신음하는 그녀에게 다음 지시를 보내려 했지만, 그럴 필요는 없었다. 리파는 미리 열어두었던 메뉴를 조작해서, 앨리스에게 거래 신청을 보냈다. 물건을 받아 든 앨리스가 머리 위에 있던 나를 향해 마지막 거래 신청을 날렸다.

상당히 먼 거리였지만, 시야에 작은 창이 표시되었다. 여기부터가 VRMMO 세계에서 몇 년이나 지내온 자의 실력과 지혜를 선보일 차례다.

거래창의 사정거리는 약 2.5미터. 하지만 일단 받고 나면, 수락하거나 거절할 때까지 1미터 정도는 움직일 수 있다. 나는【Alice의 거래 신청을 수락하겠습니까?】라고 적힌 작은 창을 유지한 채, 들보 위에서 일어섰다.

머리 위 지붕에는 사람이 충분히 드나들 수 있는 크기의 구멍이 나 있었다. 그 가장자리를 붙잡고, 턱걸이하듯 몸을 끌어올렸다. 몸이 1미터를 움직이기 직전, 한손을 놓고 작은 창의 수락 버튼을 눌렀다. 곧바로 다시 양손으로 지붕의 구멍 가장자리를 붙잡고, 온 힘을 쥐어짜서 온몸을 구멍 밖으로 밀어냈다.

내가 지붕에 무릎을 꿇는 순간,

【오래된 휘감이소나무를 제재한 통나무 150개를 받았습니다】

라는 창이 표시되고, 강렬한 중량이 온몸을 짓눌렀다. 지붕 경사면에 양 팔과 양 무릎을 짚고, 몸을 끌어내리려 하는 중량을 필사적으로 견뎠다.

지붕에 나타난 나를 발견한 모양인지, 처마 밑에서 곰이 묵직한 목소리로 으르렁거렸다. 모닥불은 이미 다 타버리기 직전이었지만 도움닫기를 위해 뒷걸음질 치는 거구를 가까스로 파악할 수 있었다. 위치는 내 쪽에서 보아 1미터쯤 우측.

기술과 지혜는 이제 역할을 다했다. 지금부터 필요한 건 근성뿐이었다.

"우오오오오오오오오!"

곰에 지지 않을 정도의 고함을 내지르는 동시에, 나는 굽히고 있던 양팔을 뻗었다. 【강건 스킬의 숙련도가 3으로 상승했습니다】라는 시스템 메시지를 무시하고, 내가 가진 정신력을 모조리 쥐어짜서 몸을 오른쪽으로 옮겼다. 20센티미터……, 50센티미터……, 70센티미터……, 1미터.

"캬오오오오오오오!!"

곰의 목소리가 맞는 건지조차 의심스러운 목소리로 포효하고, 가시동굴곰이 다섯 번째 돌진을 개시했다. 급경사의 맞배지붕 위에 있는 나는 그 충격을 한 번 더 받으면 밑으로 굴러떨어지고 말겠지만, 공포를 떨쳐내고 링 메뉴를 조작했다. 스토리지 란에 표시되어 있는 통나무의 입체 아이콘을 탭, 오브젝트화를 선택한 후, 엄지로 OK 버튼을 눌렀다.

눈앞에 직경 40센티미터는 족히 넘는 수많은 통나무들이 실체화되어, 지붕에 부딪치며 경사면을 데굴데굴 굴러 내려갔다. 통나무의 출현은 끝을 모르고 이어져서 내 시야는 완전히 차단되고 말았다. 하지만 첫 번째 통나무가 땅바닥에 격돌

할 때 난 충격음은 또렷하게 들었다. 더불어, 거기 깔린 곰의 비명도.

휘감이소나무 통나무는 끝을 모르고 잇따라 나타나서, 힘차게 지붕을 굴러 내려가 허공으로 튀어 나갔다. 그럴 만도 한 것이, 이 집의 홈 스토리지에는 무려 150개나 되는 통나무가 보관되어 있었던 것이다. 그 어떤 천하장사라도, 그걸 전부 자기 스토리지에 넣으면 걷기는커녕 일어설 수도 없을 것이다. 하지만 거래창의 사정거리를 이용하면, 다수의 플레이어를 경유해서 이동시키는 건 가능하다.

둔탁한 낙하음은 끝을 모르고 이어지고, 언제부턴가 곰의 비명소리는 더 이상 들려오지 않았다. 그리 넓지 않은 초지는 굴러 떨어진 통나무로 가득 차겠지만, 그걸 회수하는 수고쯤은, 로그하우스를 잃는 슬픔에 비하면, 150개건 천 개건……, 아니, 만 개라도 감내할 수 있다.

그런 생각을 하면서, 드디어 마지막 통나무가 지붕을 굴러 내려가는 모습을 지켜보고 있을 때였다.

느닷없이 난생 처음 들어보는, 중후하지만 어딘지 쓸쓸하게 느껴지는 음색의 팡파르가 울려 퍼지고, 파란 빛의 링이 내 몸을 감쌌다. 고속으로 회전하는 빛의 링이 내 머리 위로 빠져나가서 사라지자, 눈앞에 새로운 메시지창이 출현.

【Kirito의 레벨이 13으로 상승했습니다】

——1에서 갑자기 13으로?! 대체 왜 그렇게 된 거야?! 통나무를 잔뜩 굴려서?!

순간 그런 생각이 들었지만, 이내 깨달았다. 대량의 경험치가 들어온 이유는, 물론 통나무를 굴려서 그런 게 아니라, 그 통나무에 깔려 있던 가시동굴곰이 죽었기 때문이다. 쓴맛을 보고 도망쳐 주기를 바라고 한 일이었는데, 150개나 되는 통나무의 대폭포는 곰의 잔여HP를 모조리 깎아내버린 모양이었다.

하지만 그렇다면 왜 레벨업 메시지 전에 아이템 획득 메시지가 나타나지 않았던 걸까. 아무리 야생동물형 몬스터라도 처치하면 돈은 몰라도 소재 아이템 정도는 드롭하는 게 보통인데 말이다.

고개를 갸우뚱하며 조심스럽게 지붕을 기어가서, 아래쪽의 초지를 내려다보았다.

아이템이 드롭되지 않은 이유는 한 번에 알 수 있었다. 무질서하게 쌓여 있는 통나무의 바다 한가운데, 큰 대자로 사지를 뻗고 죽은 곰의 시체가 보인 것이다. 이 세계에서는, 몬스터의 HP가 0이 돼도 SAO처럼 사라지지 않고, 시체가 남는 모양이었다. 즉 드롭 아이템을 얻고 싶거든 그 시체를 어떻게든 처리해야 하는 것이다.

그렇다면 당장 사라지지는 않을 거라고 판단하고 지붕에 난 구멍으로 돌아갔다. 여기서 떨어지면 얼빠져 보일 게 뻔했기에 다리부터 조심스럽게 내려가서, 들보를 경유해 실내로 돌아왔다. 그 순간,

"해냈구나, 키리토 군!"

그런 환호성과 함께, 아스나가 포탄과도 같은 기세로 뛰어와서 내 목에 매달렸다. 가녀린 등을 토닥토닥 두드리면서,

아스나가 애써준 덕분이라고 말해주려다가, 바로 근처에 서 있는 앨리스와 리파의 뉘앙스 풍부한 시선을 깨달았다. 입에서 말이 나오기 직전에 미세한 수정을 가해서,

"모, 모두가 애써준 덕분이야."

그렇게 말하자, 당연한 일이라는 듯 앨리스가 태연한 얼굴로 고개를 끄덕였다.

곰의 습격이라는, 이 세계에 전이해 온 이후 최대의——아니, 최대는 아인크라드에서 추락한 일일 테니까 두 번째 위기를 가까스로 극복해낸 우리는, 서로 분량을 나누어 모든 통나무를 다시 홈 스토리지에 되돌렸다. 이제 남은 것은, 거대한 곰의 시체뿐이었다.

"……그런데, 이건 어떻게 해야 하지……?"

리파가 떨떠름한 표정으로, 딱히 누구에게랄 것도 없이 묻자, 아스나와 앨리스가 말없이 나를 쳐다보았다. 앨리스는 언더월드에서 사냥한 짐승을 처리해본 경험이 있지 않았나……, 하는 생각이 들었지만, 이번에는 내가 나서서 해결해야겠다는 생각에, 돌 나이프를 움켜쥐었다.

아무리 유니탈 링의 그래픽 디테일이 뛰어나다 해도, 설마 시체의 내부까지 전부 재현하지는 않았을 것이다. 그러니 사냥감 해체도 아마 한 번이나 두 번의 동작이면 완결될 게 분명하다. 제발 그래야 할 텐데……. 그렇게 생각하며, 곰의 턱 밑에 나이프를 꽂았다. 가슴부터 배까지 단숨에 베어 나가자 거대한 시체가 눈부시게 번쩍였다가 곧바로 사라지고 그 자

리에 대량의 오브젝트가 우르르 떨어져 내렸다.

【해체 스킬을 획득했습니다. 숙련도가 1로 상승했습니다】

라는 메시지는 어느 정도 예상하고 있었기에 바로 닫고, 땅바닥에 쌓여 있는 아이템 무리를 쳐다보았다. 복슬복슬한 털가죽 같은 건 곰의 털가죽, 핑크색의 거대한 덩어리는 곰고기일 테고, 그밖에도 잡다한 아이템들이 흩어져 있었다.

“스토리지에 직접 들어오는 게 아니었구나…….”

아스나가 그렇게 중얼거리고, 땅바닥에서 뭔가를 집어 들었다. 길이 10센티미터 정도의 크고 휘어진 발톱이었다. 그것을 본 앨리스가 심란한 표정으로 말했다.

“하지만 이렇게 되면, 아이템 소유권은 어떻게 관리되는 걸까요?”

“아무나 주울 수 있는 거겠지…….”

그렇게 대답하고 나서, 나도 신음했다.

“으—음, 하지만 곰가죽이나 곰고기 정도라면 몰라도, 대규모 레이드전에서 레어 무기 같은 아이템이 떨어졌을 때는 완전 난리가 나겠는데. 사전에 획득 규칙을 정해둘 수도 있겠지만, 시스템상으로는 그걸 무시해버려도 아무 문제도 없는 상황이고…….”

일동 모두 고민에 잠겼지만, 그런 문제에 직면하는 건 아직 한참 뒤일 것이다. 아스나가 휙 하고 곰 발톱을 내게 던지고, 양손으로 가볍게 손뼉을 쳤다.

“뭐, 지금 여기에는 우리밖에 없으니까. 곰 소재는 스토리지에 넣어 두고, 다시 보수용 아이템이나 모으자.”

"맞아."

고개를 끄덕이고, 링 메뉴를 열었다. 변색되지 않은 아이콘은 이제 하나밖에 남지 않았다. 유예기간이 끝날 때까지 남은 시간은 30분. 그걸 본 리파가 심각한 표정으로 물었다.

"하지만 키리토 군, 이번에는 철을 모아야 하잖아? 어디서 구할 수 있는지 짐작 가는 곳이라도 있어?"

"뭐……, 없지는 않아."

"어, 정말? 어디?"

세 사람의 빤히 쳐다보는 시선을 받은 나는 아스나가 던져주었던 손톱을 두 손가락으로 붙잡고 빙글 돌렸다.

"이 녀석 집."

6

“어쩐지 꼭……, 그거 닮았네. 시로다츠.”

그런 리즈벳의 말에 시리카는 오른손에 나무 스푼을 든 채로 어리둥절해서 눈을 깜박거렸다.

“시……, 시로다츠? 그게 뭐예요?”

“어라, 시리카는 그렇게 말 안해? 왜 있잖아, 좀 몰캉몰캉, 쫀득쫀득한 음식…….”

“몰캉몰캉, 아삭아삭…….”

수상쩍은 의태어를 되뇌어보아도 당연히 리즈벳이 뭘 표현하려 하는 것인지는 알 수 없었다.

시리카가 왼손에 들고 있는 그릇에는 알싸한 향기의 수프가 가득 들어 있었다. 건더기는 간 고기 약간과 어떤 파스타처럼 배배 꼬인 끈 모양의 무언가. 그 끈의 정체는 이미 알고 있었다――시리카와 리즈벳이 힘들게 만든 ≪조잡한 이즈라 풀 가는 밧줄≫이었다.

리즈벳이 씹어 삼키는 것을 끝까지 지켜보고 나서, 시리카도 가는 밧줄을 스푼으로 떴다. 7센티미터 정도의 길이로 잘려 있지만, 양 끝이 추욱 늘어진 모습은 도저히 식욕을 돋운다고 표현하기는 힘들었다. 몇 번인가 주저한 끝에 에잇 하고 입 속으로 던져 넣었다.

씹어보니 우선 몰캉한 탄력이 이를 밀어냈고, 이어서 쫀득한 섬유의 질감과 함께 절단되었다. 맛은 별로 느껴지지 않았다——리즈벳의 말대로 몰캉몰캉 쫀득쫀득이었다. 맛은 별로 느껴지지 않았다——그래도 굳이 꼽자면 밧줄에 듬뿍 스며든 수프 맛 정도였지만, 식감은 의외로 위화감이 없었다. 아니, 애초에 현실세계에서도 비슷한 음식을 먹어본 적이 있었던 것 같다는 생각이 들었다.

씹으면서 기억 속을 더듬다 보니, 불현듯 먼 옛날의 감각이 되살아났다.

"앗……, 이거, 니이모지에요! 옛날에 사가에 살던 할머니랑 같이 먹은 적이 있어요!"

시리카가 말하자, 이번에는 리즈벳이 어리둥절한 표정을 보였다.

"니이모지~? 시로다츠가 아니라?"

"그런 음식은 들어본 적도 없어요. 이건 분명 니이모지라니까요."

둘이서 물러서지 않고 눈싸움을 벌이고 있으려니, 맞은편에서 우아하게 입을 움직이던 유이가 훗 하고 웃음을 흘렸다.

"리즈 씨, 시리카 씨, 두 분 모두 같은 식재료를 언급하신 거예요. 시로다츠와 니이모지는 모두 토란대의 방언이니까요."

"토란대……?"

"토란속에 속하는 식물의 줄기예요. 그대로 삶거나, 혹은 삶았다가 건조시킨 걸 다시 물에 불려서 조리하죠. 당연히 저는 먹어본 적이 없으니, 이 이즈라 풀이 실제로 어느 정도 비슷한지는 판단할 수 없지만요."

"헤에에, 토란 줄기였구나……."

스푼 위에 놓여 있는 삶은 이즈라 풀을 빤히 쳐다보면서, 리즈벳이 말했다.

"……하긴 더 시드계 게임의 음식은 현실 속 음식에서 맛이나 식감을 샘플링해서 만든다는 모양이니까. 그럼 이즈라 풀의 바탕이 된 건 시로다츠인지도 모르겠네~"

"니이모지라니까요."

거침없이 태클을 걸고 나서, 시리카는 다시 이즈라 풀을 입에 가득 물고, 씹고 남은 반쪽을 손가락으로 집어서 무릎 위의 피나에게 가져다주었다. 작은 용은 킁킁 하고 냄새를 맡고 나서, 덥석 입에 물었다. 보아하니 싫어하는 맛은 아닌 모양이었다.

지금 세 명과 한 마리가 앉아 있는 곳은, 지름 10미터쯤 되는 원형 텐트 한쪽 구석. 그래도 입구에서는 멀고 바닥에는 푹신푹신한 털가죽 러그가 깔려 있는 걸 보면, 일단은 상석에 해당하는 자리인지도 모른다.

몽골 유목민들의 텐트인 게르를 연상케 하는 텐트 중앙에는 바닥을 파서 만든 커다란 화로가 있고, 역시 거대한 크기의 쇠냄비가 뭔가를 끓이고 있었다. 그 주위에는 바신족 어른들과 아이들이 빙 둘러앉아서 왁자지껄하게 식사하고 있었다. 냄비에 든 내용물은, 시리카 일행이 먹고 있는 수프와 같았다. 벼랑 밑의 홈에서 가져온 ≪이즈라 풀 가는 밧줄≫ 여섯 가닥을 숙박비로 제공했더니, 그들은 기뻐하며 식사에까지 초대해주었다. 보아하니 바신족들에게는 상당히 호화로운 식사인 모양이었다.

하긴 적응하면 맛있는 것 같기도 한걸……, 이라고 생각하며 시리카가 그릇을 다 비우니, 황야에서 만난 창술사——지금은 창은 안 들고 있지만——사내가 다가와서 활달한 목소리로 말을 걸었다.

"אאאאא"

말은 여전히 알아들을 수 없었지만, 이내 유이가 통역해 주었다.

"한 그릇 더 먹는 게 어때? 라고 말하고 있어요."

"어…………."

반사적으로 옆을 보니, 리즈벳이 "거절하는 것도 실례 아냐?"라고 속삭였기에, 일리 있는 말이라 생각하고 그릇을 내밀었다.

그릇을 받아든 창술사는 유쾌한 듯 웃으며 "אאאא, אאאאא"라는 말을 남기고 화로 쪽으로 걸어갔다.

"유이, 저 사람, 방금 뭐라고 한 거야?"

"그게……."

어째선지 순간적으로 주저하는 기색을 보이고 나서, AI 소녀는 작은 목소리로 대답했다.

"페르족 계집아이 치고는 대식가군, 이라나 봐요."

"대, 대식가라니……. 자기가 더 먹으라고 권해놓고……."

옆에서 리즈벳이 "우히히히" 하고 웃었기에 팔꿈치로 가볍게 찍어주고, 마음에 걸리는 단어에 대해 물었다.

"저기……, 페르족이라는 건 뭐야?"

"글쎄요……. 제 내부 기억에는 존재하지 않는 단어예요.

아마 ≪바신족≫처럼 이 세계에 사는 민족의 이름일 것 같긴 하지만……."

그 말을 들은 리즈벳이, 그릇에 남아 있던 수프를 단숨에 털어 넣고, 꿀꺽꿀꺽 소멸시킨 다음 말했다.

"그럼 이 ≪유니탈 링≫이라는 세계에는, 바신족 말고도 다양한 민족의 NPC가 살고 있다는 뜻이 되겠네. 그럼 더 문명이 발달한……, 아인크라드의 ≪시작 도시≫ 같은 커다란 도시도 있는 것 아닐까?"

"아—, 일리 있는데요……."

고개를 끄덕이면서, 시리카는 텐트 지붕을 올려다보았다. 소박한 문양으로 물들인 두툼한 천으로 만들어져 있었으며, 화로 바로 위에는 연기를 빼기 위한 구멍이 어째선지 별 모양으로 나 있어서, 그 구멍을 통해 칠흑처럼 새까만 밤하늘이 살짝 엿보였다.

시리카 일행이 온 바신족 거주지는, 이 커다란 텐트 하나와 소형 텐트 일고여덟 개가 있을 뿐이라, 규모로 따지자면 마을 수준도 되지 않았다.

물론 아직까지는 ALO에서 가져온 무기와 방어구를 쓸 수 있지만, 유이의 추측에 의하면 중량 오버를 무시할 수 있는 유예기간은 링 메뉴의 아이콘 색이 전부 변하는 시점, 즉 앞으로 30분도 되지 않아 끝날 거라고 했다. 그 이후에는 몸에 익은 라이트아머와 대거를 스토리지에 넣어두고, 더 가벼운 장비로 바꿔 써야 할 텐데, 이대로 가면 당분간은 속옷만으로 버티는 신세가 될 것 같았다. 바신족 여인들도 제법 시원해 보이는 차림을 하고 있으니 그다지 튀지는 않을 것 같지만.

"……하지만 어딘가에 큰 도시가 있다고 해도, 거기 가는 길에도 몬스터는 나올 테니까……."

시리카가 중얼거리자, 리즈벳도 심란한 표정으로 고개를 끄덕였다.

"그야 그렇겠지. 나 참, 유예기간이 네 시간밖에 안 된다니 너무 짧다니까……. 이래서야 안전하게 로그아웃할 수 있는 안식처를 만들기도 벅차서, 새로운 장비 같은 건 엄두도 못 내잖아."

"리즈 언니가 ALO에서 계승해 온 대장장이 스킬도 돼지 목에 진주목걸이 신세네요."

"거 참 미안하네, 메이스 스킬보다 대장장이 스킬만 올려서."

토라진 듯 뾰로통하게 입을 내미는 리즈벳의 팔 위쪽을 손가락으로 조물조물 만지작거렸다.

"아뇨아뇨, 리즈 언니만 믿을게요~!"

"뭐야! 주무르지 마, 주무르지 마!"

그런 실랑이를 벌이고 있으려니, 바신족 창술사가 김이 모락모락 나는 그릇을 갖고 돌아왔다. 감사를 표하며 받아 들고, 그릇에 가득 든 니이모지——가 아니라 삶은 이즈라에 거침없이 스푼을 쑤셔 넣었다.

창술사는 시리카보다 약간 늦게 그릇을 비웠던 리즈벳과 유이에게도 더 먹겠느냐고 물었지만, 두 사람은 정중하게 거절했다. 고개를 끄덕이고 떠나가려 하는 사내에게, 유이가 뭔가 말을 걸었다.

“ℵℵℵ, ℵℵℵℵℵℵℵ, ℵℵℵℵ?”

“ℵℵℵℵℵ, ℵℵℵℵℵℵℵℵℵ”

여전히 노이즈로밖에 들리지 않는 대화는 한동안 이어졌고, 창술사는 양손을 펼치는 제스처를 하고 나서 화로 쪽으로 돌아갔다.

“유이, 무슨 얘기 한 거야?”

리즈벳이 물어보니, 소녀는 자신이 입고 있는 하얀 원피스를 내려다보며 대답했다.

“혹시 남는 방어구가 있으면 저희들에게 좀 주실 수 없겠느냐고 부탁해본 거예요.”

“오……, 오오, 나이스 교섭력…….”

“아뇨, 이 야영지에 남는 물건 같은 건 하나도 없다는 대답이 돌아왔지만……, 그래도 거래에는 응하겠다고 했어요.”

“거래……, 할 수만 있으면 좋겠지만…….”

시리카도 자기 몸을 내려다보았다.

이 세계에 전이해 오면서 스토리지는 텅 비어버렸으니, 지금 시리카가 가진 재산이라고는 방어구 한 세트와 애검 ≪이스 슬래더≫뿐이었다. 이제 곧 장비할 수 없게 될 예정이라고 해도, 이것들을 내놓을 수는 없었다. 무릎 위에서 삶은 이즈라를 우물우물 먹고 있는 피나는 말할 것도 없었다. 그런 사정은 리즈벳도 마찬가지일 것이다.

하지만 유이는 가만히 고개를 가로젓고 예상치 못한 말을 꺼냈다.

“아뇨, 이들이 원하는 건 두 분의 장비가 아닌 노동력……,

더 정확히 말하면 전투력인 모양이에요."

"저, 전투력……?"

"네. 창술가님……, 성함이 ≪타질≫ 씨인 것 같은데, 그분 말씀에 따르면, 남쪽에 낙하한 아인크라드 외에 야영지 북동쪽에도 또 하나의 작은 별이 떨어졌다는 모양이에요. 거기에도 악마가 타고 있지 않았는지 확인하러 가야 하니, 조사하러 갈 때 힘을 보태주면 저희들에게도 무기와 방어구를 주겠다고 하셨어요."

"작은 별……?"

유이의 말을 되뇌어보고, 시리카는 천장에 나 있는 환기용 구멍을 올려다보았다. 작은 밤하늘에 별은 거의 보이지 않았다. 아마 바신족이 본 것은 별똥별 같은 게 아닌, 낙하하던 아인크라드에서 분리된 플로어 조각 같은 것 아닐까.

그 추측을 얘기하자, 리즈벳이 썩 마뜩지 않은 표정으로 말했다.

"으—음, 그치만 우리는 꽤 멀리 걸어서 여기까지 온 거잖아? 아인크라드의 파편이 그렇게 먼 곳에까지 떨어졌을까?"

"단편의 형태에 따라서는 있을 수 있는 일……, 이라고 생각해요."

그렇게 대답한 것은 유이였다. 원피스 옷자락 밑으로 살짝 엿보이는 무릎 위에서 양손을 꼭 붙잡은 채 말을 이었다.

"원래 더 시드계 VRMMO는 물리엔진에 있어서의 공기저항치가 현실세계보다 크게 설정되어 있어요. 아마 높은 곳에서 추락했을 때 심리적 충격에 의해 어뮤스피어의 안전기능이 작동하는 걸 방지하기 위한 것 같은데……, 그 때문에 상당히 큰 오브젝트도 바람을 타는 형태가 되면 예상 외로 먼 곳까지 활공하는 경우가 있어요. 다만 우연히 그렇게 되는 경우는 극히 드물고, 플레이어에 의한 조정이 필요할 테지만요…….”

“흐으음…….”

약간 난해한 설명을 힘겹게 곱씹고 나서, 시리카는 시선을 유이에게서 리즈벳에게로 옮겼다.

“리즈 언니, 만약 그 조각에 도시 일부가 실려 있었다면, 장비나 소모품 아이템 같은 걸 얻을 수도 있지 않을까요?”

“뭐, 가능성이 없다고 할 순 없겠지만……, 내 생각엔 산이나 들판에 있을 것 같은데.”

“하지만 이 부근에서는 채취할 수 없고, 거기 가면 레어 소재가 있을지도 모르잖아요. 만약에 헛수고로 끝난다고 해도, 조사를 돕기만 해도 장비를 준다는데 제안에 응하지 않을 이유가 없어요!”

“너, 이득 볼 법한 제안에 혹하는 건 여전하구나.”

황당하다는 표정으로 그렇게 말하긴 했지만, 리즈벳도 최종적으로는 꾸벅 고개를 끄덕였다.

“뭐, 다른 선택지도 없으니까. ──유이, 뭐였더라……, 타질 씨라고 했던가? 그 사람한테 얘기 좀 전해줄래? 조사에 협조해 달라는 제안, OK라고.”

“네!”

유이가 자리에서 일어서더니, 화로 옆까지 걸어가서 창술사에게 말을 걸었다. 다시 몇 마디 말이 오가고, 창술사가 시리카 쪽을 보고 히죽 웃으며 오른손에 들고 있던 술잔을 들어 올렸다. 거래 성립을 확인한 시리카가 안도의 한숨을 내쉬려 한, 바로 그 때.

"אאא!"

난폭한 고함소리가 울려 퍼지는가 싶더니, 텐트 입구에 드리워져 있던 막이 거칠게 젖혀졌다. 유유히 들어온 것은, 지금까지 본 그 어떤 바신족보다도 키가 크고 다부진——여전사.

가슴과 허리에 가죽 갑옷을 입고 있는 게 전부라서, 신장뿐만이 아니라 노출도 면에서도 다른 여자보다 한 수 위였다.

정교하면서도 용맹해 보이는 그림을 살갗에 그려 넣은 그 여전사는 화로 앞까지 성큼성큼 걸어와서 허스키하면서도 낭랑하게 울려 퍼지는 목소리로 창술사에게 말을 건넸다. 한동안 대화가 오갔는데, 아무래도 여전사 쪽이 더 지위가 높아 보였다. 이따금씩 시리카 일행을 향하곤 하는 그 시선에는 명백한 적의가, 그리고 모멸처럼 느껴지기도 하는 빛이 섞여 있었다.

이윽고 창술사가 어깨를 으쓱하면서 고개를 끄덕였고, 그 가까이 있던 유이가 이쪽으로 달려와서 시리카와 리즈벳에게 말했다.

"저 여자는 ≪이젤마≫ 씨라는 분인데, 이 야영지의 리더라는 모양이에요. 이젤마 씨는 정찰에 참여하려거든 실력을 보여라……, 라고 말했어요."

"시, 실력이라니……."

일어서보기는 했지만 딱히 뭘 해야 할지 몰라서 주춤대고 있는 시리카 옆에서 리즈벳이 속닥거렸다.

"설마 이벤트 전투 같은 게 있는 걸까? 만약 그렇다면 시리카, 너만 믿을게."

"에, 에에?! 제가요?!"

"그야 나는 무기 스킬이 아니라 대장장이 스킬을 이전해 왔으니까."

"그래 봤자 저도 겨우 레벨 1이란 말이에요!"

속닥거리는 목소리로 항변했지만, 리즈벳은 미소 띤 얼굴로 시리카의 어깨를 토닥토닥 두드릴 뿐이었다.

이럴 줄 알았으면 전갈이나 쐐기벌레를 상대로 어느 정도 레벨을 올려둘걸 그랬어……, 라고 생각했지만 때늦은 후회였다. 그리고 아인클라드가 낙하했을 때부터 창술사 일행과 조우했을 때에 이르기까지의 몇 시간은 살아남기에도 버거운 상황이라, 도저히 한 자리에서 사냥 같은 걸 하고 있을 상황이 아니었다.

――HP가 3, 아니, 2할만 줄어들면 그 즉시 항복해야겠다.

그렇게 마음먹고, 시리카는 왼손에 안고 있던 피나를 유이에게 내밀었다. 작은 용은 파닥파닥 날갯짓해서 소녀의 머리 위에 내려앉아 "큐르!" 하고 한 번 울었다. 유이도 "힘내세요!"라며 두 주먹을 불끈 움켜쥐었고, 리즈벳은 말없이 엄지를 척 추켜세웠다.

두 명과 한 마리가 지켜보는 가운데, 시리카는 텐트 중앙으로 향했다.

식사 중이던 바신족들이 벽 쪽으로 물러서고, 화로 옆에는 여전사 이젤마만이 남게 되었다. 가까이 가보니, 상대의 크기를 실감할 수 있었다. 신장만 따지자면 노옴(땅요정족)의 도끼 전사 에길보다 크지 않을까.

뒤늦게나마 대화로 해결하고 싶다는 생각이 들었지만, 여전히 말은 통하지 않았고, 유예기간도 아마 이제 10분도 남지 않았을 것이다. 중량 오버로 움직이지 못하게 되면, 이젤마를 이기는 건 그야말로 꿈같은 얘기가 된다.

화로를 가운데 두고 마주선 시리카를 여전사는 빤히 내려다보았다. 기세에서 지지 않으려고 애써 마주보고 있으려니, 문득 상대가 무기를 갖고 있지 않다는 사실을 깨달았다. 설마 맨손으로…… 라고 생각했을 때, 이젤마가 천천히 허리를 숙여서 화덕 한쪽 구석에 쌓여 있던 미사용 장작 하나를 집어 들었다.

봉으로 싸우겠다는 건가. 그럼 나도 그렇게 해야 하는 걸까.

어쩔 줄 몰라 하는 시리카를 매섭게 째려보며, 이젤마가 입을 열었다.

"אאאאא, אאאאאאא"

곧바로 뒤쪽에서 통역이 전해졌다.

"시리카 언니, 지금부터 장작을 던질 테니까, 떨어지기 전에 공중에서 두 동강을 내보라고 말하고 있어요!"

"어……, 겨, 겨우 그거야?"

이젤마 역시 반사적으로 그렇게 되물은 시리카의 말을 알아듣지는 못했겠지만, 표정을 보고 뭔가를 알아챈 모양이었다. 한층 더 심각한 얼굴로 "אא!"라고 외치는 동시에 장작을 드높이 던졌다.

할 수 있거든 해 보시지, 라는 말이었다는 것쯤은, 통역 없이도 알 수 있었다.

오른손이 반쯤 자동적으로 번뜩여서, 왼쪽 허리춤에 차고 있던 이스 슬레더를 뽑았다. 포물선의 정점에 달한 장작이 빙글빙글 회전하면서 떨어졌다.

정확히 한가운데를 겨냥하고 밑에서 베어 올리면, 그것만으로도 일도양단할 수 있을 것이다. 하지만 시리카는 애검을 오른쪽 옆구리에 붙이고, 손목을 살짝 뒤집었다. 끼이이잉 하는 소리와 함께 검신이 빨갛게 빛났다. 이젤마가 날카롭게 숨을 들이쉬며 한 걸음 물러섰다.

시스템 보조에 의해 가속된 시리카의 오른손이, 기관총과도 같이 연속으로 뻗어 나왔다. 단검용 4연속 소드 스킬 ≪패드 엣지≫.

기술명 가운데 fad는 '변덕스러운'이라는 뜻이라고 한다. 이름 그대로 조준은 약간 정확성이 떨어지지만, 시리카는 오랜 수련을 통해 직접 조준을 보정하는 테크닉을 익혔다. 스피드와 위력은 더할 나위 없는 데다, 검은 요툰하임산 에인션트 웨폰. 촤차차착! 하는 상쾌한 충격음이 텐트 벽을 뒤흔들고, 낙하하던 장작이 순간적으로 정지했다.

번개와도 같이 칼집으로 돌아간 이스 슬레더가 챙 하는 금속음을 울린 순간.

장작이 공중에서 소리도 없이 다섯 조각으로 분리, 화로의 재 위로 잇따라 낙하했다.

넋이 나가 입이 떡 벌어진 이젤마가 뭔가 말을 하기도 전에 텐트 벽 쪽에서 우렁찬 함성소리가 터져 나오고, 아이들이 이쪽으로 달려왔다. "**אא**!" "**אא**!" 하고 입을 모아 떠드는 아이들의 얼굴을 보며, 시리카는 빨리 바신족 언어를 배우고 싶다는 생각에 휩싸였다.

7

9월 27일 오후 9시 5분.

드디어 링 메뉴의 모든 아이콘이 자주색으로 물드는 순간이――다시 말해 유예기간 종료의 순간이 찾아왔다. 나와 아스나, 앨리스, 리파는 로그하우스 거실에서 그 순간을 맞이했다.

메뉴 좌측 상단에 있는 시스템 아이콘에 조금 남아 있던 파란색이 서서히, 하지만 확실하게 변해갔고――끝내 사라졌다. 그 찰나, 이미 예상하고 있던 현상과, 전혀 예상조차 하지 못했던 몇 가지 현상이 연속적으로 발생했다.

내가 가장 먼저 감지한 것은 창문으로 비쳐 드는 빛이었다. 아침해가 아니었다. 괴이할 정도로 선명한, 붉은 기운이 감도는 보라색. 여전히 깨진 상태인 창문으로 달려가서 올려다보니, 밤하늘에 여러 겹의 빛 커튼이 일렁이고 있었다. 오로라였다.

이어서, 목소리가 들려왔다. 어린 소녀의 앳됨과 성숙한 여인의 배려심이 공존하는 신비로운……, 하지만 어디선가 들은 적이 있는 것 같기도 한 목소리.

『씨앗은 싹을 틔우고, 가지를 뻗고, 고리를 이루어 문을 만드는 법. 가망 없는 대지에 이끌려온 자들이여, 하나의 목숨을 끝까지 지켜내세요. 수많은 고난을 견뎌내고, 헤아릴 수 없는 위기에서 살아남아 극광이 가리키는 땅에 처음으로 도착한 자에게 모든 것을 드리겠습니다』

아득히 높은 곳에서 들려오는 목소리가 사라진 순간, 밤하늘을 물들이고 있던 오로라가 사라졌다.

――이끌려온 자들? 모든 것을 주겠다……?

창가에 선 채, 나는 방금 들은 말의 의미를 추측해보려 했다. 하지만 별안간 등 뒤에서 비명이 들려왔기에, 황급히 시선을 돌려야 했다.

"무슨 일……."

이야? 라고 이어가려던 말을 한숨으로 바꾸고, 나는 새삼스럽게 뇌까렸다.

"……그러게 미리 벗어두라고 했잖아……."

거실 중앙에는, 세 명의 여성 플레이어들이 하나같이 바닥에 양손을 짚고 있었다. 모두 어떻게든 몸을 일으키려 애쓰고 있지만, 바닥에 짓눌리지 않도록 버티는 것도 버거운 모양이었다. 네 시간의 장비 유예기간이 끝나서, 고레벨 방어구의 무게 때문에 중량 오버 상태에 빠진 것이다. 특히 유일한 금속갑옷 착용자였던 앨리스는 한계에 가까운 모양이었지만, 처절한 표정으로 고개를 들어 나를 보고 명령했다.

"키리토, 잠깐 밖에 나가 계세요!"

그런 소리를 들을 건 처음부터 예측하고 있었기에, "네~" 하고 순순히 고개를 끄덕인 다음, 당장이라도 문틀에서 떨어져 나갈 것만 같은 문을 조심스레 열고 외부 현관으로 이동했다.

가시동굴곰의 몸통박치기 공격을 받은 탓에, 로그하우스는 한층 더 심한 손상을 입고 말았다. 거의 멀쩡했던 전면 외벽도 두 군데나 크레이터와도 같이 파여 있었고, 기초도 상당히 많이 기울어졌다. 원래 계산으로는 내일 아침 6시쯤에 내구력이 다할 것으로 예상하고 있었는데, 아까 확인해보니 두 시간 정도 빨라진 것 같았다. 다시 말해, 데드라인까지 남은 시간은 일곱 시간.

하지만 긍정적인 요소도 있었다. 집을 보수하는 데 필요한 소재 아이템 가운데 가장 입수하기 힘들어 보였던 철광석이 동굴곰의 둥지에서 상당량 발견된 것이다. 아마도 그 곰은 철분을 섭취해서 가슴의 털가죽에 금속성 바늘을 기르는 모양이었다.

즉석 돌도끼로 캘 수 있는 광석을 최대한 캐 왔지만, 이걸로 필요량을 채울 수 있을지 없을지는 녹여보기 전에는 알 길이 없었다. 즉 다음 미션은, 드디어 철기문명의 제1보――제철로 제작이었다.

"……그 전에, 이제 옷 좀 구했으면 좋겠는데……."

중얼거리면서, 여전히 팬티 한 장 차림인 아바타를 내려다보았다. 이 차림으로 밤의 숲을 어슬렁거리는 건 참으로 조마조마한 경험이었지만, 리파가 검을 쓸 수 있는 동안에 곰의 둥지를 찾아내야만 하는 상황이라 어쩔 수 없었다. 실제로도 탐색 중에 한 번 커다란 박쥐형 몬스터와 전투가 벌어졌으니, 나의 현명한 여동생이 없었더라면 철이 있는 곳까지 갈 수도 없었을 것이다. 단번에 레벨이 13까지 오르긴 했지만, 역시 RPG는 장비를 제대로 갖추고 봐야 하는 세계다.

최우선은 제철로. 겸사겸사 방어구——최소한 옷이라도.

그렇게 마음먹었을 때, 집 안에서 나를 부르는 목소리가 들려왔다.

"오빠, 이제 괜찮아~"

괜찮다니, 중량 오버 문제를 어떻게 해결한 걸까. 어리둥절한 심정으로 살포시 문을 열었다.

횃불 불빛이 비추는 거실에는, 세 명의 여성 동료들이 나란히 서 있었다. 놀랍게도, 모두가 같은 디자인의 원피스 같은 옷을 입고 있었다.

"어……. 그, 그거 어디서 난 거야?!"

오른손 검지를 좌우로 왕복시키면서 묻자, 아스나가 의기양양함 7할, 미안함 3할 정도의 표정으로 대답했다.

"아마네 풀 섬유로 천을 만들고, 그걸로 옷을 만든 거야."

"어, 어느 틈에 그런 것까지……."

아연실색한 나를 보고, 이번에는 앨리스가 빙긋 미소 지으며 말했다.

"알브헤임에서 가져온 장비는 언젠가 쓸 수 없게 된다는 걸 키리토가 자기 몸으로 가르쳐줬으니까요. 그때가 찾아올 걸 대비해서 준비해뒀던 거예요."

"호, 혹시나 해서 묻는 건데, 그거, 내 건……."

없는 건가요, 라고 묻기 전에, 리파가 착 하고 양손을 모았다.

"미안, 키리토 군. 우리 옷을 만들고 나니까 ≪조잡한 아마네 풀 천≫이 다 떨어져서 말야. 다음에 또 만들 테니까, 조금만 참아줘!"

"…………네."

정 필요하다 싶으면 직접 만들면 되지 뭐, 하고 스스로를 타이르고 일단은 넘어가기로 했다. 지금은 그것 말고도 해야 할 얘기가 산더미처럼 쌓여 있었다.

"……그나저나, 방금 그……."

"아니, 잠깐, 오빠, 그 전에 뭔가 할 말 없어?"

내 말을 가로막은 리파가 그렇게 말하며 빙글 회전해 보였기에, 나는 후우 하고 숨을 내쉬었다.

"아, 네, 세 분 모두 어찌나 잘 어울리시는지……."

"키리토 군, 이 게임은 촬영 기능 없어?"

아스나까지 그런 소리를 하는 걸 보면, 세 사람 모두 조잡한 천으로 만든 임시방편용 원피스가 의외로 마음에 든 모양이었다. 혹시 그건, 셋이 만난 이후 처음으로 똑같은 옷을 맞춰 입어본 것이기 때문일까.

그렇게 생각하니, 즐거워 보이는 세 사람의 모습을 촬영해 주고 싶은 기분도 들었지만, 애석하게도——.

"UI에 촬영 버튼 같은 건 없어 보이는데……. SAO처럼 촬영 아이템이 있을지도 모르지만, 그런 건 한동안은 구하기 힘들겠지."

내 대답에 가장 아쉬운 표정을 보인 것은 의외로 앨리스였다. 하지만 이내 다시 표정에 긴장을 되찾고, 창밖을 내다보

았다.

"……아까 그 목소리……, 뭔가 묘한 소리를 했었죠. 모든 것을 주겠다느니 하는……."

"아—, 그러고 보니 그랬어요!"

리파가 외쳤고, 아스나도 고개를 끄덕였다.

"모든 것이라는 건, 따지고보면 아무것도 얘기 안 해준 거나 마찬가지잖아……. 우리에게 시키고 싶은 게 뭔지는 대충 알겠지만……."

"어쩐지 최고사제님을 연상케 하는 목소리였어요."

앨리스의 감상에, 나는 짝 하고 손뼉을 쳤다. 어디서 들은 적이 있는 것 같다고 느꼈던 건, 언더월드에서 인계를 지배하고 있던 반신반인, 최고사제 어드미니스트레이터의 어쩐지 의미심장해 보이는 말투와 닮아서 그랬던 건지도 모른다. 아스나와 리파도 언더월드의 역사나 사건에 대해서는 잘 알고 있기에 당황하는 기색은 없었다. 아니, 잘 아는 정도가 아니라, 이 둘은 그쪽 세계의 창세신 스테이시아와 지신 테라리아인 것이다.

하지만 물론 아까 그 목소리가 실제로 어드미니스트레이터의 목소리였을 리는 없었다. 그 지배자는 센트럴 커시드럴 맨 위층에서 틀림없이 입적했고, 그 플럭트라이트는 소멸했다. 내 최고의 파트너였던 친구의 검을 대가로——.

불현듯 날카로운 통증이 가슴을 관통했기에, 나는 한동안 숨을 죽였다. 심호흡을 해서 고통을 기억의 수면 속 깊숙이 가라앉히고, 걱정 어린 얼굴로 이쪽을 보는 동료들에게 미소 띤 얼굴로 말했다.
"뭐, 아까 그 목소리에 대해서는 나중에 생각하기로 하고, 일단은 집 수리부터 서두르자. 나는 강가에 가서 돌을 모아 올 테니까, 그쪽은 통나무를 장작으로……."
하지만 그 말을 제대로 끝맺을 수는 없었다. 외적 요인 때문은 아니었다. 별안간 강렬한 갈증이 목 안 깊은 곳에 엄습해 와서, 목소리를 내지 못하게 된 것이다.
HP바와 MP바 아래를 보니, 파란색의 TP바가 어느새 반 이하까지 줄어들어 있었고, 그 밑에 있는 노란색의 SP바도 2할 정도 줄어 있었다. 유예기간이 면제해주었던 것은 장비 중량 상한선만이 아니었다. 굶주림과 갈증도 유예되어 있었는데, 정체불명의 목소리와 함께 그 가호도 사라졌다……. 이제 드디어 본격적인 서바이벌 게임이 시작된 것이다.
"모……, 목이 말라……."
그런 쉰 목소리와 함께 시선을 돌려보니, 리파를 비롯한 동료들도 목을 붙잡거나 헛기침을 하고 있었다. 현실세계의 육체가 수분부족이 되기에는 아직 이른 시간이니, 이 갈증은 게임 시스템이 발생시킨 가상의 감각일 것이다. 즉 억지로 참아도 실제 육체에 악영향을 주는 일은 없지만, TP바가 0이 되면 그 뒤로는 HP바가 줄기 시작한다. 이 세계에서의 죽음을 피하려면 빨리 수분을 보급해야만 한다.
"방금 한 말은 취소. 다 같이 강으로 가자."
내 제안에 세 사람은 일제히 고개를 끄덕였다. 나와 아스나, 앨리스는 애용하는 돌 나이프, 리파는 광석 채굴 때 사용했던 돌도끼를 재장비하고 집을 나섰다.

내가 왼손에 들고 있는 횃불의 불빛에 기대어 서둘러 남서쪽으로 이동했다. 시원하게 졸졸 흐르는 물소리만 들어도 갈증이 한층 더 심해지는 기분이었다. 원래는 뭔가 소재를 찾아서 컵을 만들 계획이었지만, 도저히 참을 수가 없었다.

강가에 무릎을 꿇고 앉아, 횃불을 돌과 돌 사이에 고정해 놓고, 양손을 물에 담갔다. 손이 찢어질 듯한…… 정도는 아니었지만 그래도 충분히 차가운 물을 떠서 입으로 가져갔다. 꿀꺽꿀꺽 울대를 울리며 마시니, 짜릿한 도취감이 뒤통수 부근에 번져 나가며 TP바가 회복되기 시작했다. 다른 동료들도 말없이 내 좌우에 쪼그려 앉아서 물을 입으로 가져갔다. 나도 두 번, 세 번 잇따라 물을 마시고 겨우 한숨 돌릴 수 있었다.

TP바가 오른쪽 끝까지 완전 회복된 순간, 나는 시야 한쪽 구석의 시각 표시를 확인했다. 오후 9시 15분. 지금부터 당분간 목이 말라도 참으면서, TP가 위험할 정도로 줄어드는 데 얼마나 시간이 걸리는지를 확인해야 한다.

수분 보급을 마친 동료들과 함께 일어서서, 네 사람 모두 어린애처럼 옷의 가슴 부분까지 젖어 있는 것을 깨닫고 겸연쩍은 웃음을 지었다.

"……컵이 있었으면 좋겠네요."

앨리스가 말하자, 아스나가 강가를 둘러보았다.

"아무래도 컵은 풀만 갖고는 못 만들겠지? 나무를 깎아서 만드는 걸까……?"

"그보다는 토기를 굽는 게 간단할 것 같은데."

그렇게 말했다가 깨달았다.

“아니, 목이 마를 때마다 일일이 이 강까지 오는 건 귀찮잖아. 물을 가득 담을 수 있는 용기와 휴대용 수통을 만들어야겠어…….”

“아예 우물을 파는 건 어떨까요?”

앨리스의 지적에, 일리 있다고 생각하고 고개를 끄덕였다. 언더월드의 인계도 상수도가 정비되어 있는 곳은 중앙도시 센트리아 정도가 고작이었고, 루리드나 자칼리아 같은 지방 마을이나 도시에서는 우물과 물동이를 이용하고 있었다. 하지만 그게 가능한 건 그 세계가 단순한 폴리곤 집합체가 아니었던 덕분이었으며, 일반적인 VR게임에서는 지형 개조……커다란 산을 만들거나 깊은 굴을 파거나 하는 건 불가능하게 되어 있었다.

“으—음, 우물은 나중에 시험해보기로 하고, 지금은 우선 제철로를…….”

우선하자, 라고 말하려던 내 뱃속에서, 꼬르르르르르르~~~라는 기운찬 소리가 울려 퍼졌다. 동시에 강한 공복감이 몰려왔고, 좌측 상단을 살펴보니 이번에는 SP바가 반 가까이까지 줄어 있었다.

자기 배에서도 꼬르륵 소리가 나는 것 아닐까 하고 걱정했는지, 아스나를 비롯한 동료들이 재빨리 배를 부여잡았다. 현실세계였다면 어느 정도 효과적인 동작이었을지도 모르지만, 애석하게도 가상세계에서는——.

“와—와—와!”

리파가 느닷없이 목소리를 높여 소리쳤기에 나는 소스라치게 놀라 몸이 굳어졌다. 대체 무슨 일인가 싶었는데, 보아하니 배곯는 소리를 감추기 위해 지른 소리였던 모양이었다. 현명한, 아니, 어리석은 여동생의 바보 같은 행동에 오빠로서 한마디 하지 않을 수 없었다.

"있잖아, 배곯는 소리쯤 나는 게 뭐 어때서 그래……. 애초에 이건 아바타일 뿐이잖아."

"헐벗은 원시인 주제에 무슨 소릴 하는 거야—!"

"나, 나도 알몸으로 있고 싶어서 알몸으로 있는 게 아니라고. 너희들이 내 옷을 안 만들어주니까……."

거기까지 말했을 때, 다시 정체불명의 소리가 들려오는 바람에 다시 입을 다물어야 했다. 이번에는 내 배에서 나온 것이 아닌 외부에서……, 구체적으로 말하자면 강 가운데쯤에서 첨벙 하는 커다란 물소리가 울려 퍼진 것이다.

"……방금 그거 뭐야?"

아스나의 말에, 앨리스의 표정도 굳어졌다.

"물고기가 뛰어오른 걸까요?"

"어, 물고기? 그럼 잡아먹자!"

노골적으로 식욕을 드러내며 물가로 다가가려 하는 리파의 목덜미를 내가 꽉 잡아당겼다.

"잠깐만. 아직 물고기라고 정확히 밝혀진 것도 아니잖아. 악어면 어쩌려고 그래?"

"아하하, 침엽수림에 악어 같은 게 있을 리 없잖아."

"너, 그런 현실세계의 상식이 게임 세계에서 통할 줄……."

첨벙첨벙.

아까와 거의 같은 곳에서, 다시 한 번 물소리. 뭔가가 다가오고 있다.

"물가에서 떨어져!"

최소한의 음량으로 아스나와 앨리스에게 지시하고, 리파의 목덜미를 붙든 채 후퇴. 근처에 세워 두었던 횃불을 왼손에 들고, 오른손으로 돌 나이프를 움켜쥐었다.

"키리토, 이쪽에도 불을!"

그 말에 왼쪽을 쳐다보니, 앨리스가 강가에서 주운 듯한 나뭇가지를 내밀었다. 끝부분에 마른 나무를 감은 횃불보다는 광량 면에서나 내구력 면에서나 부족하겠지만, 지금은 조금이라도 빛이 필요했다. 왼손의 횃불을 가져다 대서, 마른 나뭇가지에 불을 붙였다.

1.5배쯤 커진 빛이 시커먼 수면을 비추었다. 강이 휘어 있는 탓인지 복잡한 물결이 일고 있어서 물속까지는 들여다볼 수 없었다. 몇 초 동안 기다려보았지만, 물소리는 더 이상 들려오지 않았다.

——정말 물고기였던 걸까…….

그렇게 긴장감이 풀어진 순간, 대략 3미터쯤 앞의 수면이 좌악 갈라졌고, 거기서 나타난 것은 마치 청둥오리나 집오리 같은 둥근 머리와 납작한 부리. 하지만 폭은 30센티미터, 길이는 그 두 배쯤 되어 보였다.

"……오, 오리너구리……?"

내 옆의 리파가 속삭이는 목소리가 들리기라도 한 것처럼,

노란 부리가 쩍 하고 열렸다.

"꽤액."

그런 울음소리는 오리 울음소리와 쏙 빼닮아 있었지만, 그렇다고 긴장감을 풀 수는 없었다. 왜냐하면 그 부리 안에는 가늘고 날카로운 이빨이 수도 없이 늘어서 있었기 때문이다.

"꽤액, 꽤액."

유머러스한 울음소리로 한 번 더 울고, 거대한 부리 달린 녀석이 스윽 강가로 다가왔다. 손짓으로 신호를 보내서 아스나와 앨리스를 더 후퇴시켰다. 곰과의 전투 때도 그랬듯이, 커서는 아직 보이지 않았다. 보아하니 이 게임은 자신이나 파티멤버가 실제로 공격하거나 공격당할 때까지는 커서가 나타나지 않는 구조인 모양이었다. 즉 상대가 적의를 갖고 이쪽을 타게팅하고 있는 건지, 아니면 무해한 동물이 먹이를 얻기 위해 다가오는 것인지, 시스템을 이용해 판별하는 건 불가능한 셈이었다.

부리 달린 녀석은 뭍을 조금 앞둔 곳에서 다시 멈춰 섰다. 거리를 벌리면서 횃불을 들이대보았지만, 이 녀석도 불을 무서워하는 기색은 없었다. 동그란 머리의 양 옆에 있는 동그란 눈은 새까맸고, 그 눈이 오렌지색 빛을 조그맣게 반사하고 있었다.

별안간 첨벙 하고 물길을 가르며, 부리의 주인이 몸을 일으켰다. 둥글둥글한 몸통에 다부진 팔다리가 돋아 있었다. 역시 오리너구리였구나 하고 생각했지만, 자세히 보니 그 몸은 털가죽이 아니라 녹색 비늘로 덮여 있는 것 같았다.

한동안 네 발로 딛고 있던 오리너구리가, 느닷없이 상체를 일으켰다. 일어서고 보니 머리가 내 가슴 높이 정도까지 오는 덩치였다. 자세히 살펴보니 앞다리보다 뒷다리가 길고 다부졌다. 꼬리는 길었고, 그 꼬리로 균형을 잡으며 일어서 있는 그 모습은——

"……공룡이잖아!"

나도 모르게 소리친 나를 향해, 오리너구리, 아니, 오리너구룡(가칭)이 부리를 벌렸다.

"꽤애액!!"

울음소리는 여전히 오리를 쏙 빼닮았지만, 즐비하게 늘어선 이빨은 척 보기에도 육식동물의 것이라서, 물리면 단순히 좀 아픈 정도로는 넘어갈 수 없을 것이다. 한 발짝만 더 접근한다면 우리가 위험해질 수 있으니 주저 없이 공격해야 한다. 그렇게 내가 각오를 다잡았을 때.

왼쪽에서 정체불명의 빨간 덩어리가 날아와서, 활짝 열려 있던 부리에 쏙 들어갔다.

"꽤액!"

한 번 운 오리너구룡이 고개를 밑으로 숙인 채 열심히 부리를 움직였다. 금세 삼켜버리고는, 다시 부리를 벌렸다.

시선을 옮겨보니, 아스나가 또 하나의 덩어리를 던지고 있었다. 소프트볼 공 크기쯤 되는 그 물체가 바로 가시동굴곰의 고기였다는 걸, 나는 그제야 깨달았다.

오리너구룡은 두 번째 고기를 꿀꺽 먹어치우고는, 모래톱을 따라 아스나 쪽으로 움직였다. 짧은 두 팔을 파닥파닥 움직이면서 "꽥액, 꽥액!" 하고 정신없이 울어댔다. 그게 먹이를 조르는 소리라는 건 척 보면 알 수 있었지만, 이대로 계속 고기를 준다고 해서 오리너구룡이 만족할 거라는 보장은 없었다. 곰보다는 작을지언정, 대형견의 두 배 크기는 되는 덩치인 것이다.

"잠깐, 아스나……."

나는 다음 고기를 조금 먼 곳으로 던져서, 오리너구룡이 그걸 먹으러 간 사이에 도망치는 작전을 제안하려고 했다. 하지만 아스나는 재빨리 오른손을 들고 속삭였다.

"얘 앞에 고리 모양의 파라미터가 보여. 지금 6할 정도까지 올라간 상태야."

"파, 파라미터……?"

앵무새처럼 아스나의 말을 되뇌고, 깨달았다. 그건 아마 테이밍(길들이기) 파라미터일 것이다.

아니, 하지만 정말로 길들여지면 오히려 성가신 일이 벌어지지 않을까……, 라고 말하기에는 이미 늦었다. 아스나는 스토리지에서 세 번째 곰고기를 꺼냈지만 이번에는 던져 주는 대신 오른손에 든 채 천천히 다가갔다. 오리너구룡은 짤막하게 울고 순간적으로 뒷걸음질 쳤지만, 식욕을 이기지 못한 듯 멈춰 서서 고개를 내밀었다. 부리 끝부분에 있는 콧구멍으로 아스나의 오른손 냄새를 킁킁 맡는가 싶더니, 덥석 고기를 물고, 씹었다.

그때 아스나가 나를 쳐다보며 당황한 목소리로 말했다.

"파라미터가 꽉 찼는데 아무 일도 안 일어나……. 어떻게 해야 해?"

"어떻게 하긴……."

아스나가 시작한 일이잖아! 라고 생각했지만, 기왕 여기까지 왔으니 나도 테이밍을 성공시켜보고 싶다는 생각도 들었다. 열심히 고민하고 있으려니, 오른쪽에서 앨리스가 속삭였다.

"야생 비룡을 붙잡을 때는, 고기를 줘서 얌전히 만들고 나면 고삐를 채워요."

"고삐……. 그, 그렇구나."

서둘러 링 메뉴를 호출하고, 스토리지를 열었다. 링 중앙에 뭔가 기묘한 게 보인 것 같은 느낌이 들었지만, 지금은 무시하고 스토리지를 조작, 잔뜩 만들어두었던 가느다란 아마네풀 밧줄을 꺼내서 아스나에게 던졌다.

"아스나, 그걸 그 녀석 목에 묶어!"

내 지시를 듣고, 천하의 세검술사――지금은 돌 나이프술사지만――도 겁을 집어먹은 표정이었다. 하지만 아마 테이밍을 시행할 수 있는 건 파라미터가 표시되어 있는 아스나뿐일 것이다. 아스나는 오른손에 로프를 든 채 천천히 오리너구룡에게 다가갔다. 정신없이 곰고기를 씹고 있는 그 목에 로프 끝을 두르고, 묶으려 했다.

"파, 파라미터가 흔들리고 있어~"

불안 가득한 목소리로 말하는 아스나에게, 리파가 응원을 보냈다.

"힘내요, 아스나 언니!"

"힘낼게~~"

아스나는 그렇게 답했지만, 손이 마음처럼 움직이지 않는지, 로프 끝이 손가락에서 미끄러져 떨어지고 말았다. 양손의 협조동작이 필요한 끈 묶기는, 가상세계에서 가장 어려운 동작 가운데 하나인 것이다. 그렇게 허둥대고 있는 사이에, 오리너구룡은 고기 섭취를 마치고, 자기 목에 둘러져 있는 밧줄을 알아챘는지, "꽤액!" 하고 큰 소리로 울었다.

하지만 거의 동시에 아스나도 로프 묶기를 마쳤다. 순간, 오리너구룡의 온몸이 마치 소재 아이템 가공을 마쳤을 때처럼 번쩍 빛났다. 동그란 머리 위에 링 모양의 HP바와 날카로운 방추가 결합된 입체 커서가 출현했다. 색깔은——녹색.

"꽤애애애액——!"

소리 높여 운 오리너구룡이 부리 끝을 아스나의 얼굴에 비벼댔다. 보아하니 첫 테이밍은 성공한 모양이었다.

"아스나 언니, 성공이에요!"

리파가 환호성을 지르며 오리너구룡의 목을 끌어안고, 삼각형 모양의 비늘을 마구 긁어댔다. 테이밍된 몬스터는 꽥꽥 기분 좋은 울음소리를 냈다. 정식 고유명이 궁금해져서 커서에 시선을 집중해보니, HP바 아래의 문자열은【긴부리 큰아가마】라고 나와 있었다.

——아가마란 무엇인고?

유이에게 물어보려 했지만, 지금은 사랑하는 딸과 뿔뿔이 흩어진 상태라는 것을 떠올렸다. 대신 브라우저를 켜려고 하다가, 이것도 불가능하다는 것을 깨달았다. 뭐, 다음에 로그아웃했을 때 현실세계에서 검색하면 되겠지……. 그때까지 기억하고 있다면.

하여튼 전투를 면한 것은 반가운 일이었다. 테이밍 스킬도 없는 아스나가 테이밍에 성공할 정도이니 그리 강한 몬스터는 아니겠지만, 집 수리가 끝날 때까지는 회피할 수 있는 전투는 전부 회피하고 싶었다.

"좋아, 그럼 돌을 나르자."

원래 미션을 재개하기 위해 강가로 돌아가려 하는 나에게,

"그 전에 식사부터 하죠."

앨리스가 그렇게 말했다. 그 순간, 내 배가 꼬르르륵~~~ 하고 대답했다. 그 소리는 오리너구룡, 아니, 긴부리 큰아가마의 울음소리와 약간 비슷하게 들렸다.

오직 그을린 곰고기라는 편식적인 메뉴로 공복감과 SP바를 회복시킨 다음——곰과의 전투 때 줄어든 HP까지 회복된 건 반가운 이변이었다——, 우리는 강가의 돌을 줍기 시작했다. 그밖에 필요한 재료는 점토와 마른 풀. 풀은 그렇다 쳐도 점토는 어디서 구해야 할지 고민이었는데, 강가의 둑 여기저기에 보이는 희끗한 흙을 파서 탭했더니 【거친 회색 점토】라고 적힌 창이 나왔으니, 아마 이거면 될 것이다.

소재 수집을 마치고 로그하우스로 돌아온 나는, 곧바로 링 메뉴부터 열었다. 그리고 그제야, 여덟 개의 아이콘으로 이루어진 링 안쪽의 공백이 어느새 무언가로 채워져 있다는 사실을 새삼 깨달았다.

"뭐……, 뭐야 이거?"

미간을 찌푸린 채, 그것【0000 : 01 : 03 : 24】라는 숫자를 응시했다. 오른쪽 끝의 숫자가 1초에 1씩 증가하고 있는 걸로 보아, 일 : 시 : 분 : 초로 이루어진 타임 카운트라는 건 추측할 수 있었지만, 대체 무슨 시간을 헤아리고 있는 것인가.

"아, 그건 우리도 옷을 만들면서 발견한 건데……."

옆에 서 있던 아스나가 자신의 메뉴를 가리켰다. 거기에도 초까지 완전히 똑같은 카운트가 진행되고 있었다.

"으음……, 1시간 3분 전이라면……."

나는 현재 시각을 통해 카운트의 시작 순간을 역산하려 했지만, 그럴 필요는 없었다. 뒤에서 앨리스가 확신에 찬 말투로 호언장담한 것이다.

"그 시간 카운트가 시작된 것은 9시 5분……. 모든 것을 주겠다는 목소리가 들려온 순간이었어요."

"그, 그래……, 그랬구나. 아니, 그런데 왜 이런 카운트가 필요한 거지? 그때부터 몇 시간이 지났는지는 조금만 생각하면 알 수 있는데……."

"기왕 해줄 거면 현재 시각이라도 표시해주면 좋을 텐데 말야—."

리파의 말에 우리는 하나같이 고개를 끄덕였다. 하지만 이 유니탈 링을 만들고, 수십만 명에 이르는 플레이어를 강제 컨버트시킨 자의 정체가 밝혀지지 않은 단계에서는, UI에 숨겨진 의도 같은 걸 추측해볼 여지가 없었다.

"하여튼……, 지금은 작업을 우선시하자."

찜찜한 감정은 한쪽 구석에 밀어놓고 스킬 아이콘을 눌렀다. 석공 스킬의 제작 가능 아이템 일람에서 ≪석제 제철로≫를 선택.

그러자 기묘한 것이 내 시야에 나타났다. 뒤가 비쳐 보이는 연보라색의 거대한 오브젝트. 반투명하게 표시된 제철로 모형이었다. 앞쪽에 새로운 Tips 창이 출현했다.

【건축 모드에서 표시된 모형의 위치 조정에는 손을 사용합니다. 핀치인하면 다가오고, 핀치아웃하면 멀어지고, 힘껏 움켜쥐면 건축이 실행됩니다. 건축 모드의 취소는 불가능합니다】

"핀치인……?"

멍하니 눈을 깜박거리며 오른손을 오므리자, 모형이 슉 하고 다가왔다. 손을 펼치니 멀어졌다. 좌우로 움직이니 지면에 딱 붙어서 이동했다.

"……이거, 너희들 눈에도 보여?"

내 질문에 세 사람은 일제히 고개를 끄덕였다. 그걸 보면, 건축 취소가 불가능한 이유는 모형을 이용해서 장난을 치거나 상대를 괴롭히는 행동을 방지하기 위한 걸까. 붕붕 휘둘러대며 놀고 싶은 마음이 굴뚝같았지만 또 등짝을 얻어맞을 것 같은 예감이 들었기에 참기로 했다.

로그하우스가 위치한 공터는 그럭저럭 넓은 면적이긴 했지만, 계획적으로 건축하지 않으면 이내 비좁아지고 말 것이다. 아스나와 의논해서, 집에서 약간 떨어진 서쪽에 설치하기로 하고 신중하게 미세조정을 한 다음, 오른손을 움켜쥐었다.

쿠쿵! 하고 땅이 뒤흔들리고, 허공에서 대형 오브젝트가 낙하해서 모형과 정확하게 겹쳐졌다. 건축 모드가 해제되고, 석공 스킬의 숙련도가 상승했다. 그렇게 출현한 것은 희끗희끗한 돌을 회색 점토로 굳힌 난로 같은 오브젝트였다. 굴뚝 높이는 약 2미터, 앞쪽으로는 오븐 같은 반원형 연소실이 튀어나와 있었다. 어떻게 사용해야 하는지 겉모양만 봐서는 알 수가 없었다.

아스나 옆에 있던 큰아가마가 가장 먼저 다가가더니, 가마 안에 고개를 처박고 킁킁 냄새를 맡고 나서 "꽤애액" 하고 울었다.

"……그러고 보니, 저 녀석 이름은 어떻게 할 거야?"

주인님에게 물어보니, 아스나는 심란한 표정으로 신음했다.

"으으~음……. 난 이름 짓는 데는 소질이 없어서 말야……."

"아바타명도 본명 그대로고 말이지."

직후, 아스나의 주먹이 오른쪽 어깨를 가볍게 쳤다.

"키리토 군도 본명이나 마찬가지잖아! 뭐……, 곧 생각할게."

어깨를 으쓱하고, 아스나는 서걱서걱 발톱을 부딪치며 돌아온 큰아가마의 턱을 긁어주었다. 아스나의 성격으로 미루어 보아 머릿속에 떠오른 아무 이름이나 대충 붙여주는 게 아니라, 이것저것 조사해서 의미 있는 이름을 붙이려고 할 것이다. 그러려면 일단 현실세계로 돌아가야 하지만, 오빠의 비밀회선을 빌려서 다이브하고 있는 지금은 집의 수리가 끝날 때까지는 로그아웃할 생각이 없어 보였다.

"키리토 군, 빨리 써보자!"

제철로 옆에서 리파가 손짓해 불렀기에, 나는 "네—에"라고 대답하고 그리로 걸어갔다.

수많은 시행착오를 거칠 것을 각오하고 있었지만, 실제로는 제철로 사용법 때문에 헤맬 일은 없었다. 탭했더니 전용 조작창이 출현했고, 거기에 소재 아이템을 드롭, 혹은 스토리지에서 직접 이동시키기만 하면 되는 모양이었다.

일단 곰의 둥지에서 가져온 철광석 몇 개를 세팅하고, Tips에 따라 연소실에 장작을 쌓았다. 앨리스에게서 빌린 부싯돌로 불을 붙이자, 이내 빨갛게 타오르기 시작했다.

제철로는 소위 로켓 스토브 같은 구조로 되어 있어서, 연소실 입구에서는 격렬하게 공기를 빨아들이고, 웅웅 하는 소리와 함께 굴뚝 위에서 불꽃이 뿜어져 나왔다. 여기부터는 미니게임적 요소가 있어서, 제철로 내부가 적절한 온도를 유지할 수 있도록 적당하게 장작을 추가해주어야만 했다.

굴뚝에서 솟아오르는 불꽃을 올려다보며 연신 장작을 넣고 있으려니, 배수구에서 새빨갛게 녹은 금속이 흘러나와서 제철로 밑부분에 있는 장방형의 거푸집에 고였다. 거푸집이 가득 차면 늘 그렇듯 번쩍 빛나면서 소멸하고, 다시 쇳물이 거푸집에 고였다. 작업 중에 【정련 스킬을 획득했습니다】라는 메시지가 나왔는데, 어째 점점 생산캐의 길로 접어들고 있는 것 같은 느낌을 지울 수가 없었다.

3분 정도가 지나자 자동적으로 불길이 꺼졌기에, 다시 한 번 제철로 조작창을 열어보니, 완성품 란에 ≪조잡한 무쇠괴≫가네 개 출현해 있었다. 탭을 통해 하나만 오브젝트화해서 식었는지 손끝으로 확인한 다음, 드높이 치켜들었다.

"철의 시대가 왔노라—!"

감동에 겨워서 나도 모르게 그렇게 선언했지만, 세 여인은 별다른 감회를 느끼지 않은 듯 두어 번 짝짝 박수를 쳐준 게 전부였다. 큰아가마가 다가와서 철괴의 냄새를 맡더니 업신여기듯 "꽤액" 하고 울었다.

모든 철광석을 녹이는 데에는 30분 이상의 시간과 백 수십 개의 장작이 필요했다. 휘감이소나무 통나무는 대량으로 남아돌 것 같았으니 장작 조달에는 문제가 없었지만, SAO나 ALO의 스피디한 생산공정에 익숙한 우리에게 있어, 기다리는 시간은 너무나도 괴로웠다. 아스나를 비롯한 동료들은 점토를 더 구하러 다시 강가로 가버렸기에 혼자서 장작을 넣어야 했고, 겨우 작업이 끝났을 때는 감동보다 피로가 훨씬 더 컸다.

하여튼 이제 다음 단계로 나아갈 수 있게 되었다. 집 수리에 필요한 것은 ≪얇은 철판≫과 ≪쇠못≫이고, 이걸 만들려면 ≪모루≫와 ≪대장장이용 해머≫가 필요한 모양이었다.

설마 모루를 만들려면 모루가 필요하다거나 하는 건 아니겠지…… 하고 잠시 조바심에 휩싸였지만, Tips에 따르면 ≪주조대≫라는 설비만 있으면 된다는 모양이었다. 석공 스킬로 만들 수 있는데, 요구 재료는 돌과 점토, 목재와 모래. 결국 나도 강으로 가서 돌이며 모래로 스토리지를 가득 채워 와야 하는 신세가 되었다. 하는 일만 보면 거의 유치원생 느낌이었다.

건축 모드로 주조대 모형을 출현시켜서, 제철로 왼쪽에 설치했다. 조작창에서 생산 아이템을 모루로 세팅, 이어서 철괴와 장작을 세팅하고 점화. 녹은 철이 모래 거푸집에 고이고, 그게 식자 ≪조잡한 모루≫가 완성되었다. 덤으로 주조 스킬도 획득했지만, 솔직히 '이런 건 ≪철공 스킬≫ 같은 걸로 합쳐 버려!'라는 생각도 드는 게 사실이었다.

이제 남은 단계는 대장장이용 해머뿐이었다. 이것도 주조대에서 만들 수 있는 것 같았기에, 지금 당장……, 이라고 생각했으나.

"키리토 군, 잠깐 좀 쉬고 ≪도기용 가마≫라는 것 좀 만들어주지 않을래?"

같이 강가에서 돌아온 아스나가 그런 말을 했기에, 나는 2초 정도 생각에 잠겼다가 되물었다.

"……방금 쉬라고 한 것 같은데."

"철 관련 작업을 쉬고, 도기 관련 작업을 한다는 뜻이야."

아스나는 태연하게 대답하고 빙긋 웃었다. 역시 영어 공부를 쉬는 시간에 수학 공부를 하는 사람은 뭐가 달라도 다르군……, 하고 감탄하면서, 다시 석공 스킬을 열었다.

도기용 가마에도 대량의 재료가 필요했지만, 그건 아스나를 비롯한 동료들이 강에서 가져다주었다. 다시 한 번 돌이며 점토 등을 스토리지에 집어넣고 건축 모드로. 아스나의 요청에 따라 로그하우스 가까이에 설치하고, 그대로 지켜보았다.

가마는 거대한 개집 같은 모양을 하고 있었는데, 전면에는 문, 하단부에는 연소실이 있었다. 문을 열면 그 안에는 돌로 된 선반이 있었는데, 아스나와 동료들은 점토를 빚어 만든 듯한 접시며 그릇, 컵 등을 늘어놓았다. 연소실에 장작을 쌓고, 아스나가 점화.

"도공 스킬의 숙련도가 올랐어."

해맑은 목소리로 말하는 아스나에게, 너도 생산캐화가 착착 진행되고 있구나……, 라는 마음의 목소리를 보내고, 나는 내 철기문명의 땅으로 돌아왔다. 네 개의 바를 확인해보니 HP와 MP는 여전히 가득 차 있었지만, TP바는 4할, SP바는 2할 감소해 있었다. 강에서 배터지게 물을 마신 게 9시 15분, 지금이 11시 15분이니까, TP가 4할 줄어드는 데 120분이 걸린다는 뜻이 된다. 즉 30분에 1할씩 줄어드는 셈이다.

전에 내가 플레이했던 서바이벌 RPG와 비교하면 상당히 완만한 감소폭이지만, 아마 이건 플레이어의 활동 상태나 환경에 따라서도 달라질 것이다. 주구장창 중노동에 시달리면, 혹은 작렬하는 사막에 있으면 더 빨리 줄어들 테고, 스테이터스나 스킬, 장비에 따라서도 달라질 것 같았다.

"으—으음……."

끙끙대면서, 나는 링 메뉴를 열었다. 아이콘들 중앙에는 정체불명의 타임 카운트가【0000 : 02 : 10 : 45】까지 추가되어 있었다. 수수께끼의 목소리가 들려온 지 두 시간 남짓…….
그 사실을 알아 봤자, "벌써 두 시간이나 지났네" 정도의 감상밖에 떠오르지 않았다. 어깨를 으쓱하고, 가장 위의 스테이터스 아이콘을 눌렀다.

이 유니탈 링이라는 기묘한 게임에는, STR이니 INT니 하는 수치적 스테이터스는 존재하지 않는 것 같았다. 그 대신 설정되어 있는 것이, 이른바 Perk……. 숫자가 아닌, 더 구체적인 내용의 어빌리티(능력 강화)였다. 스킬을 ≪단련한 기능≫이라 정의한다면, 어빌리티는 ≪주어진 재능≫이라고나 할까. 더 단순하게 표현하자면, 스킬은 생산계, 어빌리티는 전투계로 정의할 수도 있을 것 같지만.

스테이터스 창 하단부에는 어빌리티 상세화면으로 옮겨갈 수 있는 버튼이 있었고, 그것을 누르니 새 창이 열렸다. 화면 중앙에는 네 개의 아이콘이 십자 형태로 배치되어 있었다. 위가 ≪강력(剛力)≫, 오른쪽이 ≪완강(頑強)≫, 아래가 ≪재지(才知)≫, 왼쪽이 ≪준민(俊敏)≫. 그리고 그 각각의 아이콘에서 두 줄씩의 선이 뻗어 나가서, 또 다른 아이콘과 이어져 있었다. 이를테면 ≪강력≫에서는 ≪골쇄(骨碎)≫와 ≪견수(堅守)≫가, ≪완강≫에서는 ≪인내≫와 ≪내독(耐毒)≫이 파생되어 있어서, 하나를 습득하면 그 다음에 있는 어빌리티를 순차적으로 습득할 수 있는 것 같았다. 게다가 각 어빌리티 당 10단계나 되는 랭크까지 붙어 있었다.

나는 지붕에서 통나무 굴리기라는 꼼수로 초 강적 가시동굴곰을 퇴치해서 레벨이 13까지 올랐기에, 어빌리티 상승 포인트가 12나 쌓여 있었다. 아낀다고 쌓아두었다가 죽어서 데스 페널티로 포인트 박탈……, 그런 사태라도 벌어진다면 그보다 더 우스운 일도 없을 테니, 어떤 식으로 어빌리티 트리를 타야 할지 고민스럽기 그지없었다.

선택지라고는 STR과 AGI밖에 없었던 SAO는 참 편했던 거였구나……, 하고 생각하면서, 도기용 가마에 장작을 넣고 있는 아스나 일행을 쳐다보았다.

당분간은 이 4인 파티로 함께 활동해야 할 것 같으니, 각자의 역할을 고려해서 어빌리티를 선택해야 할 것이다. ALO에서의 빌드를 그대로 계승한다면, 내가 물리공격 중심의 어태커, 앨리스가 방어 중심의 탱커, 리파가 멀티 포지션 마법검사, 그리고 아스나가 여차하면 검도 쓸 수 있는 힐러 역할을 맡게 된다. 그럼 나는 ≪강력≫ 트리를 중점적으로 습득해야 할 터……, 이긴 하겠지만, 서바이벌 게임답게 생존을 중시한다면 ≪완강≫ 트리도 매력적이고, MP를 무의미한 스테이터스로 만들지 않으려면 간단한 마법 정도는 쓸 수 있도록 하는 게 좋을지도 모른다.

그리고 아스나를 비롯한 다른 동료들이 ALO와는 다른 역할을 선택하려 할 가능성도 있었다. 여자와 원만하게 지내려면 뭘 하든 제대로 의논해서 할 것……, 이라는 비결을 최근 들어 익힌 참이니만큼, 독단으로 생각 없이 어빌리티를 선택하는 건 자제하기로 하고 창을 닫았다. 방금 만든 모루를 굽어보며, 문득 고민에 잠겼다.

“으—음, 이번엔 뭘 할 차례였더라…….”

자신이 평소에 얼마나 유이에게 의존하고 있었는지를 뼈저리게 실감하면서 기억을 되짚은 끝에, 자신이 대장장이 해머를 만들려 하고 있었다는 걸 간신히 떠올렸다.

다시 주조대로 가서 생산 아이템을 세팅. 철괴를 녹여서 ≪조잡한 쇠망치 추≫를 제작하고, 나무 봉과 짜 맞춰서 ≪조잡한 대장장이용 쇠망치≫로 바꾸었다. 이제야 모든 준비가 끝난 셈이었다.

모루 앞으로 이동해서 철괴를 세팅했다. SAO에서는 두드리기 전에 화로에 넣어서 새빨갛게 달구어야 했지만, 유니탈 링에서는 식은 상태에서도 가능한 모양이었다. 모루의 제작 메뉴에서 ≪얇은 철판≫을 선택하고, 해머로 일격.

까—앙! 하는 귀를 찢는 소리가 울려 퍼지고,【대장장이 스킬을 획득했습니다】라는 표시가 나왔지만, 나는 예상을 뛰어넘는 우렁찬 타격음에 저도 모르게 목을 움츠렸다.

돌이켜보면, 이 초지를 습격했던 가시동굴곰도 리파가 소드 스킬로 통나무를 써는 충격음에 이끌려 온 감이 있었다. 그 후로 벌써 세 시간이 지났으니, 지금쯤 동굴에서는 새로운 개체가 리스폰됐다 해도 이상할 게 없었다.

같은 염려를 느낀 건지, 도기용 가마 앞에서는 아스나를 비롯한 동료들이 약간 불안해 보이는 얼굴로 이쪽을 쳐다보고 있었다. 나는 "괜찮아"라는 뜻으로 해머를 들어 보였다. 만에 하나 곰이 습격해 오더라도, 아까 그랬듯이 통나무 굴리기 작전을 쓰면 될 터…….

——아니, 높은 레벨의 몬스터를 아무 위험부담 없이 잡을 수 있는 그 수법은, 아무래도 그 위력이 너무 강했다. 만약 유니탈 링을 제어하고 있는 것이 더 시드에 탑재되어 있는 카디널 시스템이라면——, 그리고 전자동제어 기능이 켜져 있

는 상태라면 그 한 번의 사례만으로도 통나무 굴리기가 시스템 부정이용이라는 걸 감지하고 모종의 대책을 세운다 해도 이상할 게 없었다.

"으음……."

신음하면서, 새까만 숲과 로그하우스 지붕을 번갈아 쳐다보았다. 시스템이 통나무에 대해서만 대책을 강구했을 경우에 대비해서, 하다못해 스토리지에 큼직한 돌, 아니, 바위라도 넣어두어야 하는 걸까.

"잠깐 강에 갔다 올게!"

세 사람에게 그렇게 외치자, 예상치 못한 대답이 돌아왔다.

"아, 그럼 이거 가져가!"

아스나가 도기용 가마 문을 열고, 그 안에서 둥그스름한 무언가를 두 개 꺼냈다. 항아리……? 하긴, 그러고 보니 슬슬 TP 파라미터가 절반 이하로 떨어져가고 있었다.

"알았어!"

그쪽으로 달려가서 항아리를 받아다가 강으로 질주. 항아리 가득 물을 떠서 스토리지에 수납하고, 남은 용량에는 바위를 가득 쑤셔넣었다.

초지로 돌아오니, 아스나와 동료들이 다른 도기들을 전부 꺼내서 바닥에 늘어놓고 있었다. 몇 개는 굽는 중에 깨지고 말았지만, 컵 네 개, 그릇 다섯 개, 접시 여섯 장이 무사히 완성된 모양이었다.

"나 왔어."

내가 스토리지에서 물이 든 항아리를 실체화시키자, 아스나가 미소 띤 얼굴로 컵을 내밀었다. 그 컵을 받아서 항아리의 물을 떴다.

"잘 먹겠습니다!"

허리춤에 왼손을 짚고 단숨에 말끔히 비우자, TP 파라미터가 회복되어갔다. 나머지 세 사람도 맛있게 물을 마셨고, 큰 아가마도 그릇에 따라준 물을 혀로 할짝할짝 핥아먹었다.

후우 하고 숨을 내쉬고, 나는 말했다.

"두 시간마다 물을 마셔야 한단 말이지……. 이거, 던전 안에서 물이 떨어지기라도 하면 완전 큰일 나겠는데……."

"언더월드에 있던 것 같은 물을 만드는 신성술……, 아니, 마법은 없나요?"

앨리스의 말에 쓴웃음을 지으려다가, 이내 진지한 얼굴을 되찾았다.

"있다고 해도 이상할 건 없겠어. 다만, 마법 스킬은 어떻게 해야 습득할 수 있는 건지……."

"방직 스킬이나 도공 스킬처럼, 사용하면 익혀지는 것 아닐까요?"

말하기가 무섭게, 앨리스는 내 코앞에 오른손을 들이댔다. 반사적으로 움찔 놀라 몸을 홱 젖히자, 앨리스가 후훗 하고 웃고, 리파가 황당하다는 듯 절레절레 고개를 저었다.

"키리토 군은 참 겁쟁이라니까—."

"무, 무슨 소리!"

너는 정합기사 앨리스의 무서움을 모르니까! 라고 생각했지만 굳이 그 생각을 입 밖에 내지는 않았다. 물을 한 잔 더 들이키고, 컵을 아스나에게 돌려주었다.

"남은 점토 있으면 항아리를 더 만들어줘. 상황을 보아하니, 아무리 많이 떠놓아도 낭비가 될 일은 없을 것 같으니까."

"그래. 도공 스킬이 올라가면 더 큰 물동이도 만들 수 있는 것 같으니까, 열심히 해볼게."

"부탁할게. 나는 철판과 못을 만들고 올게."

"키리토 군도 힘내."

가볍게 주먹을 부딪치고 나서 다시 모루 앞으로 돌아갔다. 만에 하나 리스폰된 곰이 돌아온다 해도, 스토리지에 가득 넣고 온 바위로 대처할 수 있을 것……, 이라 믿고 싶었다.

의자 대용으로 쓰는 둥글게 썬 통나무에 앉아서, 대장장이 해머를 움켜쥐었다. 단순한 징크스일지도 모르지만, 손이 움츠러들면 실수할 확률이 높아진다는 대장장이 리즈벳의 말을 떠올리고, 기합을 담아 철괴를 두드리기 시작했다.

까앙! 까앙! 하는 요란한 소리가 열 번 울려 퍼졌을 때, 철괴가 하얗게 빛났다. 모루 위에서 야금야금 변형해서, 열 장의 얇은 판으로 변했다. 철판의 요구량은 216장. 한 장의 실패도 없이 한다 해도 스물두 개의 철괴가 필요한 셈이지만, 쇠못 만들 것까지 계산에 넣더라도 그럭저럭 부족하지는 않을 것이다. 오전 0시까지 철 관련 작업을 모두 끝내겠다고 마음먹고, 두 번째 모루를 세팅했다.

이것도 단순작업이라면 단순작업이었지만, 제철로에 장작을 넣는 작업에 비하면 제법 재미있었다. 만약 이 세계에서 정말로 생산직을 맡게 되면 제련 장인이 아니라 대장장이를 목표로 하고 싶은데, 그렇게 되면 리즈벳의 무기점 견습생부터 시작하게 될까. 아인크라드와 함께 추락했을 그녀와 시리카, 그리고 유이는 무사한 걸까…….

이런저런 생각을 하면서 열심히 철괴를 두드리고 있으려니, 어느새 220장의 철판이 완성되어 있었다. 한 장의 두께는 2밀리미터 정도지만, 쌓아놓고 보니 44센티미터나 되었다. 묵직한 쇳덩어리를 통째로 들어 올리려 했더니 분동 모양의 중량 오버 아이콘이 켜지고 말았다. 레벨 13 정도면 가능할 줄 알았는데 아직도 이 정도 힘밖에 안 된다면, 애검 블랙벨트를 다시 장비하는 데 아직 한참 더 걸릴 것 같았다. 스토리지에 넣으면 옮길 수 있겠지만, 지금은 빈 용량 가득 바위가 들어 차 있는 상태였다. 반씩 나누니 그럭저럭 들 만했기에, 홈 스토리지에 보관하기 위해 로그하우스로 걸어가기 시작했다.

도기용 가마 앞에서는 아스나와 동료들이 아직 점토를 반죽하고 있었다. 식기가 그렇게까지 많이 필요하지는 않지 않을까 하는 생각도 들었지만, 그녀들의 말에 따르면 대형 물동이를 만들기 위해 도공 스킬의 숙련도를 올리고 있는 중이라고 했다. 그럼 한 명만 하면 되는 것 아닌가…… 하는 생각이 드는 점이 내 투박한 면이리라. 그녀들은 단순히 식기 만들기를 즐기고 있는 것이다.

진흙투성이 손을 흔드는 아스나와 동료들에게 미소로 대답하고, 반파된 외부현관으로 올라갔다. 문을 열기 위해 일단 철판을 바닥에 내려놓고, 한껏 기지개를 켰다.

이제 곧 날짜가 바뀔 시간이지만, 아직 졸음은 오지 않았다.

비상사태 때문에 신경이 곤두서 있어서 그럴 거라고 생각했다가 단지 그것 때문은 아닐 거라고 생각을 고쳤다. 아마 나도 마음속 깊은 곳에서는 이 상황을 즐기고 있는 것이리라. 아무것도 알 수 없는, 그 누구도 정답을 알 수 없는 세계를 더듬더듬 해답을 찾아가며 나아가는 흥분. 정확히 말하자면 아직 시작지점에서 한 발짝도 움직이지 못한 셈이지만, 만약 로그하우스와 함께 낙하하지 않았더라면, 나는 고정된 거점을 구축하기보다 계속 앞으로 나아가는 걸 선택했을지도 모른다. 4년 전, 홀로 시작 도시를 뛰쳐나가서, 그 누구보다 먼저 다음 마을에 도착하려고 애썼던 그때처럼…….

그런 감회에 젖어 있었던 탓일까.

나는 **그것**을 제때 알아채지 못했다.

아니, 더 빨리 짐작했어야만 했다. 숲속에서 깡깡 울려 퍼지는 망치소리가 끌어들이는 건, 결코 곰뿐만이 아니라는 것을.

"……누굽니까?!"

가장 먼저 소리친 것은 앨리스였다. 로그하우스 문을 열려던 나는, 재빨리 고개를 돌려서 먼저 고양이 귀 기사를, 이어서 그녀의 눈동자가 향하고 있는 방향을 쳐다보았다.

공터에서 강을 향해 똑바로 뻗어 있는 남서쪽 길을 따라 몇 개의 횃불이 다가오고 있었다. 앞장서서 걷고 있는 것은 레더아머 같은 갈색 갑옷을 입은 중년 남성. 오렌지색 빛이 그의 왼쪽 허리춤에 매달려 있는 장검 칼자루에 눈부시게 반사되었다. 몬스터와 마찬가지로 시선이 마주친 것만으로는 커서가 나타나지 않았기에, 현 단계에서는 상대가 플레이어인지 NPC인지, 혹은 몬스터인지 판별할 수 없었다.

앨리스의 목소리를 듣고도 집단은 전진을 멈추지 않았다. 싸울 생각은 없다는 의사 표시인지, 선두에 선 남자가 아무것도 들지 않은 오른손을 높이 치켜들고, 그대로 공터로 들어섰다.

앨리스 좌우에 아스나와 리파가 늘어서고 큰아가마까지 위협하듯 부리를 벌렸기에, 나도 허둥지둥 외부 현관에서 지면으로 내려섰다. 팬티 뒤춤에 돌 나이프가 꽂혀 있는 걸 확인하면서, 집단을 향해 외쳤다.

"거기서 멈춰!"

그러자 남자들은 그제야 발걸음을 멈추었다. 횃불 불빛에 비친 모습을 세어보니, 도합 여덟 명. 우리의 두 배……. 게다가 전원이 어느 정도 무장을 갖추고 있었다. 개중에는 가죽 갑옷에 작은 금속판을 덧댄 스케일 아머를 입고 있는 자까지 있어서, 이 세계에 전이해 온 지 약 여덟 시간 만에 그 정도 기술 수준까지 다다른 거라면 솔직히 감탄할 수밖에 없었다. 그도 그럴 것이, 아스나를 비롯한 세 사람은 풀 섬유로 만든 원피스 차림, 나는 아예 팬티 한 장 차림인 것이다.

상대도 우리의 기술 레벨을 확인하려 한 것이리라. 아스나 쪽을 향하고 있던 시선이 나를 발견한 순간 선두에 선 남자는 두 눈이 휘둥그레졌고, 뒤쪽에서는 안도하는 듯한……, 혹은 깔보는 듯한 실소가 새어 나왔다. 호감도 마이너스 1이야, 라고 마음속으로 중얼거리고, 확인을 위해 물어보았다.

"플레이어냐?"

그러자 선두에 선 가죽갑옷 입은 남자가 연신 고개를 끄덕였다.

"그래, 그쪽도 그런 것 같군."

처음 듣는 목소리에 처음 보는 얼굴이었다. 하지만 그건 당연한 일이었다. 유니탈 링에는 10만 명을 가볍게 넘어서는 VRMMO 플레이어들이 강제 컨버트 당해 들어왔으니까. 눈앞에 있는 집단이 신생 아인크라드에 있었는지는 불명——애초에 원래 ALO 플레이어였는지 어땠는지도 알 수 없었지만, 하여튼 드넓은 맵 어딘가에 출현해서, 아마 강을 따라 여기까지 걸어온 것이리라.

내 추측을 뒷받침하듯, 가죽 갑옷을 입은 남자가 다시 양손을 치켜들었다.

"싸우려는 생각은 없어. 잠시 휴식을 취하고 싶을 뿐이야. 벌써 다섯 시간 가까이 이동하고 있어. 플레이어를 만난 건 처음이야."

"처음? 그럼 당신들은 어떻게 그런 대형 파티를 맺은 거지?"

그렇게 묻자, 가죽갑옷 남자는 연신 눈을 깜박거리고 나서 되물었다.

"당신들도 거기서 튀어나온 거 아냐?"

"튀어나와……?"

동료들과 서로를 마주보았지만, ≪거기≫가 어디인지 짐작조차 가지 않았다. 다시 앞을 돌아보고 신중하게 표현을 선택해가며 대답했다.

"……우리는 집과 함께 여기 떨어졌어. 그러니까 우리 입장에서도 당신들은 처음 만나는 플레이어야."

그러자 이번에는 가죽갑옷 남자가 어리둥절한 표정을 지었지만, 뒤에 있던 천옷 차림의 아담한 플레이어가 앞으로 나서서, 반파된 로그하우스 쪽을 쳐다보며 발언했다.

"알겠어……. 당신들, 아인크라드에서 여기로 떨어진 거군."

"어, 그런 일이 있을 수 있는 거야?"

그렇게 외친 것은 스케일아머를 입은 거한. 딱히 근거는 없지만, 이 셋이 리더 격임을 직감할 수 있었다. 아담한 남자는 왼쪽 허리춤에 금속 대거를, 거한은 등에 양손용 해머를 걸머지고 있었는데, 두 무기 모두 썩 고급스러워 보이지는 않았지만 우리의 돌 나이프나 돌도끼에 비하면 훨씬 강력한 공격무기였다.

대거술사는 스케일아머남을 올려다보며 왼손을 팔랑 움직였다.

"아저씨도 봤잖아. 떨어진 아인크라드 근처에 지붕이나 벽의 잔해들이 산더미처럼 흩어져 있는 거. 무사한 집은 없었던 것 같았지만, 거기는 지면이 단단해 보였으니까. 모래나 물 같은 곳에 떨어졌다면, 저 정도 대미지로 끝나는 것도 가능하지 않을까?"

"아저씨라고 하지 마."

스케일아머남이 투덜대자, 뒤에서 짤막한 웃음이 터져 나왔다.

잠시 이완되었던 공기를 다시 긴장시킨 것은, 아스나의 날카로운 목소리였다.

"당신들도 ALO에서 왔단 말이지?! 떨어진 아인크라드를 본 거야?"

"응? 그……, 그래, 봤어. 아주 멀리서 본 것뿐이지만."

"어디에 떨어졌는데?! 부서지지는 않았어?!"

꼬리에 꼬리를 잇는 질문에 대거술사는 당황한 표정을 보이면서도 대답하려 했지만, 그 어깨를 가죽갑옷남이 꽉 잡아당겼다.

"잠깐 기다려봐……. 맵 정보는 공짜로 제공하기에는 너무 귀한 정보잖아."

그 말을 듣자마자 앨리스가 뭔가를 말하려 했지만, 리파가 원피스를 잡아당겨서 제지했다. 아마 "쪼잔한 짓을!"이라는 식의 질책이 날아가기 직전이었을 테니, 이번에는 리파가 잘 제지한 셈이었다. 나도 곧바로 앞으로 나서서 가죽갑옷남에게 고개를 끄덕이며 말했다.

"알았어. 거래에 응하지……. 맵 데이터 대신 얻고 싶은 게 뭐지?"

그러자 가죽갑옷남은 나머지 일곱 명과 몇 초 동안 의논하고 나서, 이내 대답했다.

"식량과 휴식처……. 가능하면 하룻밤 재워주면 고맙겠어."

"그럼 우리도 의논 좀 할게."

왼손을 들어서 그 자리에서 움직이지 말 것을 요구하고, 앨리스를 비롯한 동료들 곁으로 이동했다. 소곤거리는 목소리로, 우선 아스나에게 확인했다.

"곰고기는 이제 어느 정도 남았지?"

"아직 많이 남았긴 하지만, 인원이 워낙 많으니까……. 우리와 저 사람들, 그리고 아가가 제대로 식사하면 한 끼 만에 거의 다 떨어질 거야."

아가로 확정된 거야? 라고 묻고 싶은 마음이 굴뚝같았지만 일단 참고 다음 질문.

"그대로 구워 먹는 게 아니라, 수프 같은 걸 만들면 어떨까?"

"아, 그러면 두 끼 정도는 먹을 수 있을 거야. 단, 소금이나 향신료도 없으니 맛이 어떨지는 예상할 수 없지만."

"그 정도는 저 사람들도 감수하겠지. 그리고……, 저 사람들을 집 안에 들이는 건?"

그 말을 들은 아스나의 미간에 순간적으로 구름이 드리워졌지만, 이내 고개를 끄덕였다.

"그것도 괜찮아. 하룻밤만 묵겠다고 했으니까. 그럼……, 앨리스와 리파도 거래에 응하기로 하는 거지?"

"지금은 그럴 수밖에 없겠죠."

"아인크라드의 위치를 알아내는 건 중요한 일이니까."

두 사람도 동의했고, 큰아가마도 짤막하게 "꽥" 하고 울었기에, 나는 돌아서서 몇 발짝 앞으로 나섰다. 이쪽을 빤히 바라보고 있는 가죽갑옷남 일행에게, 곧바로 고개를 끄덕이며 말했다.

"우리는 하룻밤의 잘 곳과, SP바가 완전 회복될 만큼의 식량을 제공하지. 다만 이불이나 담요 같은 건 없고, 식사도 맛은 보장 못해."

"상관없어. 몹이나 NPC의 습격에 대비할 필요가 없는 것만으로도 충분해. 이 세계에서는 로그아웃 한 번 하는 것도 엄청난 도박이니까."

"……무슨 뜻이지?"

내가 미간을 찌푸리며 묻자, 가죽갑옷남은 살짝 어깨를 으쓱했다.

"모르고 있었나 보군……. 뭐, 아직 세 시간밖에 안 됐으니까. 당신들도 그 메시지는 들었을 거 아냐?"

"그래."

"그때 이후로, 자기 집 안에서 로그아웃해도 아바타가 사라지지 않게 됐어. 당연히 몹의 공격을 받으면 저항도 못하고 죽지. 우리는 안전하게 잘 수 있는 곳을 찾아서 여기까지 온 거라고 해도 과언이 아냐."

"…………아바타가 사라지지 않는다……."

중얼거리면서, 나는 자신의 몸을 굽어보았다. 방어력 0에 가까운 이 상태에서 일방적인 공격을 받으면, 상대가 곰이 아닌 여우나 늑대――그런 게 숲에 있는지 어떤지는 모르지만――따위라 해도 눈 깜짝할 사이에 죽고 말 것이다. 몬스터가 절대로 침입할 수 없는 곳을 확보하거나, 혹은 몇 시간 동안을 호위해줄 동료가 없다면 로그아웃해서 잘 수도 없는 것이다.

"말도 안 돼――. 그렇게 억울하게 죽으면, 기가 막혀서 이

게임을 계속할 생각도 없어지는 거 아냐?"

"아—, 그런 걱정은 필요 없어."

가죽갑옷남뿐만이 아니라, 대거술사와 스케일아머남도 기묘하게 일그러진 웃음을 머금었다.

"거래 요소에는 넣지 않았지만, 서비스로 가르쳐주지. 이 유니탈 링이라는 게임은, 어떤 의미에서는 SAO의 재현이야."

"……무슨 뜻이지?"

이 녀석, 설마 내가 SAO 생환자라는 걸 알고 있는 건가…… 하고 잠시 긴장했지만, 아무래도 그건 아닌 모양이었다. 가죽갑옷남은 오른손으로 링 메뉴를 호출해서, 중앙에서 움직이고 있는 타임 카운트를 내게 보여주었다.

"이게 추가된 건 너희들도 알아챘겠지?"

"그……, 그래."

"우리도 처음에는 이게 무슨 카운트인지 몰랐는데 말야…… 동료가 NPC의 손에 죽은 후에 알게 됐어. 이건 우리가 살아남은 시간을 재고 있는 거야. 이 세계에서는, 한 번 죽으면 모든 게 끝……. 두 번 다시 여기에 로그인할 수 없어."

8

남자로만 구성된 8인 파티는 맛있다는 찬사를 연발해가면서 아스나가 요리한 곰고기 조림을 어마어마한 기세로 먹어치웠다.

그 사이에 나와 아스나, 앨리스, 리파는 그들로부터 약간 떨어진 제철로 근처에서 가죽갑옷남에게서 제공받은 맵을 둘러싸고 대화했다.

맵이라고는 해도, 유니탈 링에는 맵 데이터 그 자체를 타인에게 양도하는 기능이 없었기에, 질 나쁜 종이에 목탄으로 그린 간소한 지도였다. 그래도 주위의 지형은 그럭저럭 파악할 수 있었다.

우리가 로그하우스와 함께 추락한 숲은, 북쪽으로 얼마나 펼쳐져 있는지는 짐작조차 가지 않지만, 남쪽으로는 7킬로미터 정도 펼쳐져 있었다. 숲을 가로지르는 강을 따라 남하하면 낮지만 험준한 바위산이 숲의 경계선을 둘러싸듯 이어져 있고, 그 너머는 건조한 황야였다. 물이 거의 없기에, 강에서 멀어지면 순식간에 수분 부족에 빠질 것이다.

강은 황야 내부에서 서쪽으로 분기되어 있었는데, 가죽갑옷남 일행은 처음에는 그 지류를 따라 이동해보려 했으나, 다소 식물이 돋아나 있는 분지에 들어서기가 무섭게 금속 창이나 도끼로 무장한 NPC들의 공격을 받았고, 말도 전혀 통하지 않았기에 간신히 목숨만 건져서──아니, 두 명이 죽었다는 모양이다――도망쳐 왔다고 했다.

분지 남쪽은 더더욱 건조한 고지대인데, 아인크라드가 낙하한 곳은 그 한가운데라고 했다. 숲 가장자리로부터의 직선거리는 약 10킬로미터. 부유성은 엄청난 대미지를 입어서, 하단부의 2, 30층 정도는 완전히 파괴되었다는 모양이었다. 살아 있는 것으로 보이는 플레이어는 주위에 하나도 없었다고, 가죽갑옷남은 단호하게 말했다.

그럼 전이 시점에 아인크라드 안에 있던 플레이어들은 낙하의 충격에 전원 사망, 유니탈 링 세계에서 영구 추방된 건가 하는 생각이 들었지만 그런 건 아니고, ≪사망=추방≫ 공식이 생긴 것은 수수께끼의 목소리가 들려오고 타임 카운트가 시작된 21시 이후부터였다고 한다. 그 이전에 죽은 플레이어는 어디서 소생했는가 하면――.

아인크라드 낙하지점인 고지대에서 약간 더 남하하면, 지형은 초원으로 변한다. 물도 식량도 그럭저럭 풍부한 그 구역에 거대한 유적이 있다는 모양이었다. 어딘지 알브헤임의 중앙도시 아른과 비슷한 느낌이라는 그 유적이 바로 ALO에서 강제 컨버트된 플레이어의 정규 시작지점이자, 21시 이전의 소생 포인트이기도 했다. 모든 것이 시작된 17시 직후는 ALO에서 전생해 온 플레이어 약 4천 명(아인크라드 추락 과정에서 죽었다가 소생한 천 수백 명 포함)이 아무런 튜토리얼도 없이 유적에 던져져서, 엄청난 소동이 벌어졌다고 한다.

절반 가까운 플레이어들은 혼란을 피해서 혹은 정보를 얻기 위해 로그아웃했지만, 나머지 반은 이 세계가 무엇인지를 알아보려 했다. 유적 밖으로 나와 작은 짐승을 사냥하고, 초보적인 제작 작업을 시도하고, 간단한 거점을 구축하고……. 이윽고 일부 플레이어들이 현재 가진 것보다 상위 소재를 구하기 위해 유적을 떠났다. 가죽갑옷남 파티도 그런 개척자들 중 한 무리인 모양이었다.

상황에 대한 설명을 매듭지은 것은, 아담한 덩치의 대거술사였다.

'이런 오픈월드 서바이벌은, 초반에 돌이니 나무니 하는 것들 가지고 뭘 해보려고 하면 안 돼. 중요한 건 철이야. 본격적인 거점을 만들려면, 먼저 철광석을 캘 수 있는 구역으로 달려갈 것……. 그게 철칙이야. 철이니까.'

"뭐……, 곰고기 값에 딱 맞는 수준의 정보였네."

리파의 평가에, 앨리스가 살짝 웃었다.

"평가가 참 냉정하시네요."

"마지막 말장난 때문에 10점 감점."

이 말에는 아스나도 쓴웃음을 지었지만, 이내 손으로 그린 지도로 시선을 되돌렸다.

"……리즈 일행이 아인크라드의 추락에 휘말려서 소생했다면, 이 유적으로 돌아갔다는 뜻이겠지? 여기서 가자면……25킬로미터는 될 것 같은데……."

나도 지도로 손을 뻗으며 설명을 보탰다.

"게다가 그건 어디까지나 직선거리야. 강을 따라서 걸으면 30킬로미터는 넘을 것 같은데……. 단, 리즈나 시리카의 성격상, 시작 지점에서 몇 시간씩이나 얌전히 눌러앉아 있지는 않을 것 같아서 말이지…….”

“하긴 그래.”

아스나에 이어 앨리스와 리파도 고개를 끄덕여 동의했다.

리즈벳과 시리카 곁에는 유이도 동행하고 있을 테지만, 내 사랑하는 딸도 결코 신중파에 속하는 성격은 아니다. 세 사람이 유적에서 이동했다면, 우리 쪽에서 무작정 찾으러 가봤자 합류할 수 있는 가능성은 0에 가까울 것이다. 역시 한 번쯤은 현실세계에서 연락을 취해야겠다.

아스나도 나와 같은 결론에 다다른 모양인지, 근처에서 자고 있던 큰아가마의 머리를 쓰다듬으며 선언했다.

“나, 일단 한 번 로그아웃해서 리즈 일행이랑 유이한테 다시 메일을 보내고 올게. 이 지도도 그쪽에서 다시 그려서 첨부하고 싶으니까, 시간이 좀 걸릴지도 몰라. 내 몸과 이 아이를 부탁할게.”

“알았어. 잘 지키고 있을 테니 걱정 마.”

내 말에, 앨리스와 리파도 “저희만 믿으세요” “다녀와요!”라고 말을 보탰다. 아스나는 제철로에 등을 기대고 링 메뉴를 열고는, 다시 한 번 우리를 쳐다보고, 로그아웃 버튼을 눌렀다. 아바타가 눈을 감고, 별안간 힘이 쭉 빠졌다. 정말로 아바타는 사라지지 않았다.

“으—음……. 아바타가 남는 건 ALO 때 로테이션 휴식의 경험 덕분에 익숙하긴 하지만…….”

리파가 아스나 대신 큰아마가의 목덜미를 쓰다듬으며 말

했다.
"이거, 우리가 학교에 가 있는 동안에는, 길게는 열 시간 정도 이대로 남아 있다는 거잖아. 유니탈 링이라는 게임, 학생들한테 엄청 불리한 거 아냐?"
"학생이나 회사원이 불리한 건 어느 MMO나 마찬가지지만 말이지……."
내가 태클을 걸자, 어째선지 앨리스가 곁눈질로 나를 흘겨보았다.
"저는 학생이나 회사원은 아니지만, 그렇다고 하루 종일 한가한 건 절대 아니에요."
"그, 그야 물론, 라스는 사람을 험하게 부리니까……."
"그런 소리 해도 되는 거야? 오빠는 라스에 취직하고 싶댔잖아?"
리파의 역습에 고개를 움츠리자, 앨리스가 의미심장하게 싱긋 웃었다.
아스나가 돌아올 때까지는 딱히 의논할 것도 없기에, 나는 대장간 일을 재개하기로 했다. 8인분 곰고기 수프를 대가로 손에 넣은 지도를 스토리지에 수납하고, 자리에서 일어섰다. 재철로에 기대어 앉아 눈을 감고 있는 아스나는 마치 잠들어 있는 것처럼만 보이지만, 가까이서 깡깡 망치질을 하더라도 깰 일은 없으니 배려는 필요 없다. 아스나 옆에서 자고 있는 큰아가마는……, 혹시 깨면 사과해야겠다.
앨리스와 리파가 지켜보는 가운데, 나는 모루 앞에 앉았다. 해머를 들어 올리고, 빙글빙글 돌리며 폼을 잡는다. 제작 메뉴를 못으로 세팅하고, 새로운 철괴에 첫 일격을——.

"아—, 실례합니다."

뒤쪽에서 그런 목소리가 들려와서, 나는 오른손에 급브레이크를 걸었다. 통나무에 앉은 채 고개를 돌려보니, 대거술사가 말끔히 비워진 그릇을 들고 서 있었다.

앨리스와 리파의 분위기가 약간 경직되었기에, 나는 두 사람에게 눈짓을 보내며 재빨리 일어섰다. 몇 발짝 앞으로 나서서, 대거술사와 마주 섰다.

"무슨 일이지?"

"아니, 잘 먹었다는 인사를 좀 하려고 말야. 여기 온 뒤로 벌레나 곤충 같은 건 먹었지만, 그런 맛있는 고기를 먹은 건 처음이었어."

"그거 잘 됐네."

"식기는 어떻게 하면 되지?"

"그냥 땅바닥에 두면 돼."

"알았어."

대거술사는 그릇을 살짝 들어 보이고 일단 자리를 떠나려는 듯 싶더니, 다시 몸을 이쪽으로 돌렸다. 약간 긴 앞머리 너머로, 내 얼굴을 빤히 응시했다.

"있잖아……, 당신, 내가 잘못 본 건지도 모르지만……."

잠시 망설이는 기색을 보이다가 반신반의하는 표정으로——.

"혹시, 2월에 있었던 ALO 통일 토너먼트에서 준우승한 키리토 씨 아냐?"

아냐, 하고 반사적으로 부정하려다가 입을 다물었다. 앞으

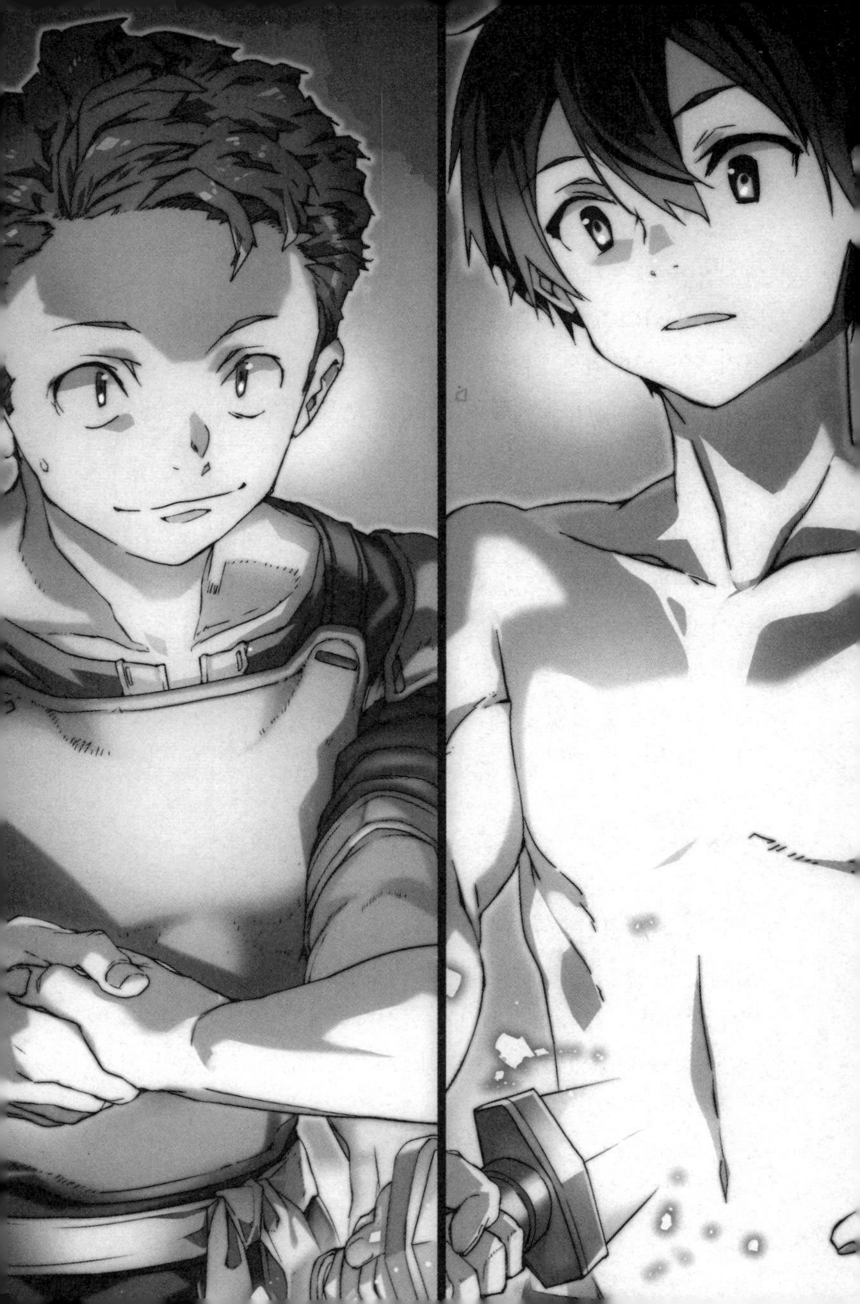

로 거래 등을 하는 과정에서 서로의 이름이 표시되지 않으리라는 보장이 없는 것이다. 그리고 일단 부정하면, 상대가 이름을 물었을 때 가명을 지어내야 할 상황에 몰리게 된다. 아까는 아스나의 작명 센스를 얕잡아봤지만, 나 역시 작명 센스가 좋은 건 결코 아니었다.

"아……, 응, 그래, 맞아."

하는 수 없이 인정하자, 대거술사의 얼굴이 단번에 환해졌다.

"진짜?! 이거 끝내주네. 처음 봤을 때부터 비슷해 보인다는 생각을 했었는데……. 죄송한데 악수 좀 해주실래요?"

속사포처럼 말을 쏟아내면서 다가오기에, 나는 "그런 거 안 좋아하는데"라며 거절하고 싶은 충동을 참으며 오른손을 내밀었다.

대거술사가 오른손으로 내 손을 꽉 붙들고, 상하로 붕붕 흔들었다. 그 과정에서, 왼손에 들고 있던 그릇이 미끄러져 떨어졌다. 그릇은 땅바닥에 부딪쳐서 쨍그랑! 하고 요란하게 깨졌다.

"아앗, 죄송해요!"

그런 비명 같은 절규 속.

내 배에, 뜨거운 것 같기도 하고 차가운 것 같기도 한, 쥐가 난 것 같기도 하고 저린 것 같기도 한 감각이 출현했다. 말없이 시선을 내려보니, 어느새 대거술사의 오른손에 쥐어져 있던 금속 칼날이 배에 깊숙이 박혀 있었다.

"키리토!" "키리토 군!"

앨리스와 리파의 비명 같은 목소리가 들려왔을 때, 나는 이미 붙잡혔던 오른손을 뿌리치고 온 힘을 다해 후퇴해 있었다. 배에서 대거가 뽑히고, 새빨간 대미지 이펙트가 실처럼 가늘게 번뜩였다.

등 뒤의 돌 나이프를 뽑으면서 자신의 HP바를 확인해보니, 가득 차 있던 HP바가 절반 이하로 깎여나가 있었다. 일격에 이 정도나……, 라고 잠시 경악했으나, 생각해보면 나는 방어력 0이고, 상대의, 아니, 적의 대거는 전부 금속으로 만들어진 고급품이었다. 내가 레벨업한 상태가 아니었다면 즉사했을 게 틀림없었다.

적도 그렇게 생각하고 있었는지, 눈을 찌푸려서 내 머리 위를 주시하며 놀란 목소리로 말했다.

"말도 안 돼, 분명 제대로 찔렀는데 반밖에 안 줄었잖아……. 혹시 레벨업 좀 했슴까?"

그렇게 묻는다고 해서 "했어요"라고 대답해줄 이유는 없었다. 대신 앨리스와 리파가 내 앞으로 나서서, 돌 나이프와 돌도끼를 움켜쥐고 저마다 소리쳤다.

"이게 무슨 짓이죠?!"

"이 비겁한 놈!"

PK 절대 용서불가 걸즈의 비난을 듣고도, 대거술사의 표정은 태연했다. 이제 그 머리 위에 커서가 표시되었기에, 시선을 집중해서 찬찬히 살펴보았다.

나를 공격했기 때문인지, 방추 부분의 색은 루비처럼 짙은 빨강. 천천히 회전하는 HP바 밑에는 【Mocri】라는 캐릭터명이 표시되어 있었다. 모크리……. 듣도 보도 못한 이름이었지만, 그렇다고 해서 나와 아무런 관련도 없는 사람이라고 단정할 수는 없었다. 왼손으로 배를 부여잡고, 억누른 목소리로 말했다.

"너, 래핑 코핀 관계자냐?"

그러자 대거술사 모크리는 순간 어리둥절해서 눈이 휘둥그레졌다가, 연신 고개를 가로저었다.

"아……, 아니아니, 그런 역사상의 거물 같은 거 아닙다. 그냥 게이머임다, 게이머."

"그런 것 치고는 찌를 때 조금도 주저가 없던데."

"아니아니아니, 엄청 주저했단 말임다. 어찌나 심장이 벌렁벌렁하던지."

거들먹거리는 모크리의 말투에서는 그가 롤플레이의 일환으로서 나를 찌른 건지, 예전의 래핑 코핀처럼 뿌리부터 살인을 즐기는 자인지 분간할 수 없었다. 나는 앨리스 정도의 PK 전면 부정파는 아니고, PK가 가능한 게임이라면 그것을 하는 건 개별 플레이어의 자유, 물론 공격당한 쪽이 반격하는 것도 자유라는 입장이지만, 이런 이상 사태에 협조하기는커녕 뒤통수를 치는 녀석과 친해질 수 있을 것 같지는 않았다.

그때가 되어서야, 공터 동쪽에서 왁자지껄 담소를 나누고 있던 가죽갑옷남 일당도 상황을 감지하고 잇따라 일어서서 이쪽으로 달려왔다. 여덟 명은 파티를 맺고 있었던 모양인지, 전원의 머리 위에 빨간 커서가 출현해 있었다. 앨리스와 리파의 커서는 녹색인 걸 보면, 빨간색은 범죄자 컬러인가.

아니……, 이 세계에 범죄라는 개념이 있을 것 같지는 않았다. 단순히 적과 아군을 구분하는 것이리라.

"이봐, 모크리, 뭐 하는 짓이야!"

가장 먼저 달려온 가죽갑옷남이 흥분한 목소리로 소리쳤다. 스케일아머남과 나머지 다섯 명도 크게 당황한 기색인 걸 보면, 나에 대한 공격은 모크리의 독단이었다는 뜻인가……? 그렇게 생각한 순간.

"볼란 씨, 저 녀석, 스프리건족 키리토라고! 토너먼트에서 2위 했던 녀석!"

모크리가 잠깐 가죽갑옷남 쪽을 쳐다보며 맞받아쳤다.

"게다가 벌써 철 제작 단계까지 왔어! 검이나 갑옷 같은 걸 만들기 시작하면, 우리가 아무리 머릿수가 더 많아도 당해내기 힘들어! 알몸일 때 처치하는 수밖에 없다니까!"

순간, 일곱 사람이 나직하게 술렁거렸다. 내 이름이 그렇게 널리 알려졌다는 걸 자각한 적은 한 번도 없었지만, 생각해 보면 ALO의 9종족 통일 토너먼트에서 준우승한 건, 건 게일 온라인의 ≪불릿 오브 불릿츠≫에서 2위로 입상한 거나 마찬가지다. 대인전에 관심을 가진 플레이어라면 이름 정도는 체크해뒀다 해도 이상할 게……, 없을지도 모른다.

볼란이라는 이름으로 불린 가죽갑옷남은, 휘둥그레진 눈으로 우리와 모크리를 몇 번 번갈아 쳐다보고――말했다.

"그럼……, 하는 수 없지."

"에에에?!"

그런 비명을 지른 건 리파였다. 왼손 검지로 볼란의 얼굴을 삿대질하며 속사포처럼 쏘아붙였다.

"어쩔 수 없긴 뭐가 없어요! 왜 설득당하는 건데요! 우리는 당신들과 싸울 생각 같은 건 하나도 없었는데, 그 녀석이 다짜고짜 공격한 거라고요!"

그러자 볼란은 잠시 신중하게 표현을 찾는가 싶더니, 타이르는 말투로 대답했다.

"아직 모르는 모양이군."

"뭘 말이죠?"

앨리스의 물음에, 볼란은 어깨를 으쓱하고 대답했다.

"이 게임은, 단순한 서바이벌 RPG도, PK를 권장하는 배틀로열도 아냐. 우리가 하고 있는 건 레이스야. 9시에 나온 공지 때 얘기했잖아? 첫 도착자에게 모든 걸 주겠다고 말야."

"……그 ≪모든 것≫이 뭘 의미하는 건지, 당신은 알아?"

이번에는 내가 물어보았지만, 볼란은 '난들 알겠나'라는 듯 쓴웃음을 지었다.

"그건 모르지만……. 그래도 **이것**이, SAO 사건 못지않게 위험한 거라는 건 당신도 알 거 아냐? 어느 정도 이름이 알려진 VRMMO는 전부……, ALO뿐만이 아니라, 아스카나 루나스케나 아포데나 GGO에서도, 엄청난 수의 플레이어들이 강제로 컨버트돼 왔어. 그중에서 1위에 오르면 뭘 받게 될지, 당신도 알고 싶지 않아?"

"이렇게 다른 플레이어를 죽여서까지 알고 싶지는 않은데."

내 반박에, 볼란은 짧은 머리칼에 손가락을 척 들이대고 말했다.

"그 점은, 뭐, 당신이 키리토 씨인 게 잘못이야."
"무……, 무슨 뜻이야?"
"당신이 강하다는 건, ALO 플레이어라면 누구나 다 알고 있어. 그런 사람이, 이렇게 좋은 곳에 집과 함께 떨어졌고, 게다가 철까지 손에 넣었잖아? 거점을 확보하고 장비를 정비해버리면 더 이상 어떻게 해볼 방법이 없어. 하지만 지금이라면 당신은 알몸에 돌 무기가 전부잖아? 그럼 여기서 죽이는 수밖에 없다고, 누구나 다 그렇게 생각할걸."
"그건 지나친 경계야. 우리는 집을 수리하려고 철을 만든 것뿐이고, 당신들을 밀어내고 ≪첫 도착자≫가 될 생각은 추호도 없어."
"지금은 그럴지도 모르지. 하지만 집 수리가 끝나면 어쩔 거지? 이 세계의 비밀을 알고 싶어지지 않을까?"
히죽 웃고, 볼란은 허리춤에 찬 장검으로 손을 가져갔다. 앨리스와 리파가 재빨리 경계태세를 취했고, 언제 눈을 뜬 건지, 뒤에서 큰아가마가 "크으으……" 하고 위협했다.
하지만 전력차에 대한 자신이 상당한 듯, 볼란은 검을 뽑으려 하지도 않은 채 얘기를 계속했다.
"……우리는 운이 좋았어. ALO에서는 당신 발끝에도 미치지 못했을 잔챙이 플레이어였지만, 그 덕에 ALO에서 승계된 이 장비는 유예기간이 지난 뒤에도 중량제한에 걸리지 않았지. 지금쯤 톱 플레이어들은 풀옷과 돌무기로 무장한 채 처음 왔던 유적 주위를 어슬렁거리고 있겠지……. 당신들처럼 말야. 우리는 이 흐름을 타기로 결심했어."

그렇게 선언하기가 무섭게, 소리 높여 검을 뽑았다. 결코 ≪조잡≫하지 않은 강철 검신이 불꽃에 화려하게 번뜩였다. 그 뒤의 여섯 사람도 하나하나 무기를 움켜쥐었다.

그들 전원의 장비가 ALO에서 승계된 거라면, 내 HP를 일격에 반감시켜 버린 그 위력도 이해가 갔다. 정면으로 맞부딪치면 돌 나이프 따위는 순식간에 깨져버릴 것이다. 상황은 압도적으로 불리하지만, 포기하고 저항 없이 죽는 건 내 방식이 아니었다. 앨리스와 리파도 마지막 순간까지 저항할 작정일 것이다.

딱히 말은 하지 않았지만, 볼란도 우리의 결단을 알아챈 모양이었다. 긴장된 표정으로 재빨리 지시를 내렸다.

"텐, 거스, 저기서 로그아웃한 여자를 죽여. 도안과 메이트는 고양이 귀, 테츠리키와 잡은 포니테일, 키리토는 나와 모크리가 맡는다."

망설임 없는, 제법 훌륭한 지휘였다. 물론 나도 잠자코 듣고만 있을 수는 없는 노릇이었다.

"앨리스, 리파, 흘려보내기는 쓰지 마. 회피에 전념하면서 찬스를 기다리는 거야!"

두 사람에게만 살짝 들릴 정도의 음량으로 지시하자, "알았어요" "알았어!"라는 대답이 들려왔다. 마지막으로 나머지 한 명, 아니, 한 마리의 동료에게도 지시를 보냈다.

"아가, 아스나를 지켜줘!"

아스나의 펫인 큰아가마가 내 명령을 받아들일지 확신할 수는 없었지만, 뒤에서 "꽤액!"이라는 시원시원한 울음소리가 들려왔다. 가시동굴곰보다는 못하겠지만, 같은 구역에 출현하는 걸 보면 긴부리 큰아가마도 몬스터로서는 강력한 부류에 속할 것이다. 객관적인 스테이터스만 보면 알몸인 나보다 높다고 해도 이상할 게 없었다. 상대가 승계무기를 가진 두 명이라 해도, 주인님을 잘 지켜줄 것이다——지금은 그렇게 믿는 수밖에 없었다.

"우오오오!"

두 명씩 갈라진 적 집단이 함성을 내지르며 저마다의 표적을 향해 돌진해 왔다. 앨리스는 오른쪽으로, 리파는 왼쪽으로 회피했고, 나는 그 자리에서 가죽갑옷남 볼란과 대거술사 모크리를 기다렸다.

탁 트인 공간에서 2대 1로 싸우는 건 너무 불리하니 공터 주위에 펼쳐진 숲으로 유인하고 싶었지만, 로그아웃 중인 아스나에게서 멀리 떨어질 수는 없었다. 큰아가마가 아무리 강하다 해도, 테이밍 직후에는 충성도 같은 파라미터가 최저에 가까울 것이다. 대미지를 받으면 도망쳐버릴 가능성도 염두에 둬야 한다.

"으랏차!"

정면에서, 볼란이 호들갑스러운 노성과 함께 장검을 내리 휘둘렀다. 사실 반쯤은 연기일 것이다. 내 이목을 끌어 놓고, 측면에서 모크리가 찌르는 작전이리라. 시야 오른쪽 구석으로 대거술사의 움직임을 파악하면서, 왼쪽으로 뛰을 뛰어 장검을 회피. 볼란의 등 뒤로 파고들려 했지만, 모크리가 끈질기게 따라붙었다. 방침을 변경해서, 오른쪽으로 급격하게 방향을 전환. 볼란과 모크리는 둘 다 가벼운 장비지만, 기동력만 따지면 알몸인 내가 앞설 터였다.

기대했던 대로, 모크리는 나를 따라잡지 못하고 좌측면을 무방비하게 드러냈다. 주저 없이 돌 나이프를 내질러서 왼팔을 찢어발겼다. 빨간 광점이 약간 튀고, 원형의 HP바가 5퍼센트 정도 줄어들었다. 소드 스킬을 사용할 수 있으면 좋았겠지만 내가 승계한 건 한손검 스킬이었기에, 돌 나이프로는 기본기조차 발동하지 않았다.

하지만 상대도 회복 포션 같은 걸 갖고 있을 리는 없으니, 조금씩이라도 대미지를 축적시켜가면 승기를 잡을 수 있을 것이다. 너무 끈질기게 몰아붙이지 않고, 펄쩍 뛰어 뒤로 점프했다.

순간적으로 비틀거리긴 했지만, 모크리는 이내 자세를 가다듬고 자신의 HP바를 슬쩍 확인하더니, 입매를 히죽 끌어올렸다.

"역시 준우승."

"감탄이나 하고 있을 때냐."

볼란의 볼멘소리에 "싸움은 이제 시작이잖아"라 대답하고, 대거를 고쳐 쥐었다. 나도 자세를 낮추고 다음 공격에 대비했다.

현재까지는 앨리스와 리파도 이렇다 할 대미지는 받지 않았다. 아스나를 노리는 두 명의 적은 큰아가마의 부리 공격에 애를 먹고 있었다. 아스나가 로그아웃한 지 10분 정도가 지났으니, 이제 곧 돌아올 때가 되었을 것이다.

"으라앗!"

이번에는 모크리가 먼저 움직였다. 작은 몸집의 아바타를 앞으로 한껏 숙여서, 지면을 미끄러지듯 돌진해 왔다. 그 바로 뒤에서 볼란도 달렸다.

뒤로 물러나봤자 완전히 피하는 건 불가능하다. 점프했다가는 볼란의 상단 베기에 먹잇감이 될 뿐이다. 선택지는 오른쪽이나 왼쪽밖에 없다. 아까는 왼쪽이었으니……, 오른쪽!

장비 중량이 거의 0인 이점을 살려서, 나는 예비동작 없이 오른쪽으로 몸을 날렸다. 따라잡기는 불가능할 터. 모크리가 방향을 전환하는 틈에 볼란을 노린다. 순간적으로 그렇게 결단을 내리고, 나는 다시 땅을 박차려 했다——그러나.

몸을 앞으로 숙인 자세 그대로 모크리가 뒤로 내민 왼손을 볼란이 왼손으로 붙잡았다. 동시에 급브레이크를 걸고, 모크리의 몸을 옆으로 휘둘렀다. 자기 힘으로는 불가능한 급방향 전환에 성공한 대거술사가, 단숨에 육박해 왔다.

"크윽……!"

아래쪽에서 내 허리를 겨냥하고 뻗어 오는 칼날을, 나는 왼손으로 뿌리쳤다. 물론 측면을 노렸지만, 결국 피부가 얇게 찢겨나갔고, 그것만으로도 HP가 뭉텅 깎여 나갔다. 남은 HP는 40퍼센트.

다시 거리를 벌리고, 두 사람에게 물었다.

"당신들, 여기서 만난 사이 아니지?"

"그래. 나와 모크리, 테츠리키는 ALO 때부터 알고 지낸 인연이야."

"그랬었군……."

구호는커녕 눈짓도 주고받지 않은 채 그런 콤비플레이를 펼쳐 보이는 걸로 보아, 이 두 사람에 대한 평가를 2단계쯤 승격시켜야 할 것 같았다. 자기들 입으로는 잔챙이들이라고 했지만, 집단간 PvP에 상당한 자신과 경험이 있을 게 분명했다.

내 조바심을 알아챈 건지, 모크리가 다시 입매를 끌어올렸다.

"미안하지만, 슬슬 끝을 내야겠습다. 이제 대충 감은 잡았으니까."

"감……? 참 애매모호한 표현이군."

"그게 선생님의 가르침임다. 상대의 특정한 한 부분이 아니라, 전부를 포착하라. 그러면 상대가 뭘 노리는지, 뭘 꺼리는지 알 수 있을 거라고……, 말임다."

"선생님……?"

내가 미간을 찌푸리는 동시에, 볼란이 모크리의 어깨를 쿡 찔렀다.

"어이."

"예이예이. 그럼 그걸로 끝내자고."

모크리가 왼쪽으로 스슥 움직이고, 볼란도 오른쪽으로 움직여서, 나를 각 변이 3미터쯤 되는 정삼각형의 정점에 놓는 형국이 되었다. 하단 자세로 쥔 대거와 상단 자세로 쥔 장검이 야음을 화려한 광채로 물들였다.

——소드 스킬!

어느 한쪽이라도 맞으면 사망이 확실하다. 하지만 좌우에서, 상단기와 하단기로 포위 공격을 받으면 완전 회피의 난이도는 펄쩍 뛰어오른다. 이럴 때는 선수를 쳐서 어느 한쪽을 공략하는 게 기본이지만, 지금의 나는 소드 스킬을 쓸 수 없다. 통상공격으로는 적의 무기는 고사하고, 방어구에만 맞아도 돌 나이프가 깨져버릴지도 모른다.

분출하는 아드레날린 때문인지 한없이 느리게만 느껴져가는 시간감각 속에서, 나는 전장 전체의 상황을 파악했다.

약간 떨어져 있는 앨리스와 리파도 나와 마찬가지로 삼각형 포지션에 내몰린 채, 좌우에서 소드 스킬의 표적이 되어 있었다. 이대로 가면 셋이 동시에 죽고 만다. 어떻게든 이 위험을 헤쳐 나가서, 역전의 실마리를 붙잡아야만 한다. 하지만, 어떻게 해야——.

그 때.

"꾸왜애애액——!!"

째질 듯한 포효에, 적의 비명이 이어졌다. 큰아가마가 적 가운데 하나를 물어뜯은 것이다. 볼란과 모크리의 칼끝이 움찔 떨리고, 프리(전조) 이펙트의 빛이 일렁였다. 순간, 나는 풀파워로 대지를 박찼다.

볼란과 모크리도 내가 앞으로 돌진할 것을 전혀 예상하지 못했던 건 아니리라. 하지만 지금 나는 알몸 상태이니 그 가능성은 1할 아래라고 생각하고 있었을 것이다. 그 탓에 소드 스킬 발동이 1초 미만의 짧은 순간이나마 늦어졌다. PvE(몬스터전)라면 빈틈 축에도 끼지 않았을 정도의 시간이지만, PvP에서는 운명을 가르기에 충분——한 경우도 있다.

"그렇다면!" "체에에엣!"

볼란의 한손검 세로 베기 스킬 ≪버티컬≫이 우측 상단에서, 모크리의 단검 찌르기 스킬 ≪케이나인≫이 좌측 하단에서 날아들었다. 나는 전방으로 점프하는 동시에, 배면뛰기 요령으로 몸을 틀었다.

한계까지 젖힌 목 바로 위를 장검이, 활처럼 휜 등 바로 밑을 단검이 통과하고, 약간의 싸늘한 감촉만을 남긴 채 허공으로 사라졌다. HP가 2퍼센트 정도 줄어드는 걸 자각하면서 몸을 2회전시켜서 착지, 그대로 질주했다. 목적지는 리파를 노리는 적들 가운데 하나. 여동생이라 그런 게 아니었다. 불과 2미터 정도나마 앨리스보다 가까웠기 때문이었다.

——앨리스! 어떻게든 자기 힘으로 회피해줘!

그렇게 염원하면서, 나는 적의 무방비한 등을 돌 나이프로 깊숙이 찔렀다.

뽀각, 하는 불길한 감촉. 통나무 껍질 벗기기로 혹사당한 나이프의 내구력이 기어이 다하고 만 것이다. 하지만 적이 동요한 틈에 리파는 슬라이딩으로 포위를 탈출했고, 나와 함께 앨리스를 지원하러 가려 했다.

그러나 그럴 필요는 없었다.

내 눈에 들어온 것은, 앨리스를 노리고 있던 적들 중 하나의 옆구리에 돌 나이프를 푹 찔러 넣고 있는 아스나의 모습——.

"……아스나 언니……!"

리파가 경악에 찬 목소리를 토해냈다. 무리도 아니었다. 불과 3초 전까지만 해도 아스나는 로그아웃 상태로 제철로에 기대어 앉아 있었던 것이다.

즉 그녀는 각성 후 1초 만에 상황 파악을 마치고, 1초 만에 무기를 쥐고 질주를 개시, 마지막 1초 안에 10미터쯤 떨어진 적에 대한 기습을 성공시켰다는 뜻이 된다. 무시무시할 정도의 대응력――하지만, 대가도 있었다. 아스나의 나이프도 충격을 견디지 못하고 깨져 나간 것이다.

찰나의 빈틈을 놓치지 않고 포위를 푼 앨리스가, 우리에게 "여기예요!"라고 외쳤다. 앨리스의 지시대로, 로그하우스 벽에 등을 기대고 섰다. 약간 늦게 큰아가가마도 합류해서, 아스나에게 머리를 비비며 "꾸우……" 하고 울며 어리광을 부렸다.

주인을 지키기 위해 얼마나 분투했는지, 몸을 감싼 녹색 비늘은 여기저기 떨어져 나가고, 그 잘난 부리도 상처투성이였다. 하지만 아스나가 다정하게 목덜미를 쓰다듬어주자, 의연하게 고개를 들었다.

잠시 혼란에 빠졌던 적들도, 볼란의 신호에 따라 바로 전열을 정비하고, 우리를 반원형으로 포위하는 포메이션을 형성했다. 더 이상 쓸데없는 잡담을 할 생각은 없는 듯, 10미터쯤의 거리로부터 검이나 도끼를 든 채 야금야금 거리를 좁혀 왔다. 몇 명에게 부상을 입히긴 했지만, 아직 여덟 명 모두 건재했다.

한편 이쪽은, 남은 무기라고는 리파의 돌도끼와 앨리스의 돌 나이프뿐. 애석하게도 승리는 상당히 어려워졌다고 판단하지 않을 수 없었다. 그럼 다음으로 선택해야 할 옵션은 도주일 테지만, 우리가 떠나면 녀석은 이 집과 공터에 눌러앉아

자기들의 거점으로 삼을 것이다. 로그하우스의 시스템적 소유권이 어떻게 될지는 불명이지만, 서바이벌 RPG의 정석적인 구조에 따르면 일정 기간 점거하면 탈취한 것으로 판정될 가능성이 높다.

도망칠 것인가, 들이받을 것인가.

무엇 하나 선택하기 힘든 두 가지 선택지 앞에서, 나는 입을 꾹 악다물었다——그때.

"꾸우……?"

큰아가마가 뭔가 어리둥절해 보이는 목소리로 울었다.

직후, 예상조차 하지 못했던 일이 일어났다. 우리의 정면, 볼란 패거리의 등 뒤 숲에서 여러 개의 그림자들이 튀어나온 것이다.

리스폰된 가시동굴곰인가 하고 생각했지만 명백히 달랐다. 두 다리로 서 있는 호리호리한 실루엣은 인간의 것이었다. 횃불 같은 건 들고 있지 않아서, 정체는 짐작조차 할 수 없었다. 수는 여섯, 아니 일곱 명인가. 게다가 뒤쪽에는 마치 어린애 같은 작은 그림자도 보였다.

우리보다 한 발 늦게 침입자의 출현을 깨달은 볼란 패거리가 재빨리 돌아서서 무기를 움켜쥐었다.

정체불명의 집단 선두에 서 있는, 남자로 보이는 장신의 그림자가 창 같은 것을 치켜들고 포효하듯 외쳤다.

"ℵℵℵℵℵ, ℵℵℵℵℵℵℵℵℵ!!"

말……이기는 한 것 같지만, 여러 겹의 노이즈 필터가 걸린 것처럼 심하게 왜곡돼 있어서, 도무지 의미를 파악할 수 없었다. 하지만 그 동료들은 알아들은 듯, 창 든 사람 좌우에 재빨리 도열해서, 도끼며 곡도를 내질렀다.

나는 그들이 플레이어가 아닌 NPC일 거라고 직감했다. 그것을 뒷받침하듯, 볼란의 동료가 겁에 질린 목소리로 절규했다.

"부……, 분지의 원주민이야!"

"왜 여기 있는 거야?!"

"저, 저 녀석들 장난 아닌 놈들이야!"

ALO에서 인계해 온 장비로 무장한 볼란 패거리가 이렇게 당황하는 걸 보면, NPC가 강하다는 건 사실일 것이다. 형세역전의 호기……라고 생각하고 싶지만, 일이 그렇게 순조롭게 풀릴 리가 없었다. NPC가 볼란 패거리만 공격하고 우리는 봐줄 거라고 생각하는 건 지나치게 낙관적인 사고방식이다.

상황을 어떻게든 유리하게 이용해보자면, NPC가 공격을 시작하는 타이밍에 우리도 뛰쳐나가서 여덟 명을 협공하고, 그 후 쏜살같이 도망치는 방법 정도이리라. NPC가 플레이어 홈을 점거할 일은 없을 테니, 얼마 있다가 다시 돌아오면…….

하지만 사태는 또다시 내 상상을 뛰어넘는 방향으로 흘러갔다.

까까까까까까까까깡! 하는 짤막한 금속음이 밤의 숲에 연속으로 울려 퍼진 것이다. 소리의 출처는 NPC들의 후방. 처음에는 동료를 부르기 위한 징 소리 같은 것인 줄 알았는데, 그런 것 치고는 치는 속도가 너무 빨랐다. 마치 악기가 아니라 모루 같은 걸 해머로 난타하는 것 같은…….

"모루……."

뇌까리고 나서야, 그것이 사실이라는 것을 깨달았다. 1열 횡대로 도열한 NPC——볼란 패거리가 ≪분지의 원주민≫이라고 부른 자들의 등 뒤에는, 내가 만든 제철로와 주조대, 그리고 모루가 있었다. 그 모루를 NPC들 중 하나가 때리고 있는 것이다.

그런데 왜? 단순히 소리를 내기 위해? 아니면 역시 동료들에게 보내는 신호인가?

볼란 패거리도 불온한 분위기를 느낀 듯, 쉰 목소리로 중얼거렸다.

"저놈들 뭐 하는 거야……. 어째 좀 살벌해 보이는데?"

"그렇다고 빈손으로 도망칠 순 없지. 여기를 탈취할 수만 있으면 새로운 무기와 방어구도 전원이 쓸 만큼 만들 수 있어."

"어쩔 거야, 볼란?"

짧은 침묵에 이어, 볼란의 지시가 들려왔다.

"테츠리키, 찹, 도안, NPC들을 견제해봐……. 하지만 먼저 공격하지는 마. 나머지 다섯 명은 온 힘을 다해 키리토 일당을 처치한다."

——공격인가.

내가 맨손으로 경계태세를 취하는 것과 동시에, 볼란, 모크리와 다른 세 사람이 이쪽으로 돌아섰다.

모루 두드리는 소리는 어느샌가 사라져 있었지만 NPC들의 원군이 나타나는 기척은 없었고, 지금 있는 예닐곱 명도 무기만 들고 있을 뿐이었다. 그들이 공격할 생각이 없다면, 상황은 별반 달라진 게 없는 셈이었다. 적이 여덟 명에서 다섯 명으로 줄었다고 해도, 우리가 압도적으로 불리하다는 점은 그대로였다.

문득 오른쪽 숲속에서 부스럭 하는 미세한 소리가 난 것 같았다.

적 일부가 숲을 통해 우회한 것인 줄 알았는데, 공터 중앙에 자리 잡은 붉은 커서 플레이어들은 여전히 여덟 명이었다. 곰이라면 더 큰 소리가 났을 테니, 작은 동물 같은 것일 거라 판단하고 의식을 정면으로 되돌렸다.

볼란 일당 다섯 명은, 무기를 움켜쥔 채 서서히 거리를 좁히고 들었다. 사정거리 안으로 들어온 순간, 소드 스킬을 이용한 동시 공격으로 승부를 판가름 낼 작정이리라. 아무런 꼼수도 없는 정공법이었지만, 그렇기에 더더욱 대처가 힘들었다.

나에게 남겨진 비장의 카드는, 캐리 웨이트가 가득 차도록 스토리지에 쑤셔 넣은 대량의 바위뿐. 다른 동료들이 싸우는 사이에 로그하우스 지붕으로 올라가서, 다시 한 번 눈사태 작전을 시도해볼까? 아니, 지난번에는 상대가 단순한 행동밖에 안 하는 곰이라서 성공했던 것이다. 볼란 패거리는 내가 지붕에서 바위를 오브젝트화시킨 순간에 내 노림수를 알아채고 회피해버릴 게 틀림없다.

어쩌지, 어쩌지――――

"이걸 쓰세요, 아빠!"

"————?!"

갑자기 발밑에서 들려온 목소리에 나는 숨을 죽였다. 펄쩍 뛰다시피 놀라서 내려다보니, 하얀 원피스에 가죽 갑옷을 덧입은 흑발 소녀가 몸을 숙인 채, 동그란 두 눈으로 나를 올려다보고 있었다. 수많은 별이 떠 있는 밤하늘 같은, 칠흑처럼 검은 눈동자.

"유이……?!"

"유이?!"

나와 아스나가 동시에 외치며, 사랑스러운 딸을 정신없이 껴안으려 했다. 하지만 유이는 살짝 왼손을 들어서 그런 우리를 제지하고, 동시에 오른손을 내 쪽으로 휘둘렀다. 눈앞에 【Yui에게서 거래 신청이 들어왔습니다. 수락하시겠습니까?】라 적힌 작은 창이 나타났다.

——거래? 유이에게는 스토리지가 없을 텐데……?!

있을 수 없는 상황에 경악하면서도, 나는 반사적으로 수락 버튼을 눌렀다. 하지만 거래는 이루어지지 않고, 대신 【소지 용량이 부족합니다】라는 에러 메시지가 출력되었다. 물건을 받으려면, 우선 스토리지를 차지하고 있는 바위를 어떻게든 처리해야 한다.

"어이, 저거 뭐 하는 거야?"

거래창의 빛을 알아챘는지, 적들 중 하나가 그렇게 외치는 게 들렸다. 직후, 볼란의 목소리.

"틈을 주지 마! 몰아붙여!"

타탓 하고 지면을 박차는 소리. 틀렸다. 이제 와서 스토리지를 정리해서는 너무 늦는다.

나는 재빨리 링 메뉴를 열어서, 스킬 아이콘을 힘껏 눌렀다. 곧바로 손가락을 움직여서, 석공 스킬의 제작 가능 아이템 일람에서 ≪돌 제철로≫를 선택.

순간, 정면 약 3미터 앞에 거대한 연보라색 덩어리가 소리도 없이 출현했다. 제철로의 설치 위치 결정을 보조하기 위한 모형 오브젝트였다. 오른손을 크게 휘둘러서, 있는 힘껏 핀치아웃. 모형이 머마어마한 속도로 땅을 미끄러져 나가서 볼란 패거리에게 달려들었다.

만약 그들도 대형 건축 경험이 있다면, 이 수법은 통하지 않는다. 하지만 전원이 ALO의 장비를 승계했다면 굳이 생산설비를 만들 필요를 못 느꼈을 것이다. 그렇다면 분명——

"우와, 뭐야?!"

비명을 지른 모크리가 땅바닥에 나뒹굴어서 모형을 피했다. 나머지 네 사람도 좌우로 펄쩍 뛰어 피했다. 나는 일단 오른손을 핀치인해서 모형을 끌어당기고, 다시 내쏘았다. 이번에는 볼란이 제법 근사한 뒤공중제비를 돌아 회피했다.

하지만 당연하게도, 이런 임시방편적 혼란작전이 계속 통할 리는 없었다.

"어이, 저거 건축 때 나오는 거 아냐?!"

한 명이 그렇게 소리치자, 볼란은 순간 두 눈이 휘둥그레졌다가, 울분에 찬 목소리로 쏘아붙였다.

"망할, 더러운 수를 쓰다니……! 얘들아, 저 보라색은 아무 실체도 없어! 무시하고 돌진해!"

모크리와 일당들이 포효하듯 응답하고, 볼란 주위로 모여들었다. 무기를 고쳐 쥐고, 한 덩어리로 뭉쳐서 돌진했다.

나는 다시 오른손을 움직여서, 그들과 우리 사이의 중간지점에 모형을 이동시켰다. 이제 다섯 사람 중 누구도 피하려 하지 않았다. 오히려 속도를 더 끌어올려서, 무해함이 밝혀진 오브젝트에 거침없이 돌진했다.

그렇다……, 모형 그 자체는 완전히 무해하다. 하지만.

선두의 볼란과 접촉하기 직전, 나는 있는 힘껏 손아귀를 움켜쥐었다.

쿠쿵! 하는 굉음을 울리며, 공중에서 실체화한 거대 제철로가 모형과 정확히 겹쳐졌다. 그 후 1초도 되지 않아 볼란이 두꺼운 돌벽에 격돌하고, 모크리와 나머지 셋도 거기에 돌진했다. 제철로가 뒤흔들릴 정도의 충격음. 그들은 말 한 마디 못하고 튕겨져 나가서, 등부터 바닥에 자빠졌다.

HP가 얼마나 줄어들었는지 커서를 체크해보고 싶었지만, 그럴 여유는 없었다. 지금부터의 몇 초가 생사의 갈림길인 것이다.

아직까지 시야에 표시되어 있는 유이의 거래 신청을 다시 수락했다. 제철로 건축으로 인해 대부분의 바위가 소비되고, 시원하게 트인 스토리지에 다섯 개의 아이템이 전송되어 왔다. 표시된 것은 ≪고급 철흉갑≫, ≪고급 철요갑≫, ≪고급 철 정강이 보호대≫, ≪고급 철 건틀릿≫, 그리고 ≪고급 철 장검≫.

왜 유이가 이런 걸 갖고 있는 것인가 하는 의문은 머리 밖으로 걷어차버리고, 나는 최대한 빨리 손가락을 움직여서——구 아인크라드에서 74층 보스 ≪더 글림아이즈≫와 싸우기 위해 스킬과 검을 이도류 모드로 변경했을 때를 방불케 하는 속도로, 모든 아이템을 장비 슬롯에 드롭했다.

온몸이 어렴풋한 빛에 휘감기고, 장비가 실체화되었다. 딱히 멋들어진 디자인은 아니었지만, 파르스름한 금속성 광택이 감도는 장갑은 깊은 빛을 띠고 있어서, ≪고급≫이라는 형용사가 괜히 붙은 게 아님을 드러내주었다. 나는 움직임을 저해하는 금속성 방어구는 좋아하지 않았지만, 몇 시간 동안이나 알몸으로 지낸 뒤이다 보니, 그 무게감이 그 어떤 것보다 든든하게 느껴졌다.

마지막으로 왼쪽 허리춤이 빛에 감싸이고, 한 자루 검이 실체화되었다. 왼손으로 칼집을 힘주어 붙잡고, 오른손으로 유이의 머리를 쓰다듬었다.

"고마워, 유이. 뒷일은 내게 맡겨."

"네, 아빠!"

기쁜 표정으로 고개를 끄덕이는 유이에게서 아스나, 앨리스, 리파에게로 시선을 옮기고, 힘차게 고개를 한 번 끄덕이고——.

"……다녀올게!"

한 마디 외침을 남기고, 나는 맹렬하게 내달렸다. 오른손으로 장검을 뽑아서, 어깨 높이로 움켜쥐었다. 끼잉 하는 소드 스킬 발동음이 온몸의 피를 들끓게 했다.

앞에서는 제철로에 격돌했던 다섯 명이 비틀거리며 일어서고 있었다. 가장 가까이에 있던 도끼 든 녀석이 나를 발견하고 두 눈을 부릅떴다. 뭔가를 외치려 했지만, 이미 늦었다.

"오오오!"

포효와 함께 땅을 박차고, 한손검 돌진기 ≪소닉 리프≫를 발동. 연녹색 섬광이 어둠을 찢어발기고, 적의 왼쪽 어깨로 빨려 들어갔다.

푸욱! 하는 묵직한 감촉에 순간 돌 나이프가 부서졌던 때가 떠올랐지만, 철장검은 흔들림 없이 소드 스킬의 위력을 전달했다. 도끼 든 사내는 새빨간 이펙트의 빛을 흩뿌리며 나가떨어져서, 땅바닥에 거칠게 나동그라졌다. 단 한 번의 공격에 HP가 8할 이상 깎여나가 있었다.

착지와 동시에 스킬 사용에 의한 경직 상태에 빠진 나를 향해, 왼쪽에서 작은 그림자가 돌진해 왔다. 소드 스킬을 이용한 전투에 익숙한 주저 없는 움직임. 모크리였다.

몇 분 전에 내 배를 후벼 팠던 대거가 노란 빛을 띠었다. 그 모션은 단검돌격기 ≪래빗 바이트≫.

"샤아악!"

모그리가 땅을 박차고 도약했다. 나도 이제 막 경직이 풀렸지만, 소드 스킬로 반격하기에는 너무 늦었다. 스텝을 이용한 회피도 불가능.

나는 모그리의 대거를 최대한 가까이까지 끌어들여서, 심장 위치를 정확히 겨냥하고 날아드는 그 칼끝을 장검의 옆면으로 막아냈다. 왼손을 검신에 얹어서 소드 스킬의 위력에 대항하는 방어 테크닉. 통칭 ≪투 핸드 블록≫이었다.

끼이이이잉! 하고 두 금속이 비명을 내지르고, 오렌지색 불꽃이 어둠을 불살랐다. 무거운 양손무기를 이용한 소드 스킬을 이 기술로 막았다가는 무기가 파괴될 가능성이 있지만, 대거라면 버틸 수 있을 것이다.

파란 라이트 이펙트가 일렁이고, 점멸하고, 사라졌다…… 라고 생각한 순간, 나는 오른발로 모크리의 왼발을 걸었다. 대거술사가 균형을 잃고, 넘어지지 않기 위해 양손을 활짝 벌렸다. 그 틈에, 나는 가로로 들고 있던 검을 왼쪽 허리로 옮겼다.

"빚을 갚아주지!"

속삭이고, 또 다른 소드 스킬을 발동시켰다. 남색 빛을 띤 검신이 부웅 하고 바람을 가르며 수평으로 내달려, 모크리의 옆구리에 깊숙이 박혔다. 박힌 채로 90도 회전해서, 위쪽을 향해 몸통을 찢어발기기 시작했다.

"끄아아악!"

고통은 없지만, 아바타 속을 후벼 파이는 감각은 견디기 힘든 법이다. 모크리가 신음소리를 터뜨렸지만, 정당한 거래 약속을 어기고 우리를 몰살하려 든 대가로는 아직 부족했다. 허리에서 가슴으로 이동한 칼날이, 폭발적인 기세로 밀려갔다. 한손검 3연격기, ≪새비지 펄크럼≫.

찌르기의 압력에 나가떨어진 모크리는 대미지의 빛을 무시무시하게 흩뿌리면서, 이제 막 내달리려던 볼란 패거리의 발밑까지 굴러갔다. 링 모양의 HP바가 급격하게 감소하고, 사라졌다.

곰과 마찬가지로 시체가 남을 줄 알았지만, 그 뒤에 일어난 현상은 예상도 하지 못했던 것이었다. 고갈된 HP바가 고속 회전하면서 거대화한 끝에, 숫자의 나열로 바뀌었다. 【0000 : 03 : 02 : 45】라는 그 숫자가, 링 메뉴 중앙에 표시되는 타임 카운트와 같은 것임은 의심의 여지가 없었다. 즉 모크리는, 정체불명의 목소리가 들려온 시점――진정한 서바이벌 게임이 시작된 시점으로부터 3시간 2분 45초를 살고, 죽은 것이다.

숫자의 고리가 회전을 멈추고 사라지는 동시에, 커서 중심을 이루는 뾰족한 방추가 총알처럼 아래로 발사되어 모크리의 시체를 꿰뚫었다. 아바타가 수없이 많은 고리로 분열되고, 그 고리가 스르륵 풀리고, 수많은 리본으로 변해 밤하늘로 승천하고――.

마지막으로, 공중에서 큼직한 검은 보따리가 떨어져서 쿵 하고 묵직한 소리를 냈다. 소지품이나 장비를 드롭한 것이리라. 넋 나간 얼굴로 그 모습을 보고 있던 볼란이 용수철 장치가 들어간 인형처럼 고개를 들어서 나를 쏘아보았다. 장검으로 이쪽을 삿대질하며 외쳤다.

"테츠리키, 너희들도 원주민은 내버려두고 키리토를 포위해! 저 녀석만은 무슨 수를 써서라도 죽여야 돼!"

지시를 들은 스케일아머남은 순간적으로 주저하는 것 같았지만, "오오오!" 하는 함성과 함께 힘차게 돌아섰다. 양손용 해머를 치켜들고, 좌우의 동료들과 함께 내달렸다. 제철로 쪽에 자리 잡은 NPC들은 여전히 움직이지 않았다.

남은 적은 여섯 명. 이제 나의 소드 스킬을 경계하고 있을 그들을 나 혼자서 물리치는 건 쉬운 일이 아니지만, 아스나, 앨리스, 리파……, 그리고 유이를 지키자면 싸우는 수밖에 없다. 스킬 사용 후 경직 중에 공격당하는 것을 피하기 위해 큰 기술은 봉인하고, 통상공격과 빈틈이 적은 단발기로 조금씩 적들의 HP를 깎아나가야 한다. 일단 리더를 처치하면 승산이 보일 것이다.

일렬횡대로 달려오는 여섯 명을 요격하기 위해 나는 장검을 움켜쥐었다.

마치 그 액션에 호응하기라도 한 듯이.

뒤쪽의 NPC들 사이에서 두 개의 그림자가 튀어나와서, 극한까지 발소리를 죽인 질주로 볼란 패거리의 등 뒤로 육박했다. 지금까지 계속 지켜보기만 했으면서, 왜 이제 와서 공격을……? 하고 어리둥절해 하던 나는, 직후, 경악에 비명을 지를 뻔했다.

NPC가 아니었다.

복장은 수수한 가죽 장비지만, 특유의 헤어스타일, 그리고 무엇보다 한쪽 머리 위를 날고 있는 소형 드래곤은 의심의 여지가 없었다. 저 두 사람은, 아인크라드와 함께 추락한 걸로 알고 있던 리즈벳과 시리카였다.

그렇게 생각하면, 아까 들려왔던 모루 두드리는 소리도 납득이 간다. 그건 신호 따위가 아니라, 정말로 대장간 작업을 하는 소리——리즈벳이 내가 설치한 모루에서 내가 만든 철판과 철괴를 두드려서, 지금 내가 장비하고 있는 갑옷과 검을 만든 것이다. 그리고 그것을 받은 유이가 작은 몸집의 장점을 살려서 몰래 숲속을 우회, 나에게 전달했다.

리즈벳과 약간 거리를 벌린 시리카가 나를 보고 순간적으로 웃었다. 이렇게 된 이상, 큰 기술을 자제할 필요는 없었다. 스킬 후 경직은 오랜 시간 호흡을 맞춰온 두 사람이 커버해줄 것이다.

"어이!"

그제야 시리카와 리즈벳의 맹추격을 알아챈 테츠리키가 외치면서 고개를 돌렸다. 여섯 명의 호흡이 흐트러진 순간, 나는 왼손을 앞으로 내밀고 오른손의 검을 한껏 뒤로 뺐다. 고막을 찢는 스킬 발동음이 밤공기를 뒤흔들고, 심홍색 섬광이 칼끝에서 용솟음쳤다.

소리는 점점 두께를 더해가서, 금속성의 굉음으로 변했다. 시스템 어시스트의 도래를 느낀 순간, 나는 혼신의 힘을 다해 지면을 박찼다.

한손검 단발 중공격기, ≪보팔 스트라이크≫.

도약하면서 한계치까지 쌓았던 파워를 해방했다. 굉음과 함께 날아간 검의 칼끝에서 피 색깔의 창이 뻗어나가 볼란의 가슴으로 육박했다.

"우와아아아악!"

볼란은 고함을 지르며, 아까 내가 했던 것처럼 검을 옆으로 뉘여서 막으려 했다. 하지만 심홍색 창은 두툼한 검신을 유리판처럼 분쇄하고, 그대로 가죽 가슴 보호대를 깊숙이 꿰뚫었다.

리더격인 볼란과 서브리더격인 모크리를 잃은 파티가 와해되는 데에는 그리 긴 시간이 걸리지 않았다. 도망치면 놔줄 생각이었는데, 마지막 한 사람까지 덤벼드는 근성은 제법 인정해줄 만했다. 아니, 어쩌면 그들은 진정한 의미에서의 동료는 아니었는지도 모른다. 수수께끼의 목소리가 얘기한, ≪모든 것을 얻을 첫 도착자≫라는 목표를 모두가 공유하고 있었던 거라면, 탐색의 끝에는 서로 죽고 죽이게 될 운명이었던 셈이니 말이다.

마지막까지 서 있던 건 스케일아머를 입은 거구의 해머술사 테츠리키였는데, 그는 아크로바틱한 시리카의 움직임을 전혀 따라가지 못하고 단검돌진기 ≪래빗 바이트≫를 연수에 얻어맞아 끝내 힘이 다했다.

여덟 번째 드롭 보따리가 하늘에서 떨어졌지만, 나는 한동안 뭘 어떻게 하면 좋을지 몰라 우왕좌왕하고 있었다. 분투해준 리즈벳과 시리카에게 감사의 말도 하고 싶었고, 집의 벽쪽에서 유이를 꼭 안아주고 있는 아스나에게도 달려가고 싶었고, 앨리스와 리파의 활약도 칭찬해주고 싶었고, 아직 임전태세를 풀지 않은 채 공터 서쪽에 진을 친 NPC들도 마음에 걸렸다.

무엇보다, 안전 확보가 최우선이다.

그렇게 판단한 나는, 검을 칼집에 집어넣고 시리카에게 다가갔다. 머리 위의 작은 용이 날개를 펼치며 "크르르" 하고 인사를 건넸다.

“으……, 으음……, 피나도 컨버트됐나 보네.”

나도 모르게 그렇게 말하자, 시리카는 “만나자마자 하는 말이 그거야?”라는 표정을 지었으나, 이내 웃으며 고개를 끄덕였다.

“네, 리즈 언니는 애용하던 메이스와 대장간용 해머를 승계했는데 저는 대거뿐이라……. 그러니까 아마 피나는 아이템으로 인정돼서 이쪽에 올 수 있었던 걸 거예요.”

“그렇다면, 캐트시족 드래곤 라이더들은 비룡을 데려왔을 수도 있겠네…….”

“아―, 그럴지도 모르겠네요. 드래곤들은 식사량이 워낙 많으니까 먹이를 확보하려면 애 좀 먹을 것 같지만요.”

그런 얘기를 나누고 있으려니, 리즈벳이 내 앞에 서서, 오른손으로 턱을 짚은 채 빤히 쳐다보았다.

“흐―응, 금속갑옷도 그럭저럭 잘 어울리는데.”

“아―, 이거, 리즈가 만들어준 거지? 땡큐. 덕분에 살았어.”

“감사 표시는 가까운 시일 내에, 물리적으로 부탁할게.”

“네…….”

그때 아스나도 벽 쪽에서 벗어나 이쪽으로 다가왔기에, 아스나에게 안겨 있던 유이의 머리를 양손으로 마구 쓰다듬어 주었다. 간지러운 듯 웃는 얼굴을 보니 애정이 솟구쳐 올랐지만, 지금은 모르는 게 너무 많아서 뭘 먼저 물어봐야 할지 결정하는 것조차 힘들었다.

눈물 그렁그렁한 눈으로 끌어안고 있는 아스나와 유이 옆에서 “으―음, 그럼 이제, 으으음―” 하고 계속 어물거리고

만 있으려니, 앨리스가 뒤쪽의 NPC들에게 시선을 보내며 물었다.

"리즈, 저 사람들은 적대관계는 아닌 거죠?"

"응? 아—, 괜찮아, 괜찮아. 저 사람들은 바신족이라고 하는데, 시리카가 족장이랑 맞장 떠서 친해졌어."

"뭐, 뭐야, 그 양아치 만화 같은 전개는……."

리파의 감상에, 시리카가 양손을 파닥파닥 저었다.

"아, 아니에요, 맞장 같은 거 뜬 적 없어요!"

"비슷한 거였잖아."

단호하게 말한 리즈벳이, 아직 무기를 들고 있는 다섯 명의 NPC들을 손짓해 불렀다. 동료들과 몇 마디 의논을 하고 천천히 다가오는 그 모습은, 단순한 알고리즘에 따라 움직이는 것 같아 보이지는 않았다. 아마 그들 모두, 구 SAO에 존재하던 일부 NPC처럼 고도로 AI화된 캐릭터들일 것이다.

리더로 보이는 창술사는 어째선지 유이를 향해 말을 걸었다. 여전히 내용은 조금도 알아들을 수 없었다.

"ℵℵℵℵℵℵ?"

"ℵℵ, ℵℵℵℵℵℵℵ"

유이가 거침없이 같은 언어로 대답했기에, 리즈와 시리카를 제외한 네 사람은 눈이 휘둥그레졌다. 대화는 한동안 이어졌고, 유이가 일본어로 돌아와서 내게 물었다.

"아빠 일행은 집이랑 같이 여기 떨어진 거죠?"

"그……, 그래, 맞아. 아인크라드에서 플로어까지 통째로 떨어져 나가서……."

"바신족 분들이 사는 집락에서 집이 떨어져 나가는 모습이 보였다는 모양이에요. 이분들은 숲에 뭔가가 떨어진 걸 보고 조사를 위해 여기에 왔고, 저와 리즈 씨와 시리카 씨는 장비를 얻는 대신 그 조사에 협조하기로 한 거예요."

"……그렇게 된 거였군……."

즉 유이 일행은 나나 아스나가 여기 있는 걸 모른 채 드넓은 황야를 넘어 여기까지 왔다는 얘기였다. 그들을 인도해준 VR의 신과, 결과적으로 세 사람을 호위해준 바신족에게도 감사해야겠다. 창술사 쪽으로 돌아서서, 머뭇머뭇 오른손을 내밀었다.

"고……, 고마워."

어차피 못 알아들을 걸 알면서도 일단 그렇게 얘기해봤더니, 창술사는 의심 가득한 눈길로 내 얼굴과 손을 번갈아 쳐다보다가, 이윽고 울퉁불퉁하고 커다란 손으로 아주 잠깐 내 손을 잡았다가 냉큼 거두었다. 일단은 우호관계를 구축해 둬야겠다고 생각한, 바로 그때.

나는 오래 사용한 것으로 보이는 바신족의 가죽 갑옷 가슴 언저리에서 반짝 빛나는 무언가를 발견하고, 시선을 집중했다. 가느다란 가죽끈 끝에 매달려 있는 그것은 동물의 엄니 모양을 한 투명한——유리.

"앗……. 그, 그거, 어디서 구한 거야?!"

목걸이를 가리키면서 외치자, 창술사는 자신의 가슴을 내려다보고, 자랑스러운 듯 히죽 웃으며 가죽끈을 들어 올려 보였다.

유이의 통역을 통해 질문공세를 퍼부은 결과, 유리의 주재료인 규사(珪砂)는 강 건너 고지대에서, 부재료인 재거름은 근처에 있는 초목을 태우면 구할 수 있다고 했다. 실제로 앨리스가 만든 모닥불 터를 조사해보니, 회색 덩어리를 여러 개 채취할 수 있었다. 그것을 녹일 화로는 제철로를 유용해 쓸 수 있을 것 같았기에, 공터 한가운데 지은 두 번째 제철로도 무용지물이 되는 상황은 면할 수 있었다.

덤으로 아마인유를 구하기 위해 아마가 자라는 자생지를 물어서, 이제 로그하우스 복구에 필요한 소재 아이템을 전부 구할 수 있게 된 셈이었다. 이런저런 답례의 뜻으로 아스나가 곰고기 수프를 대접했더니, 바신족들은 크게 기뻐하며 우걱우걱 먹어치웠다. 듣자 하니 그들에게 있어 가시동굴곰 고기는 최고급 진수성찬이라는 모양이었다.

완전히 만족해서 집락으로 돌아가는 바신족을 배웅한 우리는, 일제히 기나긴 한숨을 내쉬었다. 시각은 오전 1시를 약간 지난 시간. 로그하우스가 붕괴하기까지 세 시간 남짓이 남았다.

"——자, 아직 해야 할 일이 산더미같아요."

그렇게 말하며 앨리스가 짝 하고 손뼉을 쳤다. 리즈벳도 라디오체조를 하듯 양팔을 굽혔다가, 평소의 활달한 목소리로 말했다.

"집이 망가지기 전에 합류해서 정말 다행이야! 철판이나 못은 내가 만들 테니까, 키리토랑 다른 사람들은 다른 재료를 구해다줘."

"아, 알았어……. 그건 상관없지만, 이 갑옷이나 검을 만드는 바람에, 철괴가 좀 부족할지도 모르겠는데……."

다시 한 번 곰의 동굴에 가거나, 정 안 되겠으면 리즈벳이 만들어준 갑옷을 다시 녹이는 방법도 고려해야겠다고 생각하면서 그렇게 말하자, 시리카가 빙긋 웃으며 공터 한가운데 모아둔 드롭 보따리를 가리켰다.

"괜찮아요! 아까 그 PK 플레이어들이 떨어뜨린 장비를 좀 녹이면 철을 잔뜩 얻을 수 있을 테니까요!"

"…………그, 그렇구나. 하긴."

지극히 합리적인 의견이었지만, 나와 아스나는 무심코 서로를 마주보지 않을 수 없었다.

9

"흐아암……."

5분만 더 지나면 수업이 끝난다고 생각한 순간, 몇 번째인지 모를 졸음의 파도가 몰려와서 아스나/유우키 아스나는 조그맣게 하품을 했다.

9월 28일 월요일, 오후 12시 45분. 아스나가 다니고 있는 고등전문학교, 통칭 ≪귀환자학교≫는 1교시 시작 시간이 9시로 보통 학교에 비해 약간 늦었다. 장거리 통학을 하는 아스나 입장에서는 반가운 일이었지만, 당연하게도 4교시가 끝나는 시간도 늦었기에, 잠이 부족한 날은 약간 정신력을 시험받게 되었다.

세타가야구 미야사카에 살고 있는 아스나는 집에서 가장 가까운 역인 미야노사카역에서 토큐 세타가야선을 타고 시모타카이도역까지 간 다음, 케이오선으로 갈아타고 한 정거장을 이동해서 메이다이마에역으로, 거기서 케이오 이노가시라선으로 갈아타고 키치죠지역, 거기서 버스를 타고 나서야 겨우 니시토쿄시의 캠퍼스에 도착하는 복잡한 경로를 거쳐 통학하고 있다.

키리토/키리가야 카즈토가 "오토바이로 통학하면 30분"이라고 했을 때는 단순한 농담으로 일축해버렸지만, 최근 들어서는 진지하게 고민해보는 것도 괜찮을지도……, 라는 생각도 이따금씩 들곤 했다.

물론 원동기 면허 취득을 부모님이 허락해줄 리가 없고, 장거리 통학도 재활의 일환이라고 생각하면 딱히 고통스럽지는 않았지만, 그것도 몸 상태가 괜찮을 때의 얘기였다. 어제, 아니, 오늘 아침은 오전 5시까지 밤을 새다시피 하느라 고작 한 시간 반 정도밖에 못 자서, 전철 안에 서 있는데도 의식이 아득히 멀어지는 바람에 첫 번째 환승역을 지나칠 뻔했다. 하는 수 없이 어그마를 끼고 유이에게 제때 깨워줄 것을 부탁했는데, 차라리 학교에 도착할 때까지 몸 조종을 맡길 수 있으면 좋을 텐데 하는, 카즈토가 할 법한 생각까지 했을 정도였다.

수업 시간에도 쉴 새 없이 몰려드는 졸음과 필사적으로 싸워야만 했지만, 그렇다고 해서 밤을 샌 것을 후회하지는 않았다. 한때는 거의 포기하다시피 했었지만, 끝내 ≪숲의 집≫을 완전히 복구하는 데 성공했으니까.

현재, 아스나 일행의 아바타는 부활한 로그하우스 거실에 누워 있다. 로그아웃 중에도 아바타가 사라지지 않는 유니탈링의 의미를 알 수 없는 사양 때문인데, 일단 플레이어 홈에는 주인과 무관한 남은 마음대로 들어올 수 없게 되어 있는 것 같으니――파티를 맺기 전에 리즈벳을 통해 실험해보았으니 틀림없다――의식을 잃은 아바타가 침입자의 손에 죽을 염려는 없을 것이다.

하지만 그렇다고 해서 절대적으로 안전한 건 아니었다. 왜냐하면 로그하우스 그 자체가 파괴 불가 오브젝트인 건 결코 아니니, 폭발물이나 투석기 사용, 대형 몬스터 동원 등의 수단으로 부술 수는 있을 것이다……라는 것이 카즈토의 의견이었다. 현재 로그하우스는 ≪긴부리 큰아가마≫ 아가와 유이가 감시하고 있는데, 만약에 누군가의 공격을 받는다면 학교에서 다이브하는 것 말고는 대처할 방법이 없다.

그래서 아스나 일행은 오늘 아침에 로그아웃하기 전에, 집 주위에 최대한 튼튼한 울타리를 만들 것, 그리고 집을 지켜줄 테이밍 몬스터의 수를 늘릴 것, 이렇게 두 개의 새로운 목표를 세웠다. 생산설비도 갖추고 싶었으니, 그러자면 대량의 자원을 모아야만 한다. 해야 할 일이 너무 많아서, 솔직히 한시라도 빨리 집에 돌아가서 어뮤스피어를 쓴 채 침대에 뒹굴고 싶은 심정이었다.

——지금까지 VRMMO와는 절도 있는 관계를 유지하려 애써왔는데, 이제 와서 이런 심정을 느끼다니.

자기도 모르게 흘러나온 작은 쓴웃음을, 클래시컬한 학교종 소리가 지워버렸다.

인사를 마친 교사가 교실 앞문으로 나간 순간, 늘 그렇듯 교실 안의 공기가 단숨에 이완되었다. 하지만 오늘은 그 가운데 약간의 흥분과 긴장감이 감돌고 있는 것 같은 느낌이었다. 슬쩍 교실 안을 둘러보니, VRMMO 플레이어임을 공언한 학생들이 몇 개의 그룹을 만들어서, 얼굴을 마주하며 속닥속닥 얘기를 나누고 있었다. 본인의 의사와 무관하게 휘말려든 유니탈 링에 대한 정보를 교환하고 있는 것이리라.

물론 아스나도 점심시간에는 학생식당에서 리즈벳(리카)이나 시리카(케이코), 키리토(카즈토)와 합류해서 앞으로의 방침 등에 대해 의논하기로 되어 있었다. 그 의논에는 다른 학교에 다니는 리파(스구하)와 GGO 플레이어 시논(시노)도 어그마를 통해서 참여할 예정이었다.

시논은 GGO와 ALO 양쪽에 계정을 갖고 있는데, 주로 사용하는 GGO의 캐릭터도 유니탈 링에 강제 컨버트되었다는 모양이었다. 어제 도저히 연락이 닿지 않았던 건 그녀도 그 세계에 내팽개쳐져서 죽을 고생을 했기 때문이라고 했는데, 오늘은 그 얘기도 들을 수 있을 것이다.

인터넷도 이번 사건으로 한바탕 난리가 나고, 벌써부터 수많은 공략 사이트들이 난립하고 있는 모양이었는데, 그 정보는 유이가 모조리 크롤링해주었다. 그녀는 유니탈 링의 세계에서 특별한 권한이 없는 플레이어로 취급되는 걸 유감스럽게 여기고 있는 것 같았지만, 사실 아스나는 오히려 조금 기뻤다. 지금까지는 딸인 유이의 도움만 받아왔지만, 이제부터는 아스나도 유이를 지켜줄 수 있는 것이다.

HP가 있다는 건, 죽을 가능성이 있다는 뜻이다. 하지만 그 누구도 유이에게 손대지 못하게 할 것이다. 이상 사태가 해소되고 알브헤임으로 돌아갈 날까지……, 혹은 정체불명의 목소리가 언급한 ≪극광이 가리키는 땅≫에 다다를 때까지, 반드시 지켜내고 말 것이다.

그렇게 결의하면서, 아스나는 학생식당으로 가기 위해 자리에서 일어서려 했다.

그런데 그 직전, 누군가가 아스나의 책상 앞에 섰다. 동시에 들려온 목소리.

"유우키……, 아스나 씨?"

"…………?"

고개를 들어보니, 한 여학생이 아련한 미소를 지으며 아스나를 내려다보고 있었다. 안면이 있는 학생은 아니었다. 애초에, 그녀가 입고 있는 감색 옷깃에 회색 블레이저는 귀환자 학교의 교복이 아니었다.

마치 촉촉하게 젖은 까마귀 털처럼 윤기가 흐르는 흑발은 아스나에 못지않을 만큼 길었다. 피부는 눈처럼 희고, 이목구비는 살짝 냉기까지 감도는 게 아닐까 싶을 만큼 서늘한 미모.

"네, 유우키 맞는데……, 누구시죠?"

자리에서 일어서서 묻자, 아스나와 거의 같은 키의 여학생은 사뿐히 고개를 숙이고 자신을 소개했다.

"만나서 반가워. 내 이름은 카무라 시키미……. 오늘자로 전학해 왔어. 잘 부탁해, 유우키 씨."

＊＊＊

"하으아아아암…………."

그렇게 늘어지도록 하품을 하고, 나는 교복 주머니를 뒤졌다. 집에서 가져온 안약 용기를 꺼내서 뚜껑을 열었다. 눈에 넣으려 했지만, 그러기도 전에 또 다시 목구멍 깊은 곳에서 하품이 치밀어 올랐다.

구 SAO 시절에는 새벽까지 사냥하다가 고작 두세 시간 눈을 붙이고 다시 출격하는 것도 일상다반사였다. 그런데 고작

하룻밤 무리 좀 했다고 이 꼴이 되다니, 내 몸도 이제 한 물 갔구나……하는 생각도 드는 게 사실이었다. 연신 눈을 깜박거리며, 졸음의 파도가 물러가기를 기다렸다.

겨우 점심시간을 맞이한 교실은, 평소의 월요일과는 비교도 할 수 없을 만큼 들썩이고 있었다. 적잖이 존재하는 VRMMO 플레이어들이 소리 죽여 유니탈 링 사건에 대해 쑥덕거리고 있는 것이다. 그럴 만도 했다. 어제의 강제 컨버트 사태 이후로 이미 20시간 이상이 지났는데도 아직 원인조차 밝혀지지 않았고, 유미르를 비롯한 여러 운영회사들은 ≪조사중≫이라는 발표만을 내놓은 것이다.

물론 나 역시, 무슨 일이 일어난 건지 알 길이 없었다. 다만, 하나는 추측할 수 있었다. 모든 더 시드 넥서스 통일이라는 터무니없는 짓을 벌일 수 있는 자가 존재한다면, 그것은 오직 한 사람——더 시드 패키지와 그 원형이 된 카디널 시스템의 제작자, 카야바 아키히코뿐이었다.

정확히 말하자면, 카야바는 이미 인간이 아니다. 프로토타입 STL로 자신의 플럭트라이트를 고출력 스캔했다가 뇌가 타버려서 사망…… 하지만 그 정신만은 디지털 코드의 형태로 네트워크 공간 어딘가에 잠들어 있다. 유이가 상시로 수색하고 있다는 모양이지만, 이따금씩 작은 흔적을 발견하는 게 고작이라고 했다.

유니탈 링 사건은 카야바의 유령이 일으킨 걸까? 정말 그렇다면, 대체 무슨 목적으로……?

오전 수업 중에도 수없이 생각해보았지만 대답은 찾을 수 없었고, 나는 눈을 질끈 감았다. 오른손에 안약을 들고 있었다는 걸 떠올리고 얼굴을 위쪽으로 들려고 한 바로 그때――

"안약 넣어줄게."

책상 앞에서 그런 목소리가 들려왔기에, 나는 눈을 감은 채 반쯤 반사적으로 오른손을 내밀었다.

"그래……, 고마워, 부탁할게."

순간적으로 닿은 손가락이 용기를 가져갔다. 손가락이 오른쪽 눈꺼풀을 쭉 벌리고, 눈앞의 노즐에서 투명한 액체가 뚝 떨어졌다. 이어서 왼쪽 눈.

강렬한 자극에 다시 한 번 눈을 질끈 감으면서, 문득 의문을 느꼈다.

안약을 넣어준 건 누구지? 분명 어디선가 들어본 적 있는 목소리였지만, 리즈벳도 시리카도 아스나도 아니었고, 이 학교에 있을 리 없는 스구하와 시논은 더더욱 아니었다. 겨우 자극이 좀 잦아들었기에, 두 눈을 뜨고 선명한 시야로 문제의 인물을 포착했다.

아담한 몸집의 여학생. 이 학교 교복과는 다른 검은 세일러복 위에 카키색 파카를 덧입고 있었다. 약간 물 빠진 색깔의 머리카락은 약간 헝클어진 숏 보브. 얼굴은……, 어디서 본 것 같기도 하고 아닌 것 같기도 하고…….

"저……, 누구시죠……?"

머뭇머뭇 물으니, 여학생은 한심하다는 듯 어깨를 으쓱했다.

"뭐야, 너무하잖아―. 일부러 전학까지 해서 왔는데, 벌써 이 누나를 잊어버린 거야?"

말끝에 코맹맹이 소리가 묻어나는 듯한 특징적인 목소리.

잠깐. 잠깐잠깐.

"어, 아니, 하지만…………."

나도 모르게 엉거주춤하게 서 있는 내 앞에서, 여자는 파카의 후드를 푹 뒤집어쓰고, 손가락으로 오른쪽 뺨에 세 가닥의 선을 그려 보였다.

"아…………, 아아아아아?!"

이제야 눈앞에 있는 게 누구인지를 깨달은 순간, 나는 얼빠진 비명을 내질렀다. 교실 안이 정적에 빠지고 학생들의 시선이 집중되는 것을 느꼈지만, 지금은 그런 것에 신경 쓸 여유가 없었다.

"아, 아르고……?! 어째서……, 어떻게……?!"

살아 있었던 거야?! 라는 말까지는 하지 못하고 입만 뻐끔거리고 있는 나를 향해 히죽 웃어 보이고, 한때 구 아인크라드에서 암약하던 실력파 정보상 ≪생쥐 아르고≫는 말했다.

"오랜만이야, 키리도령."

(계속)

작가 후기

소드 아트 온라인 21『유니탈 링1』을 읽어주신 여러분, 진심으로 감사드립니다.

전 에피소드인『문 크레이들』에서 web 시대의 유산을 모두 소화해버렸으니, SAO라는 이야기는 이번 권부터, 독자 여러분께 있어서나 저에게 있어서나 드디어 새로운 영역에 돌입하는 셈이 됩니다. 엄밀히 말하자면『프로그레시브』도 있지만, 그건 과거편이었으니까요. 즉 SAO의 web 연재가 끝난 뒤로 무려 10년 만에 작품 속의 시간이 앞으로 흐른 것입니다. 유니탈 링 편이 시작되는 것은 2026년 9월 27일로, 앨리시제이션 편의 결말로부터 약 한 달 후인 셈입니다. 사흘 뒤면 아스나가 19세가 되고, 그 1주일 뒤에는 키리토가 18세가 되니, 아인크라드 1층 공략 때는 두 사람 모두 중학생이었던 걸 생각하면 "세월 참 많이 흘렀네……"라고 새삼 실감하게 됩니다.

10년 만의 완전 신작이긴 합니다만, 일단 이번 권의 키워드인 ≪유니피케이션(통일)≫은 페어리 댄스편에서 ≪더 시드≫라는 설정을 등장시킨 시점부터 예정되어 있었던 전개였습니다. 통일 후의 게임 세계나 그 시스템에 대해서도 막연하게나마 생각해 두었습니다만(생산이 중시된다거나 안 먹으면 죽는다거나 하는 것), 이 10년 사이에 오픈월드 서바이벌이라는 딱 좋은 장르의 게임이 등장했기에, 그 용어를 도입해 보았습니니다. 아직 그런 게임을 플레이해 보지는 못했지만, 이 책 작업이 끝나면 하나쯤 플레이해 보고 싶습니다. 그러고 보니 올해 제대로 플레이해본 게임이라고는 페이탈 불릿밖에 없었던 것 같네요…….

내용도 원점으로 돌아가서, 키리토 일행이 어림짐작으로 게임을 공략하는 이야기가 되었습니다. 마지막에 수상쩍은 캐릭터가 둘이나 등장했으니, 다음 권에서는 게임 세계 그 자체에 대해서도 더 깊게 다룰 수 있을 것입니다. 이번 권에서는 이름밖에 안 나온 키쿠오카나 에길, 이름조차 안 나온 클라인도 활약……해주지 않을까요……!

작가의 근황도 조금 얘기를……해볼까 했습니다만, 오랫동안 일만 하고 살다 보니 쓸 내용이 아무것도 없네요(슬픔). 그래도 드디어 앨리시제이션 편 애니메이션이 시작된 덕분에, 매주 에너지를 듬뿍 충전하고 있습니다. 여러분도 끝까지 함께해주시면 기쁘겠습니다!

10년 만의 새로운 전개라는 압박감 때문에 이번 권 제작 과정은 과거 그 어느 때보다도 스릴이 넘치게 되었습니다. 담당자인 미키 씨, 아다치 씨, 코에츠 씨와 인쇄회사 여러분께는 참으로 많은 폐를 끼쳤습니다. abec 씨에게도 터무니없이 빠듯한 스케줄로 작업을 부탁드리게 되어 정말 죄송합니다. 이 사과는 언젠가 물질적으로! 그럼 여러분, 다음 권도 잘 부탁드립니다!

2018년 10월 모일 카와하라 레키

NOVEL

SWORD ART ONLINE_소드 아트 온라인 21
〈유니탈 링Ⅰ〉

2019년 10월 20일 제1판 제1쇄 인쇄
2019년 10월 25일 제1판 제1쇄 발행

지음 | 카와하라 레키
일러스트 | abec
옮김 | 박용국

발행인 | 오태엽
편집팀장 | 김충영
편집담당 | 안세연
일본어판 오리지널 디자인 | BEE-PEE
한국어판 디자인 | Design Plus
라이츠사업팀 | 이은선, 조은지, 이선, 백승주
출판영업팀 | 안영배, 이풍현, 경주현, 김정훈
제작담당 | 박석주

발행처 | (주)서울미디어코믹스
등록일 | 2018년 3월 12일
등록번호 | 제 2018-000021
주소 | 서울특별시 용산구 새창로 221-19(한강로2가)
전화 | (02)799-9181(편집), (02)791-0752(마케팅)
팩스 | (02)799-9334(편집)
인쇄처 | 코리아 피앤피

ISBN 979-11-89126-16-2
ISBN 979-11-89126-15-5 (세트)

SWORD ART ONLINE Vol.21

근 서른과 직진 남고생에 의한 나이 차+순애+달콤 러브 코미디!

살짝 연상이어도 여자친구로 삼아주시겠어요?

~좋아하게 된 여고생이 스물일곱 살이었습니다~

1

27세 누님×남자 고교생,
달콤 러브 코미디!

초판한정
책갈피,
단편
리플릿Ⓐ
증정!

1권 발행 기념 특별판 동시 발매!!

단편
리플릿Ⓑ,
마우스패드
추가 증정!!

"저와 데이트해주시지 않겠어요?"
남자 고교생 모모타 카오루는 어느 날, 전철에서 치한에게 추행을 당하고 있던 여고생 오리하라 히메를 구해준다. 서로에게 이끌린 두 사람은 점차 사랑에 빠지게 되지만, 그녀에겐 남에겐 말 못할 비밀이 있었다.
"……나, 사실은 스물일곱이야."
좋아하게 된 여고생의 정체가 서른을 앞둔 회사원이었다?! 비밀을 들킨 오리하라는 모모타의 곁을 떠나려 하는데──.
"──좋아합니다, 오리하라 씨. 진짜 당신을 정말 좋아합니다."
"정말로, 나여도 괜찮아……?"
평범한 회사원→주말 여고생?!
너무나도 귀여운 기적 같은 근 서른과
직진 남고생에 의한 나이 차·순애·달콤 러브 코미디!

노조미 코타 지음 | **나나세메루치** 일러스트 | **유유리** 옮김

J NOVEL **절찬 판매 중!**